講談社文庫

モダンタイムス(下)

新装版

伊坂幸太郎

講談社

◉目次

モダンタイムス（下）

北風と太陽が対決する寓話なら聞いたことがあったが、北風と太陽と比呂くんが対決する話は聞いたことがない。

比呂くんとは、バスの後ろの席でとうとうと喋っている、少年自身の名前らしかった。

「北風と、太陽と、比呂くんがね、勝負したんだけどね」と出発前のバスの中、一番後ろの横長のシートに座る少年が言っている。五歳になるかならないかくらいだろうか。

「大きな声を出すと他の人に迷惑だから、静かにね」母親らしき女性が言うが、車内にいる他の乗客とは、運転手を除けば私しかおらず、「おまえさえいなければ」と少年に睨まれるようで、居心地が悪い。


正午過ぎに盛岡へ到着した。バスの乗り場はすぐに分かった。

改札を出た正面がバスターミナルだった。小雨がぱらついていた。傘を持ってこなかったことを後悔していると、たまたま目の先に見えたバス乗り場に、「岩手高原牧場経由　八幡平《はちまんたい》ゆき」と表示を掲げたバスが止まっていたので、これ幸いと乗り込む。

「出発は二十分後です」乗り口のステップを上がったところで、制帽をかぶった運転手が言った。大きなフロントガラスには雨の雫が痕を作っている。ぷちゃ、ぽちゃ、と粘着質の波紋を作るようだ。

外で、雨中を二十分も待つ気分にはなれず、私はバスの真ん中あたりに移動し、座った。その時から最後尾のシートには、比呂くんと彼の両親が座っていた。

鞄から、読みかけの井坂好太郎の原稿を取り出し、めくってみる。私立探偵の苺の調査が続いている。

ある有名な二十世紀生まれの作家が、私立探偵小説の骨格を鋭く見抜いていたからだろうか、「俺の次の小説は、徘徊インタビュー小説と名乗る」と恰好良いことを言ったことがあるらしいが、まさに、この原稿は、その徘徊インタビュー小説を地で行っている。

作中で、私立探偵の苺は、安藤潤也を慕う人間が作ったコミュニティを訪れる。信州の別荘地だ。が、苺は、管理人かつ美女の愛原キラリに道案内を頼むものの、はぐらかされるだけで、調査は中断する。このあたりはおそらく、作者である井坂好太郎、彼自身の経験に基づくものに違いない。

「今朝、ここにくる電車の中で閃いたんだけどな、俺が、安藤商会に辿り着けなくて、管理人に追い返されたのは、あれはもしかすると、試されたのかもしれねえな」数時間前、東京駅まで見送りに来て、原稿を手渡してきた井坂好太郎はそんなことを言った。

「試された？」

「安藤潤也が作った安藤商会ってのは何をやっている会社か分からない」

「おまえは前にもそう言っていた。競馬だとか競輪で莫大な金を作ったって言うんだろ」

「それは噂だ。実際、競馬や競輪でそんなに稼げると思うか？」井坂好太郎は言う。

確かにリアリティは感じなかった。「でも、東シナ海の、米中のにらみ合いもお金で解決したっていうんだろ？　それも嘘臭い」

「それも噂だ」

この間、話を聞いた時にも思ったが、安藤潤也の周辺には噂が幾重にもなって、存在している。玉葱と同じで、剝いても剝いても芯は出てこない。その剝いたもの自体が、つまりは噂自体が本体ではないか、と疑いたくもなった。

「お金で、そんなことが解決できるのか？　政治ってのは、理念や意地や宗教で動くんじゃないのか？」

「突き詰めれば、結局は、利益なんだよ。自国の利益、国益。しかも、国益ってのはな、正しく言えば、その国の偉い奴の利益だ。だろ？　金は人を動かすのに手っ取り早い武器だ。昔の、テンプル騎士団って知ってるか。巡礼者を守るために、結成された、愛と正義を持った騎士による護衛団。そのテンプル騎士団ですら、年月が経つと、金で事を解決するようになったらしいぜ。金は力なり」

「沈黙は金なり。時は金なり」私は言って、改札口脇の時計を指差した。新幹線の発車時刻が近づいていた。遠距離恋愛の恋人さながらに、見詰め合っている場合でもない。「で、安藤商会がどうしたんだ」

「安藤商会の正体は分からないんだけどな、その会社自体は、岩手高原にあるのは分かった」

「高原？　ペンションじゃあるまいし」

「ザッツライト」井坂好太郎が言う。「もともとペンションが集まっていた場所だ。そこの一画、どこかに安藤潤也の住む家がある。そこが、安藤商会らしいんだが、その周囲に住んでいるのは、どうやら安藤潤也を慕う奴らしいんだよな」

「宗教団体じみてきたな」

「だろ？　怪しいよな。人里離れた、自然溢れる土地に住む教祖様と、そのもとに集まる信者たち。そんな図式が浮かんでくる。小説で書かれたら、泣きたくなるくらい陳腐だが、現実にあるとしたらずいぶん、気味悪い集団だ。ただ、逆に考えれば、その信者らは安藤潤也に会えたってことだ。だろ？　だからこそ、そこに住んでいる。なのに、俺は門前払いされた。何を訊いても、何をお願いしても、『帰れ』の一点張りだ」と言い、まあ、その安藤商会の謎めいた感じから発想したアイディアも、その原稿には入っているんだけどな、と付け足した。

「願書を出す必要があったんじゃないか？」

「で、さっき気づいたんだ。俺はどこかで試されていたのかもしれない。思えば、盛岡に着いた時から、誰かに見られていたような気がしたんだ。俺の行動や外見を監視して、安藤潤也に会うのに相応しいかどうかを見られていたかもしれない」

「いったい何をどうやって、試したんだ」

「たとえば、盛岡の冷麺屋に入ったのがいけなかったのかもしれない。そこで、黒髪の女性店員がいて、俺が尻を触ったのがいけなかったのかもしれないし」

「たぶん、それだろ」私は即座に言った。「女の尻を撫でるような奴を、大事な教祖様に会わせるわけにはいかない。普通に考えれば、そうだ」

井坂好太郎は顎を触った後で、よし、と跳ねるような声を出し、「おまえは冷麺屋で店員の尻を撫でるのは、我慢しておけよ」と真顔で忠告してきた。「安藤潤也に会うためだ」

「言われなくても、やらないよ」

「無理するな」

「それに、この間おまえが言ったように、俺は、安藤潤也の遠縁かもしれない。そこを突破口にして、会える可能性はある」

「尻を撫でてもか」

「尻は撫でない」

新幹線の発車が近いことを知らせるアナウンスが鳴った。私が改札口をくぐると、後ろから、「ゴッドブレスユー」と井坂好太郎が言ってくるのが聞こえた。「いいか、困った時は、逆転の発想だぞ」

バスの車内を私は見渡す。すでにもう、試されているのだろうか。不安が過ぎり、周囲を意識する。井坂好太郎が言うように私の言動が監視されているのだとすれば、このバスの中にもチェックの目があるのではないか。

今のところ、乗客は、比呂くん一家しかいない。

比呂くんは潑剌《はつらつ》とした声で、自作と思われるその、「北風と太陽と比呂くんの対決」の話を喋っていた。

土台にあるのは、当然ながら、私も知っている例の寓話だ。旅人が着ているコートをどちらが脱がせることができるのか、と北風と太陽が競い合う。北風が強い風力で強引にコートを脱がせようとするが失敗し、一方の太陽があたたかい日差しを与えると、旅人は自らコートを脱ぐ、というあの話だ。あれに、「比呂くんも対決する」という趣向がプラスされ、脚色されている。北風はおろか、太陽も失敗に終わるという展開のようだった。

「それで、比呂くんの番でね」

北風も太陽も脱がすことのできない旅人のコートを、比呂くんが見事に脱がして優勝、という筋書きだったが、その脱がすための戦略が下らなくて、私はこっそり聞きながら、噴き出すのを堪えた。

「ほら、比呂くん、ここに今から行くんだよ」父親と思しき男の声が聞こえる。おそらくはガイドブックを広げ、牧場か八幡平かの写真を見せているのかもしれない。

「うわあ、すげー」と比呂くんが無邪気な声を上げ、そんな息子が誇らしくも可愛いのか、母親が微笑むのが、見なくても分かった。

何と平和な会話なんだろう。

何て幸せそうな家族なんだろう。

私は感動した。

妻の佳代子が、岡本猛を雇い、物騒な手段を使い、私の浮気を調べさせたのをはじめ、最近の私のまわりには、不可解で不気味なことばかりが起きている。愉快さの欠片も、平和の破片もない。先輩社員の失踪、同僚の誤認逮捕、上司の自殺、不倫相手の失踪、岡本猛の家の火事など、不穏な出来事のオンパレードだ。

それがどうだろう。同じ車内にいる、背後の家族たちの平和は。

平和。ピース。衆議院議員、永嶋丈の喋っていた映像を思い出す。確かに、ピースとはいい言葉だった。比呂くんの家族は明らかに今、ピースに溢れていた。

二人の男が前方から乗ってきた。会社員の上司と部下、という関係に見えた。四十代と二十代と思しき、背広姿の二人だ。私の横を通過し、後ろの席へと移動していく。若い男のほうは最近、流行の七三の横分けの髪型で、年上のほうは角刈りだった。二人とも背が高く、顔も日焼けしている。

会社員がこのバスに乗り、どこへ行くのだろう。営業まわりにしても、牧場や八幡平へバスで出かける仕事というのも違和感があった。彼らが男同士の恋人関係で、仕事のふりをして、二人で観光旅行に向かおうとしているのではないか、そのほうが説得力がある。

「あ、すみません」という高い声と、「どうしてくれるんだ」という迫力のある声がほぼ同時に聞こえた。

振り返ると後部座席の比呂くんの両親が立ち上がり、謝っている。先ほどの会社員二人に対して、だ。比呂くんが肩をすくめ、半分泣いた顔で、ジュースの缶を握り締めている。彼が缶で遊んでいたためジュースが飛び、前に座る二人のうちのどちらか、もしくは両方、の背広を濡らしてしまったようだ。

背広を着た会社員という姿であるにもかかわらず、二人の男性は、怒るのが堂に入っていた。

申し訳ないです申し訳ないです、と謝罪する両親は動揺しているが、過度に動揺しているとも言えた。

男たち二人は、私に背中を向けていたので彼らがどのような顔つきで、どのような応対をしているのかは把握できない。さっさと財布を出し、弁償すればいいのではないか、と思っていると、「これ、クリーニング代です」と母親の弱々しい声がする。

「これ何?」という若者の声が聞こえる。

「あんたたち、馬鹿にしてんのか?」年配の男が言っている。

「いいじゃん、そんなの、そのへんでやめておこうよ」と手を叩いた。

誰が?

私だった。

気づけば私は席を立ち、揉めている彼らのそばに移動し、のんびりと言ってから、教師が注目を促すかのように、手を鳴らした。はい注目、といった具合に、だ。

そこにいる彼らが、私を見る。

「ジュースが飛んだくらいで」私は、年配の男と向き合った。よく見れば、眉間に寄る皺や目の鋭さに迫力があり、人と争うのには慣れている気配があった。

「あのな、些細なことに、躾の成果は表れるんだよ」若者がなぜか、行儀論を説くような貫禄を浮かべた。

「この背広はクリーニングに出すにしても値段が張るんですよ」年配のほうが言う。

「そんなのを着ちゃ駄目ですよ。いつ、ジュースが飛んでくるか分かったもんじゃないですから」私は言いつつ、不思議な感慨に包まれていた。普段であれば、こんな事態に直面したなら、緊張し、頭は空っぽになり、膝は震えるはずだ。それが今は、どういうわけかしみじみと、「ああ、怖くない」と考える余裕があった。恐怖心を感じない。

「どんなことでも二回やりゃ、慣れるよ」と井坂好太郎が言っていたのを思い出す。人間とは慣れる動物なのだ、と。私もそうなのだろうか。あまりにも妙なことばかりが周囲で起き、麻痺しているのか。しかも私は、考えるより先に、手前にいる若い男の左手をつかんでいた。人差し指をぎゅっと握ると力を込め、「折りますよ。でも、骨はまた元に戻るんです。人道的ですよね」と口走っていた。

自分の口からそんな言葉が出たこと自体に、私は驚いている。若い男がつかまれた手を引っ張り、離れようとしたが、私はそうはさせじとさらに力を入れる。男が顔をゆがめた。

「何すんだ、おまえ」年配の男が低く響く声を発し、私の肩をどん、と叩いてくる。その瞬間、私の身体には馴染み深い、生来の弱気が顔を出した。

「ごめんなさい」と即座に謝ろうとした。

ただ、面白いことにはその言葉が憑依したかのように、目の前の若者が先に、「ごめんなさい」と言った。

「おまえが謝る必要はねえだろ」年配が、若い男を小突く。若い男がすぐに頭をぺこっと下げ、「ごめんなさい」とまた言った。

その様子が可笑しく、私に余裕が戻った。「この家族の平和を壊さないでくださ い」と言う。「平和じゃないのは、俺だけで、俺たちだけで、充分じゃないですか」

年配の男を凝視する。怖くないなあ。本当に、怖くない。むしろ、怖くない自分が怖い。

「指を折られないうちに、降りたほうがいいですよ」私は、私に相談もなく、そんなことまで言っている。すでに退くに退けない状態ではあった。「それとも、このまま乗っている勇気があるのか？　おまえの勇気の量を試す勇気はあるのか？」そんな物騒な、威勢の良い言葉すら飛び出した。

そこで二人が暴力を振るってきたら、私はどうすることもできなかったが、そうはならなかった。

彼ら二人はバスを降りていったのだ。

肩から力が抜ける。危なかった。

「申し訳ありませんでした。すみません」と比呂くんの父親が謝ってくる。母親も同様だった。「助かりました」

「ええ、助かりました」私も言った。自分が取った行動に今さらながら、怖くなる。一歩間違えれば、面倒なことになっていた。痛い目に遭っていた。

比呂くんが怖がりつつも、ほっとしたような顔つきで、私を見てくるので、「ピース」と指を二本突き出した。懐かしいですねピースサイン、と父親が笑みを浮かべた。比呂くんはそれが何なのかは知らない様子だったが、私の真似をし、「ピース」と返した。

バスが動き出し、自分の席に戻る。空いている道を小刻みに揺れ、進んだ。幅広の国道を西方向へ行き、途中の細い道を斜めに入り、そこから岩手山に向かいはじめる。左右には林が広がり、視線を遠くへ向けると山の稜線がずっと続いていた。

空気が冷たそうだった。土色が広がる岩手山、葉を落とした木々、そういった光景が静謐な絵画に思えた。雨のせいか、地味で、素朴な水墨画を感じさせる。

バスのエンジンが唸り、加速する。上り坂が続き、道は蛇行する。気づけば山の中に入り込んでいた。車道の両脇の木々が手でこちらを覆うかのように車内がすっと陰になる。対向車両はなかった。車輪が轍に溜まった水を時折、弾く。

井坂好太郎の指示通り、「ペンション村」という停留所で降りた。席から立ち上がったところで、後ろから比呂くんが、「どうもありがとう」と大きな声で挨拶をしてくれ、嬉しくなる。見れば、彼の両親が頭を下げていた。

降りる際に、パスカードが見つからず、少し無様だった。ポケットに手を入れ、

「あれ、おかしいな。なくしたのか」とおろおろとする。運転手は親切で、「ゆっくり探していいですよ」と言ってくるが、比呂くんたちに見られていることを考えると、余計に慌ててしまう。

「あなたはすぐになくしちゃうから」と妻の佳代子に笑われている感覚になる。

「妻に持っていてもらえば良かった。なくさないように」と私はおろおろ、言い訳がましく、口にする。

「奥さん、どこにいるんですか？」運転手が訊ねてきたところで、ようやくパスカードが見つかり、ほっとした。

雨は止んでいた。ペンション村とは名ばかりで、今はペンション経営をしている建物は一つもない、と聞いていたが、停留所から坂を下っていくと、ロッジ風の洒落た外観の建物が散見される。

二股の道にぶつかった。右の道の一番手前の場所に、「管理人」という立て看板を発見する。木造の、小屋と呼ぶのが相応しい小さな建物だ。車が三台ほど止まれる駐車場があり、ビニールシートをかぶった大型バイクが一台、停まっていた。

小屋から人が出てきたのは、偶然だったのだろう。女性だった。髪が茶色の、中年女性だ。肩ほどまでの髪で、丸顔、背は私よりも少し低い。体型は太目の寸胴だった。黒いシャツに、細い黒いパンツを穿き、肉が詰まっているのがありありと分かるが、足取りは軽快で、駐車場まで降りてくると、バイクのシートをいじくりはじめた。私は小走りで近づき、「あの」と声をかける。「このへんに安藤商会というのがあると聞いたんですが」

「お、どうしたのよ」まるで近所のなじみのおばさんに声をかけられた感覚だった。

「安藤さんのところに、行くことはできますか」

「そりゃ、できるよ。すぐそこだって」

「え」予想もしない、呆気ない展開に私はびっくりした。

「案内してあげようか」

「管理人さんですよね」

「そうよお。元女優で、今はここの集落の管理人」彼女は自分の髪を撫でる。

元女優、という発言は冗談として受け止めるべきなのか、それとも、やはりそうでしたか、と受け流すべきなのか、判断がつかなかった。曖昧に笑い、「あの、本当ですか」と訊ねる。

「信じてないわけ？　今は五十過ぎてちょっと劣化したけどね、二十年前まではそりゃ」

「そうじゃなくて、安藤商会には簡単に行けるんですか？」

「そりゃ、皇居や首相官邸だとか、怪しい秘密結社じゃないんだから」

バスの中で聞いた、「北風と太陽と比呂くん」の話を思い出した。

北風が強風で攻めても、太陽があたたかい日差しを与えても、旅人はコートを脱がない。では、比呂くんはどうしたか。

「何もしないよ、比呂くんは」

だってさ、その人もいつか家に帰ったり、ホテルについたりするんだから、そのうち脱ぐもん。お風呂にも入るかもしれないし。だから、何もしなくていいんだよ、と比呂くんはおっしゃっていた。

何もしなければ、脱ぐよ。

そして、特に何もしなくても、安藤商会には行ける。らしい。

26

潤也君は、じゃんけんが強かったんだよ、と集落の管理人である彼女は言った。

突然、飛び出した、幼い単語に私は動揺した。「じゃんけん、ってあの？ ぐうちょきぱあの」

「じゃんけんで無敗」

「無敗？」

「潤也君にとっては、十分の一くらいの確率なら、一と同じだったんだよね」と彼女はまた、おそらくは七十過ぎの老人であるはずの安藤潤也を、君付けで呼ぶ。

「十分の一が一ってずいぶん、乱暴な」

「十分の一イコール一。ほんと、そうだったんだって」

彼女は染めているのか地毛がそうなのか髪は茶色で、化粧気のない肌は綺麗で色白だった。もちろん寸胴な体型に脂肪の余った身体はその年代のおばさんに相応しいものだったが、それでも若々しく感じるのは、快活な受け答え故なのだろうか。「昔は女優」と、嘘にしてはあまりにつまらない嘘をついていたが、そのことを検証する気分にはなれない。

いつの間にか彼女の家、その山小屋に上がっていた。木のあたたかみが滲む家だった。壁も赤茶色の艶のある木が剝き出しになっている。平屋で、広い部屋が二つあるだけだ。北側に、水道やキッチンなどが設置されている。また、奥に大きき目のストーブもあり、煙突が壁に突き出していた。

部屋の真ん中は掘り炬燵となっており、これがずいぶんと大きい。そこに私は腰を下ろし、足を伸ばした。

この集落で集まりがあるとね、ここにみんな来るから、そういう時に掘り炬燵は便利なのよ、と彼女は説明しながら、湯飲みを運んだ。窓は大きく、私の向かいには岩手山の尾根を眺めることができた。山の姿は、ひんやりとした空気に満ちている。空が、街から見上げる時よりも澄んで見えるなあ、と思ったところで、雲がなく雨がすっかり消えていることに気づいた。もう青空だ。

「山の天気は変わりやすいって本当ですね」と彼女がそこで、唐突に言った。

「え」私は少し驚いた。

今、まさに私が口にしようとした台詞だったからだ。

うふ、と意味ありげに笑う彼女と目が合う。何とも居心地が悪く、出してもらったばかりの湯飲みを手に取る。緑茶の、甘い草とでも言うような香ばしさが、口内に広がる。

「安藤潤也の財産ってどれくらいか知ってる?」彼女が言った。

「莫大だと聞いたけど。億とか、兆とか」

それが正解かどうかも彼女は教えてくれず、「どこから集めたか分かる?」と続ける。

さあ分かりません、とすぐに白旗を揚げるのも悔しくて私はとりあえず、「株とか、ですかね」と訊ねてみた。

管理人の彼女は首を横に振った。年の割には仕草が、少女のようでもある。「はずれ。さっきさ、わたし、ヒントあげたじゃん。ヒントっていうか答えだけど」

「十分の一イコール一、のことですか」

「それ」

「どういうこと」と聞き返すところで、井坂好太郎から聞いた話を思い出した。「まさか、競馬や競輪で儲けたとか？」

「正解よ。ご褒美に、わたしを抱きなさい」管理人の彼女が身をくねらせる。

「ご褒美が、命令形、っておかしくないですか？」

彼女ははしゃぎ、手を叩いた。こちらが馬鹿にされているような気分になる。

「でも、競馬や競輪って」

「潤也君は、十分の一くらいなら当たっちゃうわけ。競馬の十頭立てで、単勝なら当たるのよ」

「でも、単勝って下手すると二倍にもならないし、そんなには稼げないんじゃあ」

「塵も積もれば山、枯れ木も山の賑わい、人も集まれば人海戦術ってやつよ」

それは三つとも意味合いが違う、と指摘したいが我慢した。黙って、緑茶を飲む。

「あのね、たとえば新聞紙を二十五回折ったら、どれくらいの厚さになるか分かる？」彼女は急にクイズを出してくる。

おばさんの話題の展開についていけない、と私は降参しそうになるが、それも我慢した。二十五回折り重ねた紙を想像し、「五センチくらい?」と答えた。

「はずれ。正解は、富士山より高い」

え、と私は一瞬、何事かときょとんとしてしまうが、その後すぐに、そういえば聞いたことがあるぞ、と昔の記憶が甦った。小学生の頃に、同級生が自慢げに喋っていたのだ。「あれって、本当にそうなるんですか」

「一枚、〇・一ミリってことにして、二十五回、倍々にしていってみなよ。三〇〇〇メートルくらいになるから」彼女は言って、「それと同じで、馬の単勝馬券だってね、地道にどんどん増やしていけばものすごい財産になっちゃうわけ」と笑う。

「それを安藤潤也はやったんですか」

「競馬だと十一頭以上で走るレースが多いから、そうなると外れることもあるわけ。あまり大金かけると、オッズが下がっちゃうしね。だから、十頭以下のレースを選んだりするのが大変だったみたいだけど」

「でも、競輪って確か、九名までだから、そっちなら確実じゃないですか」

「そうなのよお」管理人の彼女はそこで、わが意を得たりとでもいうように、大きく何度も手を叩く。「あの二人、馬が好きだったから競馬しか頭になかったんだけど、競輪だったら話は早かったの。それに気づくの遅かったみたいで。でも、あとからは競輪もやったわよ」

「あの二人？」

「潤也君と詩織ちゃん。あの夫婦ね。ほんとは子供が一人いたけどね、ずっと昔に東北を離れちゃって、音沙汰ないみたい」管理人の彼女は、うんうん、とうなずき、「わたしね、安藤潤也の従妹になるのよ。彼のお父さんの弟の娘？　わたしの父親、遅くに結婚したから年は離れてるんだけどねえ」と言った。

私は人差し指を突き出すが、声が出ない。落ち着きが取り戻せなかった。私も実は、安藤潤也の遠縁らしいのだ、と口の先まで出かかる。なかなか、出ない。

「あ、わたし名乗ってもいなかったねえ。愛原キラリって言って、まあ、苗字は安藤じゃないけど。そこはまあ、結婚して苗字変わったきりだから」

「あ」つい先ほどまで読んでいた原稿の中に出てきた、名前だ。私立探偵の苺が会いに行く、別荘地の管理人の名前だった。「そのままじゃないか」と私は呟いていた。井坂好太郎はここでも現実を重ねたのだろう。管理人の名前は、実際のこのペンション村の管理人である彼女の名前が使われていた。

「どうかした？　わたしを抱きたくなった？」と唐突に言ってくる愛原キラリの身体が、ひとまわり膨らんだかのような錯覚に襲われる。

それにしても、と私は思う。井坂好太郎の作中に出てきた愛原キラリは、「齢二十二、茶色に染めた髪が肩よりも長く、二重瞼に、大きな瞳、細い首筋、ベージュのワンピースの上からわかる豊満な胸、くびれた腰が印象的」と描かれていた。

それが今、目の前にいる本物の愛原キラリは五十代で、豊満なのは胸だけではなく体格全体とも言え、くびれに至っては、そんなものが本当にあったのですか！　と戦争犯罪の真偽を確かめるが如く、念入りな調査が必要にも思えた。

残念だ。

これで愛原キラリがあの作中に出てきた女性と同じ姿をしてくれていたら、この気の進まない盛岡への旅にもわずかながら潤いが感じられたのではないか、と思わずにはいられなかった。

「あなた、浮気してるでしょ」

急に、妻の佳代子の声が聞こえ、背筋が伸びる。そうだ、決して残念ではなかった。愛原キラリがスタイルの良い、色香漂う女性でないことに感謝すべきかもしれない。抜かりない妻はどこから自分を監視しているのかも分からない。これで良かったのだ。

「何だか、すごくびっくりした顔してるわね。大丈夫？」愛原キラリが眉根を寄せた。少女が、大人の体調を心配するのにも似た、あどけなさがある。「いろいろ聞きたいことがあるんでしょ」

「あ、そうです。どうして分かったんですか」

うふふ、と彼女は息を吐き、「どうぞ、答えてあげるわよ。スリーサイズと体重以外なら」と自分だけで笑う。

私は苦笑しつつ、「実は俺も安藤潤也の遠縁かもしれないんです」と言うことにした。実際のことを言えば、祖母の旧姓が安藤ということしか根拠はなく、遠縁も血縁も妄想に近かったが、まずはそう打ち明けてみたほうが距離が近づくようには感じた。

「え、そうなの？」愛原キラリが探るような目になった。「どういう遠縁？」

「祖母の旧姓が安藤といって、どうも関係があるみたいなんですけど」

「名前は？」

私は尋問を受けている気持ちになる。記憶を辿りながら祖母の名前を口にした。すると愛原キラリが、「ああ、知ってるよ。会ったことある」と言うから驚く。

「え、嘘」

「私よりだいぶ年上だったけど、潤也君の従姉だよ」と言い、あなたのお祖母さんは潤也君の父親のお兄さんの娘でわたしは潤也君の父親の弟の娘、などと呪文じみた説明を続けた。「みんな、いとこってことになるわね。そういえば、彼女にわたし、嫌味言われたことあったよ。モデルの仕事なんて若いうちしかできないんだし、堕落した仕事だねえ、って。そうそう。覚えてるよ。ああ、だんだん、腹が立ってきた。何なの、あの全部、見下ろしているような言い方って」

　私は本当に自分が、安藤潤也と繋がっていたことに軽く衝撃を受ける一方で、祖母の失言の腹いせをどうして自分が引き受けなくてはならないのだ、と困惑もした。

「なるほどね」と彼女が言う。「えっと苗字は、安藤？」

「いえ、渡辺です。だから、最近まで、その安藤家と関係しているとは気にもしていなくて」

「渡辺君は何ができる？」

「え？」顔を上げると、目の前の愛原キラリが先ほどまでとはまた少し違った顔つきになっている。人当たりの良い中年女性の趣は変わらなかったが、女性教師が生徒の万引きを問い質すのに似た、鋭さに満ちていた。

「何ができるか、と言われても困りますけど、一応、システムエンジニアなので、ソフトウェアを設計するんですが、プログラムを組むこともできます。あとは、学生時代にテニスはやっていました」我ながら本当に些細なことしかできないものだな、と悲しみに肩を落としたくなり、自虐的に、あとは不倫もできますよ、と続けようとしたのだがその矢先、「あとは不倫もできますよ？」と愛原キラリが発言したので、まじまじと相手を見てしまう。

　偶然、台詞が重なった、と考えるのにも違和感を覚え、まさかとは思うが、「頭の中、読めるんですか？」と訊いている。言ったそばから、何と荒唐無稽な疑問なのか、と呆れ、自分に幻滅しそうになる。

「読めるんじゃないんだけどね」愛原キラリはごく自然に答えた。やはり、生徒に説明をする教師然としていた。「ただね、時々なんだけど、相手が次に喋ろうとする言葉が見えるのよ。見えるというか、分かるというか。頭に、ぱっと浮かぶの。そんな先の台詞じゃなくて、ほんと、何秒後とか何十秒後とかに相手が言おうとする言葉が」

「何ですかそれは」私はまったく考えもしていなかった話の展開に、頭がふわふわと浮かんでいる感覚になる。脳にうっすらと膜でもかかったようだ。考えてはいるものの、その考えが自分のものとは思えない。

「特技っていうのかなあ」

「先読みの？」

「何て言うんだろうねえ。全然、役に立たないけど。わたしの旦那はね、一行予言とか呼んで馬鹿にしてたわよ。何の金にもなんねえ超能力だなって」

「超能力」その言葉は、漫画好きの子供が口にするならともかく、たとえ漫画好きであっても、大人は真面目に発音してはいけないものに思えた。

「安藤潤也も超能力があったって言ったでしょ」

「十分の一イコール一にできちゃう特技？」

「競馬や競輪で大儲け。そっちのほうがいいわよねえ」と愛原キラリは自嘲気味に言って、また、私にまっすぐ視線を向けた。「だから、渡辺君、あなたも何かできるかと思ったんだけど」

「俺が？」私は意味もなく自分の肩やら胸を、まるで財布を入れた場所を探すかのように、ぺたぺたと触る。そんなものがどこに。

幻魔大戦を知っているだろ。

なぜかそこで、今は亡き加藤課長の台詞が思い出された。もしかしたら、と私は苦笑し、想像した。俺も何か窮地に立たされたら、特別な能力に目覚めるのだろうか？

「まさか」

馬鹿げた考えで熱を持った自分の頭をいったん冷ますため、先ほどから目に入り、気になっていたものを指差すことにした。話題を逸らしたくなったのだ。うしろの壁に、古いポスターが貼られていた。夏の海辺で、裸よりも卑猥ではないか、と言いたくなるような大胆な水着を身に着けた、若い女性の写真だった。こちらを瞳で飲み込んでくるかのような、大きな目が魅力的で、その肌とプロポーションにどきりとさせられる。「これ、誰ですか」

「ああ、わたしに決まってるじゃない」平然と答える愛原キラリは真顔だった。「三十年くらい昔だけど、ちょっと若いでしょ。まあ、基本的にはあんまり変わってないんだけど」

「基本的には？」

返答に困る。基本的な部分とは、人間で女性、という部分を指すのだろうか。とても、同一人物とは思えなかった。なるほど井坂好太郎もここで、このポスターを見て、そのあまりのショックに、「どうせならば、こっちの女性に会いたかった」という悔しさを込め、小説内の愛原キラリの設定を変えたのかもしれない。

「むしろ、この変化のほうが超能力のようなな」と私は言いながら、ポスターの美女と目の前の愛原キラリを何度も何度も見比べた。

27

安藤潤也は死んでいた。

年齢からするとおそらく、生きていない可能性もあるとは思っていたが、安藤商会の場所さえ見つければ、安藤潤也に出会えると無邪気に信じていたのも確かで、いささか拍子抜けをした。「死んでるんですか？」と確認してしまう。

「わたしは生きてるけどね」と笑ったのは、安藤潤也の妻、安藤詩織だ。

岩手高原の、昔はペンション村と呼ばれ、いくつかのペンションが集まっていた地域らしかった。今はその建物は個人の住宅に使われ、何人かでシェアされているものもあれば、一人しか暮らしていないログハウスもあるという。

安藤商会は、その集落を走る道を下り、少し進んでから今度はもう一度、山に向かって上っていったところにあった。見晴らしの良い場所の、平屋だ。敷地は広かったがそれは花で埋められた庭が大きいためだ。家屋自体は小さいもので、塀も生垣もなく、敷地と山の境目《さかいめ》が分かりにくいので、花のたくさん咲く場所に、何をどう誤ったのか家まで生えてしまった、という様子にも思える。

空はすっかり晴れ、日差しがその庭の花びらにつく雨の雫を光らせている。

「きらきらした家ですね」庭の置き石の前で、その幾重にもなって反射する日差しと花の色を見ながら、私は言った。

「住んでる詩織ちゃんもきらきらした人なんだよねえ、これが」愛原キラリはためらうこともなく、庭に入っていく。

「七十過ぎですよね」

「そうだね、七十の後半戦だねえ。七十過ぎたら、きらきらしないと思ってるでしよ」

「というより、二十代だってきらきらする人なんていないですよ」

「その通り」愛原キラリが威勢良く言う。「人間がきらきらしてるなんて、三歳くらいまでだよ。本当は」


安藤詩織は庭の隅でしゃがんでいた。その背中が見えた。小柄で、黒いニットを着ている。下はジーンズで、シャベルを持って土を小さく掘っていた。

「詩織ちゃん、お客さん」愛原キラリが潑剌とした声を出す。「若い男だよ、若い男が来たよ」と付け足すので、私は顔を歪める。いい魚が獲れたから、刺身にでもしようか、と言わんばかりだった。

「若い男かあ」と笑い、安藤詩織が立ちながら、振り返った。髪はすべて白くなり、頭頂部も薄い。太陽が眩しいのか、シャベルを持った右手を額の、目の上に掲げ、ひさしを作った。その腕は細く、指には葉脈さながらに血管と皺があった。見れば顔の口周りや目尻にも皺がある。日に焼けているのか肌は健康的な茶色をしていた。

「ああ、本当だ、若い男だね」

そう言った安藤詩織は、ＯＬであるとか女子学生であるとか、そういった若い女性に見えた。額や頬に年相応と思しき染みのようなものも見えたが、それ以上に彼女にはさっぱりとした品があった。

可愛い人だなあ、と私は思い、それが七十代の女性に対して抱いた感想だということに、自分でも笑ってしまう。

安藤詩織が寄ってくる。敷き石を踏みながら、途中でバランスを崩したのか、「よ」と言うと脇にいったん跳び、そしてまた、敷き石に着地した。よく見れば、石の上に青虫が這っていて、それを避けたようだった。

「渡辺といいます」私は頭を下げる。「安藤商会のことを聞きたくて」

「ねえ、聞いてよ、この渡辺君はどうやら、親戚らしいんだよね、わたしたちの」

「え、そうなの」

「そうそう。びっくり」

「わたしたちの親戚に若い男なんているの?」と冗談めかし、老女である安藤詩織は言った。少女じみた豊かな好奇心を滲ませているように見える一方で、実は何事にも関心がないかのような、達観した色もある。「どういう親戚、どういう親戚?」と訊ねてくる。

私は頭の中に即席の家系図を描き、それを線でなぞる感覚で、「安藤潤也さんの従姉が、俺の母方のお祖母ちゃんで」と言う。

「分かりづらいねー」と安藤詩織が噴き出した。

「分かりづらいよ、あんた」と愛原キラリが、肩を叩いてくるので、私は体勢を崩す。

「安藤潤也さんには会えますか？」庭の奥、平屋を窺いながら訊ねたが、すると安藤詩織が両眉を下げた。「残念。死んだら、会えるよ、渡辺君」

「え？」

そして彼女が、「潤也君は死んじゃったんだよね」と教えてくれ、愛原キラリが、「あれ、わたし、それ教えてなかったっけ」ととぼけたわけでもないだろうが、あっさりと言った。


平屋に上げてもらい、庭に面した和室で、広いテーブルに座る。私の前に、安藤詩織と愛原キラリが並んでいる。五十代と七十代の女性に品定めをされるようで、私は緊張した。三者面談というよりは、女性友達に、「彼女がいないのならいい子がいるよ」と紹介してもらっている場面を想像した。

「ここはいったい、何を売る商店なんですか？　安藤商会というのは」

「いい質問だね」と安藤詩織が微笑む。

どこがいい質問なのかはさっぱり分からず、よく考えれば、からかわれているのは明らかだったが、私は悪い気分にはならなかった。むしろ、魅力的な後輩の女性に、誉められたかのような心地良さを感じた。

「全然、いい質問じゃないよ、渡辺君」愛原キラリが否定する。

「潤也君はね、何かを売るというよりは、お金を使うことを仕事にしていたんだよ」

安藤詩織がコップに入ったコーラをストローで飲んだ。ますます、彼女が若い女性に見える。

「普通は」と私は指摘する。「その、お金を稼ぐ手段を、仕事といいますよね？」

「でも、競馬とか競輪で稼ぐだけだからね」安藤詩織があっさりと認めた。

「それって本当なんですか」

「わたしが言ったのに、信じてないわけ」愛原キラリがその太い腕をテーブルの上に出す。妻の佳代子の怖さとはまた次元の違う、怖さだった。佳代子の場合は、自分の生命の危険を心配しなければならず、それに比べれば、愛原キラリの怖さは玩具のような可愛らしさがある。

「潤也君は自分が勝てるレースを選んで、少しずつ増やしていったわけ。単勝狙いで、こつこつと」

「倍が倍になっていくだけでも、大金になる」

「そう。しかも、そのお金は別に、誰かを騙したわけでもなくて、いろんな人が自発的に賭けたお金から、もらっているわけでしょ。だから、健全といえば健全だと思わない？　ずるをしているわけでもない」

「確かにそうですね」これには私も自然に同意できた。安藤潤也がやったことは、詐欺や窃盗とは違う。ただ、競馬や競輪で儲けただけだ。極端に言うと、募金や寄付より健全に感じられる。競馬に負け、泣いている人はいるだろうが、それは安藤潤也のせいではなく競馬のせいだ。「そのお金を何に使ったんですか」

私が何気なくぶつけたその質問に、安藤詩織は苦笑した。口元をほころばせ、微笑んでいるようにも、泣き出しそうにも見える表情になり、髪を静かに触る。「それが大問題だったんだよね」

「お金の使い道が？」

「潤也君が二十代の時、競馬とかが当たるようになった時、何て言ったか分かる？お金を何のために使うのか、ってわたしが訊ねて」

「さあ」

「こう答えたんだよ。『世の中のために』」

「素晴らしいねえ」愛原キラリが隣で言い、そして言葉とは裏腹に関心もなさそうに、すぐ手元にあるポテトチップスをむしゃむしゃと頬張りはじめる。

「世の中のために、ですか」

「もしくは、『めくれたスカートを直すために』って」

「スカートを直すって何ですかそれ」私は唐突な言葉に面食らった。お金を得て、スカートを直すとは、何かの隠語にも思える。

「誰かのスカートがめくれていた時にそれを直してあげたい、って潤也君はよく言ってたんだよ」安藤詩織が答える。

「そんなの、直せばいいじゃないですか」

「直すのに命がけって時もあるんだよ」彼女は言った後で、「でも、とにかく、世の中のためにって言ってもどうすればいいかなんて、分かんないでしょ」と相好を崩す。「最初はね、どこかの慈善団体とか障害者支援団体に寄付するってことを考えて、それもやっていたんだけど、でもね、それは根本的に、世の中を良くすることにはそんなに繋がらないんだよ」

「そうなんですか?」

「もちろん、良くはなるし、救われる人はいたと思うよ。喜んでくれる団体だってあったし、助けられた人もいた。潤也君がどんとお金を渡したら、団体なんて放って、消えちゃった人もいたけど、まあ、いろいろあったんだよね」安藤詩織は残り少なくなったコーラをまた、ちゅうちゅうと吸ってから、コップの底を見下ろしている。彼女が、安藤潤也と過ごしていたその何十年間を想像することは難しかったが、ただ、彼女の発する、「いろいろあったんだよね」という言葉が軽快なわりに、大事に発せられたことが印象的だった。

人生は要約できない。

井坂好太郎がそう言っていたのを思い出した。要約した時に抜け落ちる部分こそが、その人の人生なのだ、と。まさに、「いろいろ」の部分だ。

「潤也君は莫大なお金を持てば、世の中を動かせると思っていたんだよ。良いことに使えばいいって考えていた」

「良いことって？」

「それがまた難問だよね。さっきも言ったみたいに最初は、寄付とか義捐金とかそういうので使うことが多かったんだけど、それだけでは何かが違うような気がして、三十代の時はね、二人で全国を旅行して回ったこともあったんだよ。競馬場とか競輪場とか行きつつ、何かお金の使い道がないか、誰かお金に困っている人はいないか、とか考えながら」

優雅とも言えるし、物好きなとも言える夫婦の旅だ。

「何様なんだよ、って感じだよね、わたしも潤也君も」と七十代の安藤詩織は、三十代の自分たちをたしなめるようでもあった。

「どんな旅だったんですか」社交辞令というよりも興味があったからだったが、彼女は、「年だから、あんまり覚えてないんだけど」と遠い目をし、縁側の向こう側、庭に視線を向けた。「愉快なことはいくつかあったね」と息を洩らした。まるで、庭に姿のない安藤潤也が立っていて、その彼から、「ほら、あの話があったじゃないか」と説明を受けたかのようにも見えた。

彼女が話してくれたのは次のような出来事だった。

安藤潤也と旅行に出たはじめの頃、関東近郊の街に一週間、泊まっていた。その近くで、ある政治団体の集会があり、その主宰者に話を聞くのが目的だったらしいが、道すがら夜の繁華街の裏通りで、明らかに売春の客引き目的で立つ女性を見かけた。珍しい光景ではなかったが、その彼女のそばに、「ママ」と子供が寄っていくのを見て、安藤潤也は立ち止まった。

女性はまだ二十代で、背は低く、化粧が濃かった。童顔にも見える。時間はすでに深夜で、眠そうな顔をした子供が、「ママ」と擦り寄っていく。

「ほら、お兄ちゃんたちとあっち行ってて」と女性はあからさまに困惑顔で、罪悪感を浮かべつつも、必死に、子供を追い払おうとした。

「おい、こっちに来て、寝てろよ。ママが仕事できないだろ」と数人の若者が、その子供を無理やり抱きかかえ、笑いながら、路上駐車しているワゴン車に連れて行く。

安藤潤也がその光景をじっと眺め、「詩織はどう見る？　あれ」と訊ねた。

「あれはねえ」安藤詩織は状況から、想像力を働かせる。「お母さんがお金を稼がなくちゃいけなくて、で、あそこでお客を探してるのかなあ。仕事の間、あの若い男たちが、彼女の子供を預かってる。そんな感じ」

「あの若い男たちが、あの彼女を働かせてるっていうパターンかなあ」

「そうかも」

じゃあ答え合せに行こうか、と安藤潤也が歩いていき、路上に立つ彼女に声をかける。彼女は一瞬、客が現われたと思ったのか、喜びと緊張を同時に見せたが、安藤詩織も一緒であることに気づくと、「何か？」と険しさを浮かべた。

「お金のため？」と安藤潤也が訊ねる。

「そうに決まってるでしょ」

「借金？　生活費？」

安藤潤也の言い方は淡々としている。お金の悩みはとても重要だけれど、恥ずかしがることでもない、とその頃の安藤潤也はよく口にしていた。「お金で解決できることは、生きていく悩みの中では、シンプルなほうだよ。もちろん、大事な問題だけど」と。

そして、そのシンプルな問題で人生を台無しにしている人が多いことを悲しんでいた。

女性は、安藤潤也を訝り、警戒し、遠ざけようとした。そして、案の定と言うべきか、様子に気づいた若者たちが、ワゴンから出てきて、安藤潤也と安藤詩織を取り囲んだ。「仕事の邪魔しないでくれよ」と。

若者たちは、その女性が金融業者から多額の借金があり、それを返すためにはOLの仕事以外に夜、身体を売らなくてはならないのだ、と言った。自分たちはその金融業者から頼まれ、女性を働かせているマネージャーのようなものだ、と続け、「それでも利子も払えねえけどな」と笑っている。

ふうん、と安藤潤也が言った時、安藤詩織は、彼が借金を肩代わりする気だろうな、と想像でき、実際その通りに彼は、「俺が返すよ」と言った。

若者たちは噴き出した。「いくらか知ってるのかよ」彼女の借金は、逃げた夫が作った、事業による借金らしく、桁から言えば八桁、ゼロの数で言えば七つ、の金額だという。

「え、それでいいの?」安藤潤也はそこで、大袈裟に驚いてみせた。安藤詩織は、彼の意図が分かりすぎるほどだったので鞄の中から通帳を一冊出した。

若者たちがそれを受け取り、中を開き、目を丸くした。「何だよこれ」と彼らは興奮している。

「それで、返してやってよ。借金」

「馬鹿じゃねえの」

「ちなみに、それだけの金額を簡単に払える俺が、普通の仕事をしている人間だとは思わないだろ」と安藤潤也は言った。

え、と若者たちが怯む。

「君たちが、この場でその金を持ち逃げしたり、彼女にちょっかいを出したりしたら、俺はお金を使って、君たちを見つけて、大変な目に遭わせることができる。そう思うだろ？」

「思えるねえ」と隣で安藤詩織が腕を組み、うんうん、と首を振った。

「お金でたいがいのことはできる。君たちよりももっと物騒で、もっと抜かりない人が、喜んで君たちを探し出すよ。分かるだろ」

これは何の悪戯なのか、とその場にいる若者と女性は戸惑い、どうすべきなのか全員が悩んでいる様子だった。そのちょっとした混乱に、安藤夫妻だけはにやにやとした。安藤潤也は追い討ちをかけ、「それとも、ここで誰か一人でも俺にじゃんけんで勝ったら、その通帳、そいつにあげてもいいよ」と提案し、彼らをさらなる困惑の沼に落とした。

彼らは動揺しつつ、明らかに半信半疑ながらも、安藤潤也の、「じゃんけん！」の呼びかけに応じ、深夜の路上で唐突にじゃんけん勝負をやったが、何度やっても安藤潤也が負けない事態を目の当たりにし、じゃんけんの化け物を相手にしているかのように、顔を引き攣らせた。

「それでどうなったんですか」私は、安藤詩織に首を伸ばす。「その金融業者に話をつけたんですか？」

「つけたんだよねえ。よく覚えてないんだけど」安藤詩織は首を傾げる。

「覚えていないんですか！　でも、そんなに大金があるって分かったら、悪い奴らに目をつけられそうですよね」

「悪い奴ら、というのもまた、漠然としているけど」安藤詩織は嬉しそうに、それこそ孫の無邪気な質問に目を細めるようだった。「でもね、潤也君はうまかったんだよね、そういうのが。お金を使うことで、たとえば、怖い人にはもっと怖い人をぶつけたり、牽制し合うように仕向けたり。お金は人を救うこともできるし、脅しにも使えるわけ」

「それが三十代だったんですか」

「そう。わたしと潤也君の三十代は、そんな試行錯誤の日々だったんだよね」

「四十になって、どうなったんですか」

「それはね」意味ありげに安藤詩織はそこで間を空けた。私の反応を楽しんでいるのだろう。「やっぱり、試行錯誤の日々」

「一緒じゃないですか」

「そりゃそうだよ。いつだって、試行錯誤だって」

私はなるほどそうかもしれないな、と納得してしまう。さらに話を聞く前に、「そういえば、以前、俺の友人の、井坂好太郎という作家がここに来たはずなんです。ただ、愛原さんに会ったものの、ここへは連れてきてもらえなかったみたいで。それってどうしてなんですか」と抱えていた疑問を口にした。

「ああ、いたいた」愛原キラリが手を叩き、大口を開けた。「いたねえ。来たよ。で、追い返した」

「どうしてなんですか」

愛原キラリの説明はとても単純だった。「理由は二つ」

一つは、井坂好太郎がこの集落を訪れた時が、まさに安藤潤也の容態が悪化し、危篤状態になっていた時だった、ということらしかった。まさにタイミングが悪かったのだ。会わせたくても、会わせられなかった。

「なるほど、それは案内できないですよね。もう一つの理由は？」

「だって、あの男、『ザッツライト』とか『エキュスキューズミー』とか不自然な英語を使うし、へらへらしてるし、胡散臭いじゃない。意味もないのに、『逆転の発想』とか言ってるし」

「ですね」

「ああいうの、嫌いなのよ、生理的に」

何だそれだけのことか。「同感です」

28

できたばかりのラーメンを配達してくれたり、通信販売で購入した物を宅配便が届けてくれたり、というサービスなら馴染み深いが、漫画家が描き上げたばかりの生原稿を直接、家に持ってきてくれるサービスなど聞いたことがなかった。

私は、畳敷きの部屋で、七十代の安藤詩織と五十代の愛原キラリと向き合って、話を聞いている。

安藤潤也の特殊な、競輪や競馬で大儲けをできる能力について説明を受けたものの、安藤商会の正体はさっぱり分からず、ましてや播磨崎中学校の事件との繋がりも分からぬままで、そろそろそのあたりの話題に踏み込もうと思った矢先、玄関先から、「詩織さん、漫画できました」と男の声がした。

謎の訪問者！　と身構えたのは私だけで、安藤詩織は、「手塚君だね」と立ち上がる。

「手塚君？」玄関へと消える彼女を見送りながらその名前を繰り返すと、愛原キラリが、「少し前にさ、こっちに来た漫画家だよ。家族で越してきて。あんたよりも一回りくらい年上かなあ。何か、有名だったらしいよお」と教えてくれた。

すると、「いやあ、お邪魔します」と男性が、安藤詩織に続いて入ってきた。

眼鏡をかけた人の良さそうな中年男性という風貌で、背はそれほど高くなかった。真っ白のTシャツにジーンズという恰好だ。彼は、私のことに気づくと、「おや」と眉を上げた。「来客でしたか。それに愛原さんも」

そこで安藤詩織が、私のことを彼に紹介し、その後で彼を、私に紹介する。「こちらが手塚さん。手塚聡さん。東京で、売れっ子の漫画家さんだったんだって」

「売れっ子なんて」

「だって、紙になってたんでしょ？」愛原キラリが言う。今は大半が、デジタル原稿のネット販売だけで、何割かの売れている漫画だけが紙になるのだから、確かに売れっ子ではあったのだろう。

「でも、今は違います。売れないっ子です」と彼は言った。私の前に座るが早いか、手に持っていた封筒を開き、中から紙を取り出すと、「今回はまた、自分でも自信があるんですよ」と胸を張った。

「あんた、いつもそう言うじゃん」愛原キラリが乱暴に言う。

「いや、実際、自信があるんです」ほら、見てください、と安藤詩織に渡す。私の座る場所からはよく見えなかったが、紙の表側にはコマが切られ、絵が描かれているのが分かる。なるほど、本物の漫画原稿らしかった。

安藤詩織は、「じゃあ、拝見」と言い、いつの間にか老眼鏡をかけていて、原稿をめくりはじめる。隣で正座する手塚聡はまるで、編集者に作品を渡し、感想を待つかのような姿勢で、緊張と喜びを押し隠し、そわそわとしていた。

「あの」と私は我慢できず、言う。「手塚さんはその、井坂好太郎という作家をご存知ですか？」

手塚聡はそこで、井坂好太郎を知っているものの証《あかし》とも言える、迷惑そうな苦笑いを浮かべた。「ああ、知ってますよ。それが？」

「実は友人でして」おそらくそう答えた私の顔も相当に苦しげだったに違いなく、彼もこちらの気持ちを察してくれたようでもあった。「前に、知り合いの漫画家さんがネットの流言飛語で大変な目に遭ったと聞いたんです。失礼かもしれませんが、それはもしかすると」

「僕のことですね」手塚聡は悲しげな表情になった。

やはりそうか、と納得する。「確か、あなたが、安藤潤也さんに会ったことがあるらしいと井坂が言っていて」

「そうなんです。それで、ここに引っ越してきました」

手塚聡の顔をまじまじと眺める。色白で、まさに餅肌、と言えるその顔には、さっぱりとした清々しさがあった。

「ネットって怖いねえ、本当に」愛原キラリが腕を組む。「わたしの若かった頃とあんまり変わんないよねえ、そのあたりは。まあ、進化も退化もしてない感じだけど。ネットって嘘とも本当ともつかない情報が飛び交ってさ、滅入ることが多いから。わたしがモデルをやっていた頃もね」

愛原キラリの家で見かけた、彼女が若かった時の写真を見ていなかったら、モデルをやっていたとは到底信じがたい。

「知り合いのモデルの子が、恋人に、セックスしている動画をネットに公開されちゃって、もうね、酷かったよお」

「そんなのはもう、五十年前から同じでしょうね」私は言った。インターネットが普及してから、多かれ少なかれそういったことは起きる。人間の考えることはさほど変わらない。誰かを暴行したり虐げたり、それを撮影して公開したり、もしくは、公開されている情報にケチをつけて騒ぐ。

「その子、最初はその動画をどうにか削除しようとしたらしいんだけど」

「無理ですよね」手塚聡が同情を浮かべた。

「そう。で、もうね、自分の裸を世界中から見られているような気分になっちゃって、鬱病みたいになってさあ」愛原キラリはのんびりとしながらも、その数十年前の友人に思いを馳せるようだった。

漫画家の手塚聡はしみじみと、何度もうなずく。「僕もそうでしたよ。ある日、気づいたら、ネット上に僕を非難する言葉がぎっしりで、見たこともない映像や写真がたくさん、あって。驚きました。世の中のありとあらゆる人間が、自分を軽蔑して、憎んでるんだと確信しましたよ。恐ろしいのは、自分で知っている自分よりも、ネットで大多数が書いていることのほうが真実だと思いはじめてしまうことなんです。自分ですら、そう思っちゃうんですよ」

「『おまえが犯人だ』って警察に言われ続けて、自白しちゃうような?」私は訊ねる。

「息子も学校で苛められて。自宅の写真が誰かに撮られ、ネット上に貼られ、家を燃やすことや子供を攫うことを面白半分に煽られていたのを見て、ぞっとしました」手塚聡は言ったが、それほど苦痛の表情ではなく、むしろ今は全快した過去の病の苦労話を淡々と語るのと似ていた。「そういう頃にたまたま、安藤潤也さんに会ったんですよ」

「東京でだよね」原稿に目を落としていた安藤詩織がその時だけ、こちらの会話に参加した。「潤也君、東京の病院で検査受けたから」

「僕が川べりでぼうっとしていたら、潤也さんと詩織さんが歩いていて、声をかけてくれたんです」

「わたしたちの趣味みたいなものなんだよ。誰か、浮かない顔した人がいると、話を聞くの。暇潰しになるし」

「不思議な老人だなあ、と思いましたよ。年齢は明らかに上なのに、僕なんかよりもよっぽど生き生きしていて、明るくて。無邪気な、サッカー少年みたいでした」手塚聡は眼鏡を触りながら、その時の安藤潤也のことを話した。


「これからすごく陳腐なことを言うよ」川べりのベンチに座った安藤潤也は、手塚聡にそう言うと大きい瞳を輝かせ、「ネットには良い面も悪い面もある」と陳腐なことを口にした。

「ですね」手塚聡はそう答えるほかない。

「ネット上には膨大な情報が流れている。自由で手っ取り早く、素晴らしい、と俺は思う。でも、今の君みたいに、突然、ネット上で陥れられる可能性もある」

「僕の場合はデマカセですよ」

「人の興味は、それが真実かどうかということよりも、面白いかどうかということに反応する。真実らしければ、いい。君がそこで、これは事実ではない、と主張しても騒ぎは収まらない。むしろ火に油を注ぐ結果になる。なぜなら、野次馬からすれば、面白いからだ」

「そう思います」

「二十年ほど前に、インターネットに接続するためには身分証明書が必要になったのを知っているかい？　ネット上で発言するには、匿名では無理になった。まあ、別の国ではすでに導入していたらしいけれど、それを日本でもやろうとしたんだ」

「そんなこと、あったんですか？」

「莫大なお金をかけて、国が認証用のインターフェースを作って。でも結局、意味がなかった。ネットの良さは、その自由さにあるんだ。自由さと手っ取り早さ、それを封じようと言うんだから、馬鹿げているやり方だったよね」

「言われてみれば、聞いたことがあるような」

「本気でやるつもりなら、もっと方策はあったはずなんだ。身分証明のＩＤを法律で押し付けるんじゃなくて、そのＩＤを使った人間のメリットを分かりやすく、気前良くやるべきだった。資本主義では、社会を動かすのは、道義とか倫理ではなくて、欲望と利益だっていう原則を見失っていたんだ。だから、失敗した。どんなシステムでも、導入する際はサービスが不可欠だ。その仕組みに参加するメリットが必要なんだ」

「で、結局、ネットは匿名に戻ったんですね」

「そうだ。かろうじて、接続情報の開示についてシステム化はできたけど、有意義だったのはそれくらいだったな」安藤潤也は淡々と続ける。

「接続情報？」

「誰かがネットで、悪さをするだろ。犯罪性が認められる場合は、接続業者はその、誰かさんの接続情報を、警察に提供しなくてはいけない。これはずっと昔からそういうことになっていた」

「ですよね」裏を返せば、それ以外の場合には、匿名性は維持できるわけで、だから手塚聡も、自分に風評被害を与えた人間を見つけることができなかったのだ。

「それをシステム化したんだ。いくつもある接続業者の情報管理を統一して、ある権限を持つ人間であれば比較的、容易に、接続情報を得られるよう、その流れをシステム化した。ネット利用できる店舗についても同様だ。会員情報がデータベースで共有されて、検索できる。大量の接続情報が保管される。もちろん、逮捕令状を持っていないと家宅捜索できないのと同じで、無闇なことはできないが、条件さえ揃えば、たとえ匿名でも、どこのパソコンを使おうと、その書き込んだ人間の住所や素性は把握できる」

「いつの間にそんな仕組みになってたんですか」聞いてないですよ、と手塚聡は驚く。

「国というものは、大事なことは知らせないものなんだ。でもまあ、あれも無駄遣いだったな」

安藤潤也の言い方はその費用を自分が負担したかのようでもあった。

「とにかく、ネットでの風評被害については、犯罪性があればまだ、システムで犯人を突き止めることができる。ただ、そうじゃなければ、自分で自分を守るしかない」

「ですよね。無理ですよね」

「いくつか方法はあるけど」安藤潤也はそこで表情を緩めた。目尻に、笑い皺が寄る。その隣に、安藤詩織は黙って、座っていた。

「情報を削除するんですか？」

「削除なんてできない。海に流れていったオイルを掻き集めることができないのと一緒だ。もちろん、徹底的にやる覚悟があれば可能ではあるけれど、消せば消すほど怪しまれる可能性は高い。それよりは」

「それよりは？」

「別の偽情報を流すべきだ」

「偽の？」

「すでに流れているデマカセとは別のデマカセを作る。あくまでも君を非難する、別のデマカセだ。もちろん、念入りに根気良く準備する必要はある。君を嫌う人間が、さらに喜ぶような内容がいい。偽の映像を流し、偽の写真を作る」

「被害が拡大するだけじゃないですか」

「何が真実なのか分からなくはなる」安藤潤也はしっかりとした口ぶりで言う。何が真実なのか？　手塚聡の頭でその言葉が鐘を鳴らすようだった。

「誰かが、君の名前をネットで検索する。すると様々な噂が出てくる。そのどれもが真実に思えるけれど、どれもどこか怪しい。そうなったら、その誰かはどう思う？」

「『手塚聡はずいぶん、悪い噂が多い漫画家だなあ』って？」

安藤潤也が噴き出す。少し離れた場所を流れている川に、鳥が滑空してくる。水面を舐めるようにして、また、飛んだ。

「そうじゃないよ。とりあえずは、『胡散臭いな』と思うはずだ」

「胡散臭い？」

「どれが本当かも分からないし、どの噂も胡散臭いな、ってそう思うはずだ。実際、どの情報もデマカセなんだから、胡散臭いのは当然だ。『あいつは痴漢をしたらしい』『あいつは性転換をしたらしい』『あいつは謎の奇病で死んでしまい、今いるのは影武者らしい』『あいつは脱税をしているらしい』『あいつは奥さんに、尻を蹴られて、喜ぶ性癖があるらしい』たとえば、特定の一人にこれだけの噂があったら、俺ならこう言うよ。『なんだかよく分かんないから、どうでもいいよ』」

手塚聡は、隣の老人が、明晰な旧友ではないかと錯覚しそうになる。

「でも、もっと手っ取り早いのは」

「何ですか」

「ネットに接続せずに、どこかの田舎でのんびり暮らすことだよ」

あまりに、ごく普通の意見が飛び出してきたので手塚聡は、その言葉の裏を読もうとしたが、特にそういった様子でもなかった。

「ネットが重要なものだということは間違いない。仕事も人とのコミュニケーションもネットがないと難しい。だけど、なくても生きてはいける」安藤潤也は言いながら、顔をくしゃっとさせ、うなずいた。「びっくりするかもしれないけどな、ネットがなくても生きていけるんだよ」

「僕の偽情報は消えないのに？」

「でも、ネットが追ってくるわけでもない」

「追ってくるかもしれない。ネットの情報を見た誰かが、僕の居場所を探して、嫌がらせをするかもしれない。そうじゃなくても、その居場所をまた、公開するかもしれない」

安藤潤也がまた、息を洩らす。白い前髪をいじくった。「どうだろうな。確かにそういう可能性はあるかもしれない。ただ、みんな、そんなに暇じゃない。悪口ってのは、言われてる本人以外にとっては、さほど重要な問題ではないんだ。そして、ネット上の君の悪口を疑いもなく信じている人間とは、君は距離を取るしかない」

「でも」

「岩手山って知ってるか」安藤潤也がさらに言った。「そこの近くにさ、俺たち住んでるんだけど、こっちに来るか？　空き家ならある」

突然の申し出で何が何だか分からなかったが、手塚聡はこのまま、東京で家族と不安に震えながら暮らすよりは別の場所に行くのもいいかもしれない、と感じていた。

「仕事を続けたいなら、そこで続ければいい。ばっさり辞めるのも手だ」

「ただ、仕事をしないとお金が」

「俺が少しなら、あげられるよ」

初対面の見ず知らずの男に、この老人はいったい何を言い出すのか、と手塚聡はさすがに不気味さを覚えた。「どういうことなんですか」

安藤潤也は優しい笑みを浮かべる。若い頃の彼は、かなりの二枚目だったのではないか、と想像できた。

「私は皇帝になりたくない。支配するよりも人々を助けたい」と言った。

「え、それは？」私は訊ねていた。いったい、安藤潤也のその返事は何なのだ？

「チャップリンの台詞なんだよね」安藤詩織が言った。その小ぶりの顔は、大人びたヒヨコとでもいうような、可愛らしさがある。「チャップリンの、『独裁者』っていう映画があってね。その、『独裁者』の最後に、チャップリンが演説するんだけど、その冒頭の言葉。『私は皇帝になりたくない。支配するよりも人々を助けたい』って」

「何とも、綺麗事な感じで、潤也君らしくないというか、らしいというか」愛原キラリが笑う。

「潤也君は、そういう綺麗事をわざと口にするのが好きだったんだよ」安藤詩織は、うんうん、とうなずき、とんとん、と原稿をテーブルのところで揃えた。「今回の原稿、面白かったあ。どうもありがとう、手塚君」

本当ですか！　手塚聡は正座したまま、背筋をぴっと伸ばし、心底幸福そうな顔を見せた。「いや、自信はあったんですけど、そう言ってもらえると嬉しいですよ」

「それって、連載原稿なんですか？」私が封筒を指差す。

「まあ、連載というか、毎週、詩織さんに読んでもらうだけなんですけどね。結局、僕は漫画が描ければそれでいいんですよ。で、読者が一人いればいいんです」

はあ、と私は返事をする。何らかの作品を作る人間は、できるだけ多くの読者や鑑賞者を求めているのだと思い込んでいたから、手塚聡の意見は意外でもあった。「どういう話なんですか、それは」

「実はね、わたしが見た夢をもとに創ってもらってるんだけど」安藤詩織が照れ臭そうにした。「ある人が、超能力を使って、政治家と対決する話なの」

「超能力」私は鸚鵡返しにする。「安藤潤也さんの持っていたような？」

「まあ、そうだね、あれも超能力だし」安藤詩織は言って、「いろいろあるんだと思うの」と首を揺すった。

「渡辺君、あんたも絶対、何か持ってるよ。親戚なんだし」愛原キラリが、私に指を向けてくる。

「親戚？」手塚聡が、興味深そうに私を見た。

「潤也君がギャンブルとか、じゃんけんに負けなくなったのは、お兄さんが亡くなってからなんだよね」安藤詩織は言った。

「そうそう、だから、あんたも何かをきっかけに目覚めちゃうよ。凄く追い込まれたりしたらさ」

「きっかけ？　追い込まれたり？」私はぼんやりと応じながら、加藤課長が、「おまえたちを窮地に追い込んで、能力が覚醒するのを待ってる」と言っていたのを思い出した。そして、妻の佳代子の顔が頭を過ぎった。

29

夫の超能力を覚醒させるために、妻が必要以上に夫を追い詰める。そのようなことがあるとは思いにくい。が、あるのだろうか。

愛原キラリに、追い込まれると超能力が目覚めちゃうよ、と言われた瞬間、私の頭の中には佳代子の姿がぺったりと貼りつき、それが消えなかった。

まさか、と呟いてしまう。

「まさか、って何か身に覚えでもあるの？」安藤詩織が口を尖らせ、目を大きく見開いた。そうすると、ますます愛らしいヒヨコだ。

「あれでしょ、奥さんのことでしょ」愛原キラリがテーブルの煎餅を齧りながら、何事もないように言った。

「どうして分かったんですか」

「当たったの？」愛原キラリは落ちた煎餅の欠片を掻き集めている。「当てずっぽうだって。既婚の男がね、まずいな、って顔をしてる時の大半は奥さんが関係してるんだって」

「でも、超能力のことで、どうして奥さんを思い出したんですか」手塚聡は、年下であるはずの私にも丁寧に話をしてくれる。井坂好太郎とは正反対の、良い感じの人だ。二人の仲が良好でないのも当然で、その非は明らかに、井坂好太郎のほうにある。

「妻が怖いんですよ」私は自分の膝に手を当て、俯き気味に、自らの恥ずかしい性癖を告白する気分で、打ち明けた。「だから、その恐怖で、何か覚醒するのではないかって」

向かいに座る三人が一斉に噴き出した。愛原キラリは口の中の煎餅を少し吐き出したほどだった。

それから思い思いに、奥さんが怖いと言ったところで高が知れているだろう、そんなことを言えば世の中の夫という夫はみんな何らかの力を目覚めさせちゃうよ、いったいどれほどの怖さがあればそうなるのだ、と囃し立てた。

「まあ、そうなんですけど」私はごにょごにょとお茶を濁したが、内心では、「違うのだ」と反論したくて仕方がなかった。

私の妻の恐ろしさは、通常の恐妻の定義を驚くほど逸脱するものだ。恐妻家だ愛妻家だと言って、きゃっきゃっとしていられるのはママゴトに近い。恐妻家にプロアマがあるのだとすれば、そんなのはアマ中のアマだ。私の場合は切羽詰ったものだった。だからこそ、「もしかすると」と思わずにはいられない。

妻の怖さにより、自分の能力が飛び出すのではないか？　いや、もっと正確に言えば、「妻は、私の能力を目覚めさせようとしているのではないか」と閃いた。あまりにも突飛な考えで、赤面しそうで下を向いたがそこを愛原キラリに、「あんた何を顔赤くしてるのよ」と笑われた。「奥さんとの恥ずかしいこと、思い出しちゃった？」

「そうじゃないですけど、ただ、俺に隠れた能力があって、そのことを妻が知ってぃて、覚醒させるために怖いことを仕掛けてくるなんて、ありますかね」言えば言うほど恥ずかしくなった。「まあ、ないですよね」

一瞬、安藤詩織と愛原キラリが黙った。二人で顔を見合わせ、相談するようなことはなかったが、「何を馬鹿言ってるの」とすぐさま笑い飛ばされると思っていた私からすれば、少々予想外な反応ではあった。

「なくもないよね」しばらくして愛原キラリが言った。煎餅の齧り方が心なしか大人しくなった。「特殊な能力に興味がある人はいるし、そういうのを研究している人はいつだっているし」

「いるんですか」

「いるよ。いたし、いる」と答える愛原キラリは特定の人物が念頭にあるようでもあった。

「人はさ、どんなことでも興味を抱いて、仕組みを調べ上げたくなるんだよ」安藤詩織が言う。

「どんなことでも？」

「そう。遺伝子研究だってそうだし、ウィルス研究だってそう。『いったいどうなっているのかな』と何でも知りたいの。潤也君の能力のことをね、調べようとした人もいたんだよ、昔」

私の頭には短絡的に、超能力を調査する白衣の医師たちの姿のようなものが浮かんだ。

「それもあって、うちの子、外に出したんだけど」と彼女は淡々と喋った。

「お子さんは今どこに？」

「たぶん、仙台」

私はその、子供のことにさらに踏み込むことは憚られるような気がして、質問できなかった。

「ちなみに、その、手塚さんが今、描かれている漫画の超能力というのはどういうものなんですか」私は、手塚聡が持っている原稿を指差す。

「実はそれはね、わたしのお義兄さんが主人公なんだよね。潤也君のお兄さん」安藤詩織が説明してくれた。「ある時、突然、お兄さんが腹話術を使えるようになるわけ」

「腹話術?」人形の口がぱくぱくと動き、その背後の人間が喋ってみせる、というあれか。

「そう。ただ、人形相手じゃなくて普通の人間にね。自分が念じた言葉を、相手に喋らせることができるわけ」

「何ですかそれは。自分の言葉を、相手に？」

「たとえば」と手塚聡が自分の漫画原稿を封筒から出し、私の前に広げた。オーソドックスでありながらも個性のある絵で、迫力がある原稿だった。「こういう感じの超能力ですね」

そのページには、老人が、若者たちに囲まれる場面があった。老人は恐怖心のために、抵抗もできず、わなわなと震えているのだが、急に、「おまえら、俺を誰だと思ってんだ？　今、ここで妙なことしやがったら、後で死ぬほど後悔するぜ。俺の部下がやってきて、おまえたちを監禁して、早く死なせてください、と懇願したくなるような仕打ちをする。それでもいいのか」と落ち着き払った声で啖呵を切り、若者たちはその変貌と異様な発言に怯える、という内容だった。そして、その老人の発言は、主人公である男が少し離れた場所から、腹話術の能力を使い、老人に言わせたものらしかった。

「これで、敵と闘えるんですか？」私は漫画の中での話だとはいえ、腹話術という地味な能力で何ができるのか、と心配になった。「しかもこの主役が、安藤潤也さんのお兄さんなんですか」

「お義兄さん、結構若いときに死んじゃったんだよね。ある時、突然」と安藤詩織が残念そうに眉をひそめる。

「病気ですか」

「分からないんだけど、脳溢血みたいな感じで。しかも、犬養舜二っていう政治家の演説の場所で、ばったりと」

「犬養」私は少し声を大きくする。またここで、その政治家の名前だ。

「渡辺君も知ってる？　犬養首相。わたしたちの若い時、一世を風靡しちゃってたんだよ」安藤詩織は穏やかな声で話す。「それで、まだ首相になる前だったんだけど、凄く犬養舜二が注目されていた時にね、お義兄さんが演説を聞きに行って、そこで死んじゃったわけ」

「それは、あまりに感激して？」

安藤詩織は、「どうなんだろうねえ」と笑った。「本当に急だったからびっくりして。わたしも潤也君もパニックだったんだよね。死ぬなら言ってくれればいいのに、なんてね、潤也君、本気で言っていたんだよ」

愛原キラリはその頃の安藤潤也たちとは面識がなかったのかもしれない。確かに年齢差を考えればその頃の彼女はまだ幼児に近かっただろう。「わたしの知ってる潤也君はいつも、落ち着いてたし、パニックになってるところなんて想像できないけどねえ」と言った。

「ものすごいお兄ちゃんっ子だったんだよ、潤也君。だから、お義兄さんがいなくなったら、まっすぐ歩くこともできないくらいで。でも、だんだん普通に戻っていったんだよね。それから十年くらいしてからかなあ、わたしがね、ある時、夢で見たわけ。お義兄さんが不思議な超能力を発揮して、犬養首相と対決しようと奮闘して、でもその結果、命を落としちゃうって話をね」

「妙な夢ですね」

「すごく現実味があったんだよ、その夢。もう、録画されていた事実を眺めていたみたい。お義兄さんの考えていたことまで、わたしには分かって」

「その夢だと、お義兄さんの死因も分かったんですか」

うーん、と安藤詩織は言い淀み、「一応、そのへんの筋書きもちゃんとあったことはあったんだよね。夢の中で」とこめかみあたりを掻いた。「さっきも言ったけれど、犬養さんってその頃、大人気でね」と今度は、犬養舜二を友人のように呼んだ。「カリスマ性みたいなのがあったんだよね。言うことは分かりやすくて、はっきりしていて、使命感と責任感に満ちていて」

「分かる気がします」先日、街頭で会った若者がいまだに、熱気を持って、「犬養首相が言ってたじゃないですか」と話していたのを思い出す。リアルタイムで犬養の現役時代を知らぬ若者ですらそうなのだ。

「ヒトラーみたいだった、って言う人もいるよねえ」愛原キラリがうなずく。

「ヒトラーというより、ムッソリーニだってお義兄さんは言ってた」

「ムッソリーニ」私はその独裁者の名前は知っていたが、詳細は知らなかった。後で検索しよう、と思ってから苦笑する。人は知らないことに出会うとまず、どうするのか。検索する。まさにその通りだ。

「で、やっぱりね、その犬養さんの周囲にはいろんな人が集まっていたんだよね。政策に共感する人もいれば、利用しようとする人もいたり、そうじゃなかったら少し熱狂的な」

「親衛隊のような？」私が口を挟むと彼女は顎を引き、「そうそう。そういう中にはやっぱり、超能力を持ってる人がいたりして、その誰かの力で、お義兄さんは倒されちゃったわけ」と言うと、ふふふ、と可愛らしい息を洩らした。

「超能力だらけじゃないですか」私は思わず、のけぞりそうになる。鼻白んだ。「それは荒唐無稽な、少年漫画ですよ」

安藤詩織は人差し指を嬉しそうに振った。「そうそう。だからね、漫画にしてもらってるの」

「だから、漫画にしてるんですよ」手塚聡もうなずいた。「それに、少年漫画のようだ、という批判は、少年漫画の本質を分かっていない人間の愚かな台詞です」

「なるほど」手塚聡が妙に力んでいたため、私は少し気圧された。

「最初は、この場所に誘ってくれて、住居を世話してくれた安藤さんたちへのお礼の気持ちで、原稿を描きはじめたんですが、でも、やりはじめるとやっぱり夢中になってしまって」

「たった一人の読者のために、ですね」

「昔は考えたこともなかったですが、理解してくれる読者が一人いれば、それで充分なところはあるんです。たぶん、物を作る人には、自己顕示欲と創作欲が両方あるんでしょうけど、自己顕示欲を捨てれば、読者の数は一人でも平気です」

彼の口ぶりや態度には無理をしたり、見栄を張ったところはなく、本心なのは明らかだったため私も、「そういうものですか」と納得するほかなかった。売れれば売れるほど幸せで、他人は理解などしなくてもいいから自分のことを褒めてくれればそれでいいのだ、と思っている節のある井坂好太郎と比べると、ずいぶん違う。私は感心した。そして同時に、井坂好太郎が、安藤潤也について述べていた話を思い出した。

「そういえば、潤也さんは以前、東シナ海での問題で、犬養さんと一緒に行動したっていう噂を聞いたんですけど」

「東シナ海の問題」という言葉自体が曖昧で、自分で喋っているそばから胡散臭さを覚え、声が小さくなってしまう。

「あった、あった」と安藤詩織は若かりし頃の、流行ドラマの話でもするかのように軽快だった。「あったね、そういうこと。二十年くらい前かな」

「犬養さんと潤也さんが、その、アメリカと中国の揉め事を収拾したっていうのは、事実だったんですか」

「揉め事っていうと何か可愛いけど、そうだね、揉めてたよね。潤也君はいつも、あちこちから情報をもらっていたんだけど」

「情報？」

「お金で作った人脈と情報網」恰好いい響きだねえ、と安藤詩織が自分で言う。「それで潤也君は、東シナ海に中国が妙な機械を設置したのが本当だと知ってね」

「妙な機械って何だったんですか」東シナ海危機と呼ばれるその揉め事についてはテレビや本でよく目にするが、詳細は定かではない。中国が設置したのは、核兵器とも言われるがそれも分からない。

「わたしも詳しく教えてもらわなかったけど、簡単に言うと、人工的に地震を起こす機械みたい。機械というよりは装置？」

「地震を」

「核兵器とか化学兵器じゃなくてね、地震を武器にしようとしたわけ。確かに、大地震が起きるとそれだけで都市の機能なんて台無しでしょ。もし、それがあちこちで起きたら、その国の経済なんてほとんどおしまい。表立って、ミサイル撃ったら、大騒ぎだけど、こっそりぐらぐら大地震を起こしちゃうならばれないかもしれない。大きな国はやっぱり、考えることのスケールが違うよね」

「それ、本当ですか？」私はどうにも信じがたかった。愛原キラリと手塚聡の顔も窺うが、二人とも肩をすくめるだけだ。

「潤也君は信じていたみたい。ほら、中国って一時期、ガタガタして落ち込んじゃったけど、今はまた勢いを取り戻してきたでしょ。やっぱり、十数億の国民のパワーってただごとじゃないよ。失業者が数億人とかさ、もう、規模が違いすぎるし。ヒマラヤの雪解け水とか、それだけでも凄い資源を抱えてることになるんだから、日本に比べれば、持っているものが桁違いだもんね。水を管理して、提供しない、と言い出したら困る国ばかりだよ」安藤詩織の口ぶりは瑞々しく感じられ、何度も彼女の年齢を確かめるために顔を窺ってしまう。「とにかく潤也君はね、どうにかしようって知り合いの政治家に相談を持ちかけたんだよね」

俺の莫大なお金で、この危機を乗り越えられないか。

果たしてそんな相談に耳を貸す、酔狂で行動力のある政治家がいるのか、と私は首を捻らざるを得なかったが、ようするにその酔狂で行動力のある政治家が、犬養舜二だったのだろう。

「潤也さんは、自分の兄の仇とも言える犬養舜二と手を組んだってことですか」

「お義兄さんの仇っていうのは、わたしの夢の話だよ」安藤詩織が煎餅を割る。私も釣られて、煎餅に手を伸ばし、同様に割った。粉砕された欠片が飛び散り、慌てて拾う。「その頃はもう、犬養さんは議員じゃなかったんだけど、いろんな人との繋がりは強くて、普通の政治家よりも力があったんだって。そりゃそうだよね、みんなが心酔してたんだから。で、潤也君の資産と考えに興味を持ってくれたわけ」

「中国をお金で説得できたんですか？」

「何をどうやったのかわたしは教えてもらわなかったけれど」安藤詩織は相変わらず、落ち着き払っている。「潤也君はね、最初はやっぱり、お義兄さんの影響もあってか、犬養さんのことをね、ムッソリーニのような独裁者になる人だと思ってたみたい。わたしもそうだったけど」

「最初はってことは」

「会った後はね、『犬養も悪者ではないんだよね』と言ってた」

「友達になっちゃったんですか」

「さっきも話に出た、映画『独裁者』の最後の演説だけどね、チャップリンがこう言うんだよ」安藤詩織が言い、驚くべきことには暗記しているらしく、何を見るでもなく台詞を口にしはじめた。「『人々よ絶望してはならない。貪欲にもたらされた荒廃も、人類の発展を憎む心も、独裁者の死とともに消滅する』ってね」

「ストレートな台詞ですね」

「その言葉はたぶん、チャップリンの願いだったと思うんだよね。独裁者に騙されるな、踊らされるな。独裁者さえいなくなれば、平和に戻るんだって。でもね、潤也君が言ってた」

「何てですか」

「『独裁者なんていない』」

「え？」

「今の世の中に独裁者なんていない。『その人が消滅したら、物事が解決する』と言い切れるような、そういった個人はどこにもいないんだ、って言ってた」

「悪者なんていない、ってことですか」

「そうじゃなくて、そんなにシンプルにはできていないってことじゃないかな。世の中の荒廃も、貧困も、憎しみもね、誰か一人とかどこかのグループのせいだ、なんて名指しできないわけ。分かりやすい悪者はどこにも、いない。潤也君の考えによればね。どの悪人も、結局は何かの一部でしかないんだって。犬養さんもその一部だったんだろう、って。というよりね、犬養さん自身も一度、ぼそってこぼしてたんだよ。結局、自分はシステムの一部に過ぎない、って」

30

「播磨崎中学校のことを知っていますか」

安藤詩織の家で私はいよいよ、その質問をぶつけることにする。満を持しての発言だったが、いざ口に出してみると、中学受験を間近に控えた息子のために、父親が、「あの中学校の荒れ具合はいかがですか」と近所の知人に訊ねる台詞にも感じられた。

「播磨崎中学校」鸚鵡返しにする安藤詩織はきょとんとしていた。

「播磨崎」と愛原キラリが声に出す。「何だっけ、それ」

唾を飲み込みつつも私は、自分の投げた釣竿が空振りしていることを察する。

「ああ、あれですか」手塚聡だけがすぐに反応した。「侵入者に生徒殺されちゃった事件ですね」

安藤詩織と愛原キラリが、「ああ、そういえば、あったねえ」と言った。とぼけている様子はまったくなかった。「あれは何ともひどい事件だったよね。中学生が通り魔に殺されちゃった事件だっけ」

「それは違いますよ。播磨崎中学校はもっと大変で、一クラスくらいが全員、殺害されちゃって」手塚聡の説明に、愛原キラリが、「そうだったね。救われない事件があったよね」と顔をしかめた。

「あの頃って、中学生の事件がいろいろ続いていたんですよね」私は言う。

「別に、何歳だって、トラブルに巻き込まれる時は巻き込まれるよ」愛原キラリの言葉に、手塚聡はしみじみと、「その通りですね」と同意した。

私は、次なる釣竿を投げるため別の餌を必死に探し、「間壁さんという名前に覚えはないですか？」と言った。

ここに来るまでの道中で、私が手に入れた数少ない情報の一つだ。播磨崎中学校事件の被害者であり、井坂好太郎の新作の中にも出てきた男だ。何か、鍵となる名前なのではないか、と私は期待していたのかもしれない。「間壁敏朗さんです」

「あ、間壁さん」安藤詩織の声が跳ねた。「あのお父さんだ」

「お父さん？」当てずっぽうで投げた矢が、思わぬ的に当たった、という喜びに、私は一瞬、ぼうっとした。

「四十代半ばで、わたしたちよりずっと年下だったけどね。いつも元気で、体格が良くて。確か名前、間壁敏朗だったはず」安藤詩織が微笑む。

「いたいた。来たことあったね。何年前だろ」愛原キラリが天井に目をやる。「夏だったよね。夏なのに、きっちり黒い背広着て、暑くないのかねー、って潤也君と喋った記憶があるね。ああ、ってことは、潤也君が死ぬ前だ」

「ここに来たんですか」

「この集落には、潤也君が直接知り合って、連れてきた人もいれば、潤也君に興味を持って、調べてやってくる人もいてね、間壁さんはその興味を持って住み着いた人だったんだよね」安藤詩織が言う。

「何か、潤也君の遠縁だ、とか言っていなかったっけ」愛原キラリが眉間に力を込め、記憶を絞り出すような表情をした。「だとしたら、あんたとも遠縁だね。渡辺と間壁、名字、全然違うけど」

「間壁のお父さん、遠縁だったんだっけ？」安藤詩織が首を傾げる。「忘れたねえ。年だから」

「年よね」

女性二人が愉快げに笑う。

「でもまあ、そんなに長くは住んでいなかったけれど。もっと下のほうのね、白いペンション」

「ずいぶん前に奥さんが出て行っちゃって、仕事もなくなったし、どうしたらいいか分からなくて途方に暮れています、とか言ってさ、なんだか真面目な男だったね」愛原キラリが屈託なく、笑う。「ある日、急にここからいなくなっちゃったし」

「間壁さん、仕事を見つけたみたいだったよ」安藤詩織が言った。「ここから出て行く時、わたしたちに、『やっぱり、人間は働かざる者食うべからず』とか言ってたから、よく覚えてる」

「そうだったっけ」愛原キラリは頬を膨らませ、首を傾げる。

「うん、そうだった。それで、潤也君が、『その言葉はあんまり好きじゃないんだ』って言ってたの。『だって、俺たちも働いていないから』って笑って。わたしも笑って。印象に残ってる」

「実は、間壁敏朗さんが、播磨崎中学校事件の被害者なんですよ」私は言う。

「え？」安藤詩織が目を丸くした。「間壁のお父さんが？」

「さっき検索をしたら、ニュースの情報に載っていました。重傷を負って、今も意識不明のままのようなんです。保護者でたまたま学校にいて」

「間壁のお父さんが？」安藤詩織がまた、繰り返す。

「あの事件の時から今も意識不明のまま、ってずいぶん長いねえ」愛原キラリが疑問を口にする。

「最近は医療カプセルが流行ってるから、あれで延命しているのかもしれませんよ」

手塚聡が口を挟んだ。

「ああ、あれ」愛原キラリは少しばかり顔を歪めた。「すごいよねえ。技術っていうのは」

数年前から、カプセル型の治療ベッドが一般的に導入され、人の寿命はずいぶん延びた。その繭の中で寝たきりで生きている患者も多いらしく、それはたとえば遺産相続や各権利の維持のための、強引な延命のようで、時折、マスコミに問題視されている。

「でも、それ本当なの？　中学校の保護者だった、って。間壁のお父さんって、子供いたんだっけ？」愛原キラリが眉根を寄せる。親しい人間の死を受け入れたくないようにも見えたが、それ以上に、私の言葉をはなから疑っている節もある。

安藤詩織が、うーん、と首を捻る。「聞いてなかったねえ」

「忘れただけかな」

「年だしねえ」

そこで私を除く三人が大きく笑い、話は終わってしまう。

バイク乗る？

ロッジに戻ったところで、愛原キラリが駐車場のバイクを指差した。私は特に考えもせず、「いいですね」と気楽に答えたが、カバーの下から姿を見せた巨大なバイクの姿に嫌な予感が過ぎった。「大きいですね」と警戒心丸出しで、言う。

鎧をつけた銀色のバッタ、という外見だった。あまりに体格が良く、乗り物に見えないくらいだ。日の光を反射するボディには、素っ気ないロゴが入っている。あちらこちらでパイロットランプのようなものが点滅していた。

「そんなんでもないよ。一〇〇〇ccしかないし」愛原キラリは何事もないかのように言うと、いったいどこから取り出したのかヘルメットを二つ抱えていて、一つを私に手渡してきた。気づくと私は、頭にそれを被っている。断ったり、尻込みするタイミングがなかった。

愛原キラリは大きなタンクに跨るようにし、バイクに乗っていた。元モデルという話は信じがたかったが、そうやってバイクに乗ると脚が長いことが分かる。「渡辺君も、乗っちゃって」と後ろを指差した。

言われるがままにバイクのリアシートに腰を下ろす。バイクの後ろに乗るのは初めてだ、と話すと愛原キラリがヘルメットから顔を出し、「つかまってれば大丈夫。怖かったら、しがみついといて。あとね、わたしが身体を傾けたら、絶対、逆方向には傾かないこと。できれば、同じ方向に重心を。それだけで大丈夫」と言い、セルを回した。

瞬間、機械のバッタだと思っていたバイクは血の通う猛獣のようになり、ぶるぶると震え出す。脈動が、跨った私の股から伝わってくる。

飛び出した。自分の息がひっと鳴る。ヘルメットの中が、ごうごうという音でいっぱいになる。ペンションの並ぶ、くねくねとした坂道をバイクは下った。カーブのたびに速度が落ち、私は運転席の愛原キラリの背中に顔をくっつけることになる。かと思えば、すぐさま速度が増し、後ろに落ちそうになる。その繰り返しだった。前へ後ろへいいように、振り回される。

そのうち直線の道路に飛び出した。緩やかに下っていく。体が一瞬右側に揺れた。ちょうど愛原キラリの右手がスロットルを捻るのが目に入った。加速する、と思った直後、周囲の景色が凄まじい勢いで後ろへと消えた。風の音が頭を占めるだけで、頭の中からは恐怖も思考も飛んだ。ふぐっ、と声が詰まる。その声すら後ろに吹き飛ぶ。愛原キラリの腰に手を伸ばしたが、その時、ハンドルの中央にあるメーター表示が１７０と出ているのが目に入る。ああ、これが時速百七十キロの体感なのか、と茫然と思ったその言葉自体がすぐさま後ろへと消えていく。走るという感覚ではなかった。

前にぶっ飛ばされている。

少し進むと、急に速度が落ちた。木々の枝も把握できる。先ほどの高速で走っていた際には、ただこちらを扇動するかのように見えた緑の葉が、今は優しく手を叩き、輝く目で見守ってくれている。風景とはようするに、こちらの感情により、表情を変えるのだろう。

「どうだった？」ヘルメットを脱いだ愛原キラリが言った。ロッジに戻り、駐車場でバイクを止めた後だ。私はリアシートから降り、やはりヘルメットを脱いだ。息苦しさから解放され、安堵する。「少し怖かったです」と答えたものの、自分の両脚が分かりやすいくらいに震えているので、「とても怖かったです」と白状した。

愛原キラリが大きな声で笑った。「でも、スムーズに乗ってくれてたから、運転しやすかったよ」と言い、ロッジへの階段を上っていく。時速百七十キロの感覚がまだ身体に残っていて、周りの風景が止まっていることに違和感を覚えた。

「すかっとするでしょ、バイク」部屋の中に入り、コーヒーフィルターに挽いた豆を入れながら、愛原キラリは声をかけてきた。

「ですね」掘り炬燵に腰を下ろしながら、答える。風になる、とはよく使われる表現だろうが、剝き出しの身体を、時速百キロを越える風が撫で回し、ヘルメットの中も風の音でいっぱいになると、頭の中がかき回され、空っぽになったのは確かだった。

「脳が初期化されたような」と言いかけて、いかにもシステムエンジニアじみた比喩だな、と嫌になる。

「こんな山奥にも、センサーがついてることに気づいた？」彼女が、そういえば、という様子で言ってきた。

「センサー？　交通情報用のセンサーのことですか？」いまどきは車もバイクも車体から識別情報を発信するように、法律で義務付けられている。道路に設置されたセンサーがそれを感知しているため、どの車がどこをいつ通過したかを全て、把握されているわけだ。主要都市の幹線道路にはずいぶん昔から整備され、最近になり全国規模へと範囲が広がったが、岩手高原の山道にまでとは意外だった。

「全部、情報が取られちゃってるんだよね。何だか、気持ち悪いよ。特に、被害妄想かもしれないけれど、わたしが狙い撃ちされているような気もするわけ」

「狙い撃ち？」

「わたしばっかり、監視されている気がしちゃって。やっぱり、あれかな、色気のせいかしら」

「どうでしょう」

「まあ、一応わたしは警戒しているんだよね。バイクで走ってる経路とか時間がいつも同じだと、生活パターンがばれちゃう気がするし、だから、いつもルートを変えることにしているの。監視されて、知った顔されているみたいで癪でしょ」

監視されて、知った顔されている。その言葉を私は噛み締めた。確かに癪だ。

「実は俺はもっと、安藤さんたちは秘密主義なのかと想像していたんです」

安藤商会についてどう思った？　と感想を聞かれ、私は正直にそう応えた。

「何を仕事としているか分からないって聞いたし、こんな山のところに住んでいるなんて絶対に隠れているんだとばっかり」

「ここに来た時も、あなた、驚いてたよね。安藤商会に簡単に行けるんですか、って」

「全然そうじゃないですよね。安藤詩織さんにもすぐ会えるし、質問すれば答えてくれる」

「そうそう」愛原キラリがうなずく。「潤也君の考えなんだよね。守らないのが一番強いって」

「守らないのがってどういうことです」

「さっき言った、交通センサーと同じで、世の中ってのはさ、とにかく、情報を細かくチェックしたり、行動を規制したり、物事の価値を決めたり、そういう方向に進むわけ。そうしたほうが効率的なんだけど、潤也君はそれが嫌いでね」

「嫌い？」

「そう。利便性と利潤を追求するシステムが嫌いで」

システム化されることにより、人間は想像力を失い、良心を失う。そう断言した井坂好太郎のことを私は思い返した。政治家だった犬養舜二が、自らのことをシステムの一部だった、という話についても考える。

「で、潤也君は、自分たちが秘密主義を貫くと、結局、その嫌いな、監視とかシステム化に行き着くと分かっていたの。だからいっそのこと、何でもオープンにしちゃおうと考えたんだってさ。鍵はかけない。情報は隠さない。来るものは拒まず。質問には答える。守らず、逃げず、勇気を持ってオープンに。ノーガード、って」

勇気、という言葉が私の頭の中で跳ねる。どこもかしこも勇気を試すことばかりだ。

「それもまた極端だけど」

「でも、一理あるよね」愛原キラリは、贔屓のロックバンドの発言にうっとりするようでもある。「情報なんて隠す意味がないってね、潤也君はいつも言ってたよ」

「情報を隠す意味が？」当の安藤潤也が、お金に物を言わせ、あちらこちらから情報を得ていたというのだから、それは矛盾した意見にも思えた。もしくは、自分が大量の情報に触れていたからこそ、そう言い切れたのだろうか。

「情報テクノロジーが進化すればするほど、みんなが情報に対して、神経質になるでしょ。個人情報は必死に隠すし、できるだけ情報が外に漏れないようにって努力する。一方では、そういった情報を売り物にしたり、利用したり、とにかく情報で世の中は動いていると勘違いしがち」愛原キラリの口は滑らかだ。

「勘違いなんですか？　それ」

「だってさ、人間は情報ではできていないのよ。その人の情報がどれだけ集まっても、その人間はできあがらない。逆に考えれば、情報がいくら漏れても、実はその人間が死ぬようなことにはならないはずなんだって。ほら、あの漫画家の手塚君がそうでしょ。いくら、情報が漏れて、情報が捏造されても、元気に生きてる」

「じゃあ、人間は何でできてるんですか」

「そりゃあ」愛原キラリは口を尖らせ、つまらないことを聞くな、と言わんばかりだった。「血とか筋肉とか骨じゃない？」

こん、と頭を小突かれた感覚に襲われる。

言われてみればその通りであった。聞くまでもなかったのだ。

それから愛原キラリは、今晩はどうするの、と訊ねてきた。

宿泊場所についてのビジョンを訊かれたのだと思った私は、どこかで泊まりたいのだけれどどいい場所はないですか、と言った。もともと、ペンション村であるのだし、どうにかなるだろうと見積っていた。

すると愛原キラリは、「泊まる場所なんて、ここに決まってるでしょ。わたしが訊いたのは、今日、わたしといちゃいちゃするつもりかどうか、ってことよ。それならお風呂での手入れの仕方が違うんだから」とどこまで本気なのか、というよりもかなり本気にしか見えないところが恐ろしかったが、言った。

私の携帯電話に着信があった。「電話が」と言うが、愛原キラリはそれを下手な弁解と思ったらしく、睨んできた。「いや、本当に電話です」と震える携帯電話を手に取った。新幹線に乗った時に着信音を消していたため、君が代のメロディは鳴っていない。発信者名には表示がなかったが、愛原キラリの視線が怖くて、耳に当てた。

「よお」と声がした。知っている声、髭の男、岡本猛のものだ。「今、大丈夫か？」

「まあ、大丈夫です」言いながら、向かいで腕を組む愛原キラリを窺う。

「盛岡の調子はどうだ？　何か分かったか？」

「分かったような、分からなかったような」と私は言う。正直な答えだった。「また、帰ったら報告するよ」

「いやあ、それは無理かもしれねえぞ」岡本猛が笑みを浮かべているのが分かる。

「無理？」

「まあ、詳しくは俺から、あんたにプレゼントを送っておくから、それで知らせるよ」岡本猛の声には、学校の教師が、卒業した生徒の近況を尋ねるような、そんな気楽さがあったので、私はもちろん、まさかその時の岡本猛が大変な目に遭っているとは思いもしなかった。「な、そうだろ？」と彼が電話の向こう側で、誰かに確認している声がしてもあまり気にかけなかった。

31

え、わたしといちゃつけるチャンスを逃してもいいの？　五十過ぎの、ふくよかな体型をした愛原キラリは、眠る前、私にそう言った。「据え膳食わぬは男の恥、って言葉知ってる？」と古い言い回しを口にもした。

「その言葉、あまり好きじゃないです」これは本心だった。都合の良い自己弁護にしか思えなかったからだ。それならば、「据え膳食わずにはいられない男の弱さ」とでも言い換えたほうがまだ、潔く感じる。

「渡辺君、あなた、女にもてるでしょ」いきなり愛原キラリが言う。最近流行りだという、身体にぴったりと張り付く、ワンピース型の寝巻きが、体の弛みを露わにしていた。

「いや、もてないですよ」どうしてそんなことになるのか。

「真面目っていう様子でもないけど、どこか妙に、紳士的なところがあるよね。渡辺君は」うんうん、と彼女は自ら納得するように首を振っている。そういった仕草は、安藤詩織と似ていた。

「紳士は、不倫とかしないですよ」と私は自嘲気味に答えようとする。

「紳士は、不倫とかしないですよ」それより先に愛原キラリが言った。

偶然だ、と目を丸くしてしまうが、彼女には、他人の発しようとする言葉を察する特殊な能力があるのだと思い出した。彼女は自分で発言した後で、「へえ、渡辺君、不倫してるわけ？」と興味深そうに言った。「やるわねえ」

「でも、あれは本当に不倫だったのかどうか」

姿を消した桜井ゆかりがいったい何者なのかは、分からないままだ。井坂好太郎たちが言うように、私を陥れることを目的に彼女は近づいてきただけなのかもしれず、もしそうだとすれば、あれは不倫というよりは罠だ。

罠？　誰が何のために？　頭に疑問が過ぎる。疑問の煙幕を振り払えば、また別の煙が漂っている。なぜ、私が狙われなくてはいけないのだ。

「どうかした？」愛原キラリが言ってくる。まじまじと彼女を見つめてしまう。私はそこで、「何でもないです」ととぼけようとしたが思い直した。「実は」と桜井ゆかりのことを話す。

「わざわざそんなことをするかなあ。運命を装って、あなたと仲良くなって、不倫関係になるなんて」愛原キラリは一通り話を聞いた後で、首をかしげる。

「ですよねえ」

「まあ、渡辺君が標的にされる理由は分かるんだけど」

「え、分かるんですか」

「潤也君の遠縁だからでしょ」いとも簡単に彼女は断言した。

え、そうなんですか？　私は乗り出した身体を引っ込める。

「潤也君は特別な能力を持っていた。わたしも持っている。あなたも持っている可能性がある。だから、狙われたのかもしれない。ただ、不倫して、あなたが死ぬわけでもないしねえ。標的にしたとしても、弱いわよね」

いや、と私は内心で首を、ぶんぶんと振った。一般的に言えば確かに、不倫で人は死なない。けれど私の場合は別だ。妻の佳代子は、不倫を理由に私を殺しかねないのだ。「あの」と恐る恐る訊ねてみようとした。「愛原さんも、身の危険を感じるようなことがあったんですか」

愛原キラリはてっきり、あるわけないじゃん、と否定してくると思った。そうであればいいな、と期待していた。が、彼女が、「不愉快な話はやめておきたいけど」と渋い面持ちで言うので、私は緊張する。「ただ、さっきの交通センサーの監視も、なんだか怪しいよね。わたしをチェックしている感じがする」

「狙い撃ちですか」

「わたしもそうだけど、潤也君の血縁はね、みんな危ない目に遭ってるのよ」

「本当ですか」

「それが偶然なのか、何なのかは分からないけど、不慮の事故で、死んでる人も多い。でもね、こういう話はやめておこうよ」

やんわりとした口調だったが、私も、「そうですね」と認めた。「何の話にしましょうか」

「わたしと今日はどういう体位で楽しむかっていう話は？」

私はのけぞる。「どこまで進展してるんですか」

「渡辺君の反応って単純よねえ。わたし好きよ」愛原キラリが言う。

私はその夜、一人で布団に入り、枕元で井坂好太郎の新作原稿を広げた。

依頼人の間壁敏朗が、苺に手渡してきた紙袋の中には、いくつかのプラスチックケースがあった。手に取り、ケースを開けると中には太陽の日差しで、きらきらと色を変える円盤型のディスクが入っている。輝きが強く、その光の放射で、鳥が逃げていく。

手でつまみ、表と裏を交互に眺めているうち、勢いをつけ、そのうちの一枚を放り投げた。ひゅんと音がし、宙を切るようにし、どこかに飛んで行った。

「それは映画を観る媒体で、飛ばすのであればフリスビーですよ」間壁敏朗の額は広く、輪郭は縦長で、目の大きさも左右が異なる。初めに会った時の顔と変わりない。

「これは映像ディスクですよね？　こんな媒体を見る機械があるんですか？」

「ありますよ。今は何でも見られますよ。見たくないものまで見られますよ」間壁敏朗は、「苺さんは本当に何も知らないのですね」とはっきりと同情を浮かべた。むっとすることもなければ、驚くこともなかった。その通りだからだ。彼は何も知らない。「何も知らないほうがいいですよ」と強がるつもりで、返事をした。「知ってしまったら、見て見ぬふりもできない」

「できますよ。見て見ぬふりをするのも一つの選択です。現に私は、あの警官が人を射殺した事件さえ見なかったことにしようと思っていましたし」

「だけど今は、僕に事件の調査を依頼してきている」

「それも一つの選択です。もし、苺さんが私の立場だったらどうしましたかね。事件のことを調べようとしましたか？」

さあ、どうだろう、と苺は、言葉を濁そうとしたが思い悩んだ末に、「どこか遠くへ行きますよ。人里離れた場所で、喫茶店でもやって静かに暮らしていきます」と答えた。

「新鮮さに欠けるアイディアですね」

「新鮮さに欠けているくらいがちょうどいいような気がしますよ」と苺は肩をすくめた後で、「ところで」と言った。「ところで、あなたは、私に何か隠し事をしていませんか」

「何のことでしょうか」

「あなたのことを調べても、不明なことが多すぎます。そもそも、あなたがどうして私に依頼してきたのかそのことが分からないのです」

間壁敏朗は、じっと苺を見つめた。それから、唇を蠢かし、逡巡するかのような表情を浮かべた。降下する気配のない円盤の音だけが響く。そしてようやく、といったタイミングで、「苺さんには敵いませんね。実は、私は、安藤商会の一員なのです」と告白した。間壁敏朗は瞼を閉じ、それを合図に、苺の周囲の音がすべて消え、静寂が訪れた。すっと目の前に糸が垂れ下がり、何かと思い目の焦点を合わせると、ゆるやかに落下してきた風船だった。いつかの少女が手離して、空に溶けたはずの、丸い風船。紐をつかみ、くいっと下に引くと、かちりと音がして、途端に空が暗くなる。漆黒の中に薄ぼんやりと灯っている橙色の明かりを感じ、常夜灯かと目を向ければ、小さく光る月だった。暗い中、投げた円盤が、ひゅんひゅん、と飛んでいる音が聞こえてくる。

暗闇の中、苺は口を開く。間壁敏朗の姿は見えず、そこはただの空気があるだけと言えたのだが、構わず、言い放つ。「間壁さん、本当のことを言ってください。安藤商会の一員だった、という打ち明けはそれなりに驚きがありました。ただ、私はそれが真相とは思えません。いいですか、人は一度、説明を受けるとそれをありがたい真実だと受け入れるところがあります。その後ろ側に本当の真実が隠れていることに気付かないものなのです」

返事がない中、苺はじっと前を見つめる。次第に、円盤の回転音が大きくなりはじめる。それは巨大な扇風機が耳元で、羽根を回すかのような迫力になり、苺はあるところで手を上げる。ぴたりと指で、円盤を挟み、止めた。

「間壁さん。今の真相はチェンジです。気に入りません」

ロッジの広い部屋に布団を敷き、横になっている。愛原キラリは隣の寝室のベッドで寝るらしく、姿を消した。

原稿の中、私立探偵の苺は、ようやく依頼人である間壁敏朗の事件の調査に乗り出したようだったが、やることといえば謎めいた聞き込みばかりで、そのことに業を煮やしたのか間壁敏朗が、再び苺のもとを訪れ、映画を観るように言ってくる。苺が、間壁に向かい、「真相をチェンジしろ」という部分では私は噴き出した。「チェンジ」とは以前、井坂好太郎が、私に教授してくれた、派遣型風俗店における、「別の女性にしてください」とお願いする際の言葉ではなかったか。ここでそのような言葉を用いる必然性が分からなかったが、おかしみはあった。

それはさておき私は、原稿の中に出てくる、映画に注目した。これにも井坂好太郎の意図があるのだろうか？　『駅馬車』『クロウ』『デッドラインは午前二時』の三つだ。

「駅馬車」と「デッドラインは午前二時」は私も聞いたことのある映画だった。片方はかなりの古典のはずで、もう一方は去年に流行った中国の大作映画だ。新幹線の中で読んだ箇所もそうだったが、この原稿の中に登場する固有名詞は大半が、現実にも存在するもので、私の考えすぎでなければそれは井坂好太郎が自らのメッセージを託したものの可能性が高い。となれば、この映画にも意味があるはずだ。


朝になる。いい匂いが心地良く、頭のどこかで朝が来ていることを察していたものの、その匂いに抱かれていたいがために、起きるのを先延ばしにしていた。窓が開いているのか鳥のさえずりも聞こえる。目を覚ますと隣に、愛原キラリが眠っていた。ぎょっとして身体を起こす。いつの間にいたのだろう、と思いつつ、夢心地でうっとりしていた匂いが、彼女から発せられていたものだと気づいた。

「渡辺君、起きた？」こちらにぐるんと寝返りながら、彼女が目を開ける。

彼女のあっけらかんとした態度は愛らしく、寝起きで朦朧としているためなのか、そのまま彼女に抱きついてまた眠りたくなった。頭をぶるぶると振り、「愛原さん、昔、もてたんでしょうね」と訊ねる。

愛原キラリは、え、と一瞬びっくりした顔になり、私はそれが嬉しかった。はじめて彼女を戸惑わせることができた。

「もてたねえ」と愛原キラリは真面目な顔で、それは過去の戦《いくさ》を振り返るかのような真剣味を伴ってもいた。「人生長いんだから、もっと平均して、もててほしいよ」

今だってまだまだ大丈夫ですよ、と私は本心から思い、口にしようと思ったがそうしたらすぐさま抱きつかれる予感もあり、言葉を飲み込んだ。が、愛原キラリは、「何とか言いなさいよ」と結局、抱きついてきたものだから、私は布団に倒れた。鳥の声が聞こえ、心地良い風が室内に舞う。平和だな、と思った。自分を取り巻く、得体の知れない恐ろしい出来事を忘れそうになる。このままここにいればもしかすると自分は平和なままではないか、と錯覚しそうになった。

起きた時は、まだしばらく、そのペンション村でゆっくりするつもりでいた。

安藤商会と播磨崎中学校の事件についての関係はほとんど分からないままであったし、安藤詩織に聞くべきことはまだあるようにも思った。せっかく取った有給休暇も残っていた。

だから、ここにもう少し留まり、岩手高原の冷たくも清冽な空気を吸い、調査を続けるべきだと考えていた。調査という皮を被った休息、と呼んでもいい。

気が変わったのは、何てことはない、占いメールを読んだからだ。布団から出て行った愛原キラリを見送り、携帯電話を眺めると例の占いメールが届いていた。「安藤拓海さんの今日はこんな感じ」と表示がある。

「今すぐ、旅先から帰ったほうがいいですよ、絶対」と占いの言葉があった。

もはや、これが占いとして相応しい文言であるかどうかなどは気にならなかった。ただ、「絶対」の言葉が気にかかる。この占いに従うべきだ、と反射的に思った。今までも、この占いの助言通りに行動し、何度も救われた記憶がある。

おい、本当にそうか？

そこで不意に疑問が浮かんだ。

本当に占いは、おまえを救っているのか？

考えようによっては、占いを信用しはじめてから、周囲には不可解な出来事が起きはじめているようにも思えた。桜井ゆかりと親しくなったのも、桜井ゆかりが姿を消すきっかけとなったのも、占いがきっかけだった。この占いは私の背中を押す味方なのか、それとも危険へ誘導する敵なのか？

　メールを眺め、しばらく悩んだ。悩むが、結論は出ない。そのうち私の内側では、考えたところでどうしようもないのならば、とりあえずは今まで通りにこのメールの助言を信じてみるべきではないか、という意見が大勢を占めはじめる。

「今日、東京に帰ります」愛原キラリの出してくれた朝食を口にしながら、私は言った。

「あらあ」と愛原キラリは目を丸くする。「一泊二日？　ずいぶん慌ただしいじゃない」

「帰ったほうがいいと思いました」

　ふうん、と彼女は頭を振った。「それは寂しいね」と言ったものの、私の予想していたほどは寂しげではなかった。人と別れることに慣れている様子だ。「でも、せっかく来たのに目的は達せられたの？　というか何、ぼうっとしてるわけ」

　カップに入った牛乳を飲みながら、茫然と愛原キラリの顔を眺めた。化粧気のない肌が、もちろん皺があるとはいえ、とても美しく、しみもないことに驚いていた。

「目的は達成できていないんですが」私は正直に打ち明ける。「ただ、ここにずっといても達成できそうもないことが分かりました」

　それは自分自身に言い聞かせるのと同じだった。安藤商会の存在は分かり、安藤詩織にも会えた。彼女は、間壁敏朗のことは知っているが、播磨崎中学校の事件を知らなかった。私に出し惜しみをしているわけでもないようだったから、しつこく質問し続けるメリットがあるとも思えない。安藤詩織に聞くべきことがまだあるように思えるのは確かだが、おそらくそれは、彼女のことをもっと知りたいという欲求に過ぎないのかもしれない。有給休暇はまだ残っているが、その休みは東京で過ごせばいい。何より、ここにいつづけ、調査という皮を被った休息に漬かっていると、私はたぶん二度と東京に帰りたくなくなるのではないかと思った。

「せっかく来たのに、意味がなかったわけね。がっかり？」

「いえ、最初の目的は達成できなかったけれど、楽しかったですよ」

「優しいことを言うね。それ、台本とかに書いてあるわけ？」うふふ、と彼女が微笑む。

「ずっとここにいたいですよ」

「じゃあ、いればいいのに？　東京にいい女が待ってるわけ？　奥さん？」

「ああ」私は、妻の佳代子のことを思い出し、呻く。

「駅まで送っていくわよ」

「あのバイクで？」

「何なら東京まで乗せていってあげてもいいけど」彼女が微笑んだ。

「あの速度で？」死にますよ、と私は手を振った。

「そういえば、詩織ちゃんに会わなくて、良かったの？」盛岡駅のバスターミナルでバイクから降りると、ヘルメットのバイザーを上げ、愛原キラリが言った。

「また聞きたいことがあったら、愛原さんに電話します」私は言う。

「また来なよ。詩織ちゃんも年だし、早いうちに」

「え」

「あなたはまだ実感ないだろうけど、人に会えるのはね、生きている間だけだよ」

私はうなずいた。確かに実感はなかった。

バスターミナル脇の横断歩道の信号が青になり、私は、「どうもありがとうございました」と愛原キラリに頭を下げた。彼女は手を振り、「じゃあ、気をつけてねぇ」と歯を見せる。

会えて良かったです、と私は急にそんなことを言いたくなったが、それを言葉に出す前に愛原キラリが、「会えて良かったよ」と言った。彼女が、私の言葉を先回りしたのかどうかは分からない。

新幹線内ではずっと眠りつづけ、起きた時には東京だった。東京駅の人の多さに辟易し、自動改札を次々と通り過ぎる人の行列や構内の椅子に座る待合客たちに眩暈を覚えた。電車を乗り継ぎ、マンションに到着し、玄関を開けたところで部屋の明かりが点いていることに気づいた。あ、と思うと同時に、リビングから妻の佳代子が、

「会いたかったわよ、あなた」と駆け寄ってきた。そのまま、刃物で突かれるような迫力を感じ、咄嗟に避けそうになったが逃げ場所はなく、もはやこれまで、という気分で目を閉じると、もたれかかるようにして、彼女は抱きついてきた。

「ちょっと待ってくれ、靴も脱いでないのに」

「いいじゃない、そんなの。人間はそもそも靴なんて脱がないで生きていたのよ」佳代子がはしゃぐ。

「それは単に、靴を履いていなかったからだ」

彼女からは、喜びが無邪気に発散されていた。なるほどこれは、私の不倫相手である桜井ゆかりがどこかに消えてしまったからかもしれない。私に不倫の影さえなければ、彼女は美しく、優しい妻のまま、そういうことなのか。そうかそうだった。ではなぜ、浮気などをしてしまったのか。不徳のいたすところ、としか言いようがない。

「久々に会ったわたしたちは、今晩、どんなことをする？」佳代子の笑みは顔から零れんばかりだ。

「映画でも観ようか。テレビで」

そんなのつまらないじゃん、と彼女が不満を洩らすのではないかと想像していたのだが、意外にも、「それもいいね」と反応した。さらに彼女は、「そうそう、変な郵便、届いてたよ」と言い、ダイニングテーブルに載った小さな封筒を持ってきた。

「あなた宛てだったけど、開けちゃった。もちろんだよ、いいよね？」

「もちろん」と私はうなずく。もちろん、俺にそれを拒否する権利はないじゃないか。

「でも、これ何？　手紙もなかったけど」

私は封筒の中に入っている、ケースを取り出した。「映画？」

薄い円形の映像用ディスクが入っている。咄嗟に浮かんだのは、井坂好太郎の小説の中に出てきた、私立探偵苺が依頼人から映画の入ったディスクを渡される場面だ。そのディスクにはラベルが貼られ、素っ気ない手書きの字で、こうあった。

『岡本猛が拷問されているところ』

32

円盤型のディスクをじっと見つめたまま、少しの間、動けない。やがて、居間に入り、私は服を着替え始める。「何だろうこれは」

「ねえ、あなた、どこ行ってたの？　出張って」妻の佳代子は、私の問いかけを無視し、犬がじゃれるかのように腕にしがみついてきた。関節技でもかけられるのかと恐怖が走る。

「東北のほうで」と曖昧に答える。具体的な地名を言えば、彼女のことだから、不意に調査を行う可能性もあった。念入りで、正確な調査だ。「いや、仕事の話はどうでもいいんだ。これはいったい」とディスクを指差す。

昨晩、岡本猛が、私の携帯電話に電話をかけてきたことを思い出した。あの時の彼の声の様子は、特別、変わっていたわけではなかった。「詳しくは俺から、あんたにプレゼントを送っておくから」と彼は最後に言ったが、これがそのプレゼントなのか？

「この岡本ってさ、あのお兄さんだよね。わたしが、あなたに紹介してあげた」佳代子がようやく、私から離れる。

私を拷問するために、岡本猛を雇い、派遣してきたことを、「紹介」と呼ぶのには違和感があったが、彼女のおかげで知り合いになったという意味では間違いがない。

「彼が拷問されてる？」

「逆でしょ」佳代子があっさりと言う。「あのお兄さん、拷問とか痛めつけるのが仕事なんだから。拷問しているところ、の間違いじゃない？」

それならば納得できる。どちらにせよ、「わざわざ観たくはないな」と思った。ディスクを再生するプレイヤーも我が家にはまだあるから、観ようと思えばすぐ観られるが、気が進まない。

妻の佳代子も、「なんか楽しそうな感じしないからさ、どうせなら別なのを観ようよ。久しぶりに映画、一緒に」と言う。私とは違い、送られてきたこのディスクにはほとんど関心を持っていない様子だ。その無邪気さと言うべきか、長閑さに私は救われていたのかもしれない。一人きりで、このような不気味なタイトルのディスクが送られてきたら、恐怖を感じつつも再生させ、陰鬱な気分になっていたに違いなかった。「ねえ、何か観たい映画ある？」

そう言われて私は、「ああ、実は観たい映画があるんだ。ダウンロードしよう」と反射的に答えていた。

「ちょっと、馬車狭そうだよねえ。こんなに乗ってどうなわけ？　わたしなら乗りたくない」佳代子は画面に向かい、ぶつぶつ言っている。私たちは夕食を食べた後で、ソファに並び、映画を観ていた。ジョン・フォード監督の「駅馬車」だった。ネットからテレビ端末にダウンロードし、再生を行った。

「どうして急に、古い映画、観たくなったわけ？」映画を観る前に佳代子は訝った。

「駅馬車」というタイトルは、古典として知っていたものの観たことがなかった。果たしてどんな映画なのか、退屈であったらつらいな、と不安に思っていたが、杞憂だった。医師や妊婦、酒商人や保安官などを乗せた馬車が荒野を行く。アパッチ族の襲撃を恐れ、騎兵隊が先導する中、ヒッチハイカーさながらに現われる、お尋ね者のリンゴ・キッドが乗客に加わる。ジョン・ウェイン演じる彼は、復讐のため脱獄してきた。

「ねえ、このリンゴ・キッドって恰好いいけどさ、なんかコミカルでもあるよね」佳代子が缶ビールを飲みながら、笑う。

映画鑑賞中はできるだけ静かにしようよ、と言いたくて、横を向き、佳代子を見るが、「ねえ、そう思わない？」と彼女が顔をぐっと近づけてくるので言葉に詰まる。目を輝かせ、唇を尖らせる佳代子は化粧を落としているにもかかわらず、肌がつるつるとし、長い睫《まつげ》が愛嬌を滲ませている。屈託のない少女のようだ。

彼女は美人で可愛らしい、ごく普通の妻だ、と私は久しぶりに妻の魅力を再確認する思いだったが、そこで、「油断するな」と警鐘を鳴らす自分もいた。妻は、私の隠れた超能力を覚醒させたがっているのではないか？　盛岡で考えたことを思い出す。人は追い込まれると、超能力を発揮する。その理論は、科学的ではなく、漫画的、劇画的に違いなかったが、佳代子の思惑は、その漫画的、劇画的理論に基づき、私に恐怖を与えようというものではないだろうか。だから彼女は、「あなた、浮気しているでしょ」と執拗に私を攻撃してくるのではないか？

「あのさ」私はそのことについて、彼女に問いかけようとしたが、「ほら、男はこういう時、役に立たなさすぎる」と佳代子が言う台詞に遮られた。映画の中で、馬車に乗っていた妊婦が産気づき、他の乗客が出産に協力する場面が映っていたのだ。

「まあ、だね」と私は応えた。「男は駄目だね」

「これはちょっと、ないよ」

佳代子が不快な声を発したのは映画の中盤を越え、終わりに近づいていった頃だった。画面には、迫力のある映像が展開している。

馬車が、アパッチ族の襲撃を受けているのだ。速度を上げ、必死に逃げ切ろうとする馬車を、馬に乗ったアパッチ族たちが追撃している。カメラがその、疾駆する馬車を捕らえている。地面が次々と後ろへ流れていく。インディアンたちの馬が、あまりに疾走感溢れているため、馬が流線形に歪んでいるように見えた。馬車の屋根に、後ろ向きにジョン・ウェインが寝そべっている。ライフルを構え、追ってくる敵を一人ずつ狙っていく。

走る馬車、追う馬、発砲される銃に、弾を受け落馬するアパッチ族、それらがきっちりと映し出されていることに、私はまず感動した。白黒映画のせいか冷たい映像にも見えたが、冷たいながらも生命力と躍動感に満ちている。迫り来る敵による緊張感、馬の鼻息のリズム、ジョン・ウェインの颯爽とした射撃、銃弾が当たった際の安堵と爽快感がしっかり伝わってくる。丁寧な映画だな、と映画のことなど分からないにもかかわらず思っていた。そんな時に、佳代子が不快感を洩らすので意外に思い、鑑賞中ではあるが、「何か不満なの？」と訊ねた。

「だってさ、なんか一方的でしょ」

ラッパの音が響く。「助けに来たぞ！」と言わんばかりの、高らかな音だ。もちろん、映画の中の話だ。騎兵隊が現われる。援軍が続々とやってくる。馬に乗った騎兵たちが銃で次々とアパッチ族を撃ち、馬から落としていく。

「何これ」佳代子は相変わらず、不愉快そうだった。「信じられない」

「何これって、どういうこと」

「一方的に、アパッチ族をみんなで殺して、すごく気分悪くない？」

「だって、主人公たちを襲ってきたのはアパッチ族だよ」

「主人公って何？　アパッチ族から見ればアパッチ族が主人公じゃない」

「でも、襲ってきたのはそっちが先なんだから」私は無意識ではあったが、佳代子をアパッチ族側の応援団として、「そっち」と言っていた。

「あのね、都合のいい瞬間だけ切り取った映像で何が分かるわけ？　もしかすると、あの馬車の御者が、アパッチ族の娘を昔、襲ったことがあるのかもしれないじゃない。で、その復讐よ！」佳代子は声を弾ませ、握り拳を作って、振り回した。「何だったら、ジョン・ウェインが娘を襲ったんじゃない？」

「濡れ衣だよ」私は、「こっち」側の代弁者として主張する。その間にも映画はどんどん、先へ進んでいる。

「ああやって、アパッチ族を、みんなでばんばん撃ち殺して、それでもって良かったね、助かったね、なんて思ってる精神が、わたしには分からないんだけど。もっとさ、みんなで思い悩まなくていいわけ？　殺さなくちゃいけなかったことをさ」

「そういう深い話じゃないんだって。これは、娯楽映画なんだ」

「だから、その娯楽で、わたしをこんなに不快にさせてどうするのよ」

「佳代子が神経質すぎるんだ」

「違うよ。いい？　もし、これがノンフィクションだったとして」

「この、『駅馬車』が？」

「実際にあった出来事を映画化したわけ。でも、事実は逆だった。アパッチ族は、馬車で拉致された娘を助けるためにやってきたんだけど、騎兵隊や忌々しい、リンゴ・

ファッキン・キッドによって皆殺しにされちゃったわけ。でも、それを反アパッチ側がね、こうやって映画にしちゃうと、観客はこれが真実だと思うでしょ」

「まあ、かもしれないね」

「事実の捏造？　歴史の改変？　そんな感じでしょ」

「君はいったい何に怒ってるんだ」

「事実なんて、情報でいくらでも塗り替わっちゃうってことよ」

私は、佳代子をじっと見つめる。その台詞はずいぶんと奥行きのある、鋭い発言に聞こえたからだ。

「何？」と彼女が大きく開いた目が、賢者の瞳にも見えた。何を訊ねても正解を教えてくれるような、賢者の眼差しだ。私は自分の抱えている悩みや疑問をその場で全部、彼女にぶちまけたくなる。

「次のを観ようよ」と彼女が言った。


次の、「クロウ」という作品は、私は存在すら知らなかったのだが、ダウンロード時の内容紹介を読むと、もともとはアメリカのコミックだったものを映像化したもので、有名ではあるようだった。

少々、古臭い雰囲気はあったものの、映像はそれなりに洗練され、話はストレートで、夢中になって観ることができた。ロックミュージシャンの男が、祭り騒ぎの好きな若者たちの手によって、婚約者ともども惨殺されるのだが、カラスの使者よろしく墓場から復活すると、自分を殺害した者たちに復讐を行っていく、という内容だった。

この映画についても、隣の佳代子が、「どっちが主役で、どっちが悪役なのかなんて、決められないじゃない」と苦情を言うのではないかとどぎまぎしたが、「いいねいいね、ぶっ殺せ」と物騒な呟きを洩らし、手をぶんぶんと回すくらいで、不満や不愉快は見せなかった。

「いやあ、いいね」観終わった後で彼女が言う。満足げな表情で、どことなく官能的な輝きを発散させているため、私はやはり、どきっとする。「恰好いいじゃない。主役の男の子もピエロみたいな化粧で、変だけど、恰好いいよ」とリモコンを操作した。作品情報を呼び出し、俳優のデータを表示させる。

主役を演じたのは、ブランドン・リーという俳優だった。なにやら、ブルース・リーなる有名な役者の息子らしかった。佳代子は、その俳優の出ている他の映画を調べるつもりだったのだが、彼がその、「クロウ」撮影中に死亡していることを知り、「ありゃりゃ」と落胆した。

「撮影中にかあ」と私は驚いた。表示された情報によれば、ある場面を撮影する際、銃の中に本物がまざっていて、それによって撃たれて死んだのだという。作品自体は、CGを駆使し、どうにか完成したらしい。「人が死んだにもかかわらず、作品を完成させちゃうっていうのが恐ろしいなあ」

「あ、その事故が起きた場面ってさ」佳代子が指を鳴らした。そして、先ほどの映画に出てきた、銃撃シーンを呼び出す。敵側が何人も、広間で、大きなテーブルに座り、作戦会議のようなものを開いている。そこに、ブランドン・リーが現われる。椅子に座った敵たちが茫然とする中、テーブルの上に立つ。全員が銃をいっせいに撃ち始める。撃たれたブランドン・リーがテーブルから落ちる。

「この場面じゃないの？」佳代子は指をテレビに向けた。「あんなにたくさんの銃がいっせいに撃たれる場面だったら、本物がまざってたらいちころだよ」

それは何とも生々しいな、と私は感じた。ただ、さすがにそんな大事故が起きたシーンをそのまま、作品に残したりはしないだろう、とも思う。佳代子はそこでテレビ経由で、ネットの情報を検索しはじめるが、ブランドン・リーが死亡した場面についてはどこにも記述されていなかった。「きっと、さっきのあのシーンだよ」と彼女は主張した。「でも、映画の撮影で、本物の銃がまざるなんてことがあるわけないよね」

「それが、あったんだろうね」

「計画的な犯罪だったんじゃないの」佳代子はあっさりとそんな発言を続ける。

「え」

「そっちのほうが分かりやすいよ。誰かが、彼を殺そうと思って、仕組んだんでしょ。本物をまぜておいたんだって」

返答に困る。ここで、そんな大昔の映画現場の出来事を推理する意義も分からなかった。

「もしかしたら」佳代子の憶測はさらに続いた。先ほど同様、彼女には、賢者の精霊が取り付いたような知的さが満ちていた。「これ、現場にいた全員の計画だったりしてね。監督から撮影者から、共演者もみんな承知でさ」

「ブランドン・リーを殺すために？　それはいくらなんでも無理があるよ」私は反論した。「人を殺すのにはやっぱり、それなりの覚悟と理由が必要だし、リスクがありすぎる」

全員が協力する、など現実味がない。

まあそうだけどねえ、と佳代子もそれほどには、「全員共犯説」を強く訴えようとは思っていないようだった。が、「でもさ」とは続けた。「でもさ、誰かが全員の口を封じた可能性はあるよね」

「口封じ？」次から次へと妙なことばかり言い出す妻に、私は戸惑う以上に、惹かれはじめている。

「誰かが、彼を殺した。もしかすると、撮影中に、本物の銃で撃たれた、っていう状況自体が嘘かもしれない。現場で喧嘩とかしてさ、それで、誰かが勢い余って、殺しちゃったのかもよ」

「主役を？」

「で、それをね、誰かが事故に見せかけようとしたわけ。その場にいる全員に、真実を話さないように口封じをして、事故の筋書きをでっち上げた。これなら、ありそうじゃない」

「あってもおかしくはないだろうけど」私は言いつつ、それも現実的ではないな、と思った。「全員の口を封じるなんて、難しいよ。誰かがどこかで洩らすかもしれない。人の口に戸は立てられない」

「それはさあ」佳代子はぷっくらとした唇を艶かしく動かす。「奥さんが、夫に言うことを聞かせるのと一緒よ」

「何だよ、それは」

「恐怖を与えるの。裏切ったら、どんなに恐ろしいことがあるかって植えつけるわけ。恐怖で、浮気封じ」

何の冗談か、とは思うが、佳代子が言うと説得力があった。

「どう、わたしの言ってること鋭いでしょ」と目をきらきらさせている彼女に、ますます賢人のような面影が見え、私は、「よし」と思い決めた。よし、妻に意見を聞いてみよう、教えを乞おう、と。

33

「君に、聞きたいことがあるんだよ。君の知恵を借りたいんだ」

佳代子は大きな目をぱちぱちとやると、うん？　というように唇をふっくらとすぼめ、「何のこと」と首を傾けた。「何でも答えるわよ」と愛らしくも頼もしい笑みで答えてくる。そしてこちらが質問しないうちから、架空の一問一答をやるかのように、「A型、Cカップ、天秤座、漬物、浮気、チャーリー・ドミンゴ、絞め殺すこと」とリズム良く言ってきた。私は反射的にその架空質問が何であったのかを想像してみる。おそらく最初の六つまでは、「血液型は？　バストは何カップ？　星座は？　好きなものは？　嫌いなものは？　好きなスポーツ選手は？」という感じだろうなと見当がついたが、その次の、「絞め殺すこと」が何の回答なのかは怖くて聞けなかった。「得意な殺し方は？」であったりしたら恐ろしいが、その可能性がなくもないことが、さらに恐ろしい。

妻の佳代子はいつの間にか立ち上がり、キッチンへと姿を消し、缶ビールを持ってすぐに戻ってきた。礼を言うが、彼女の手には一本しかなく、私は仕方がなく、自分のぶんを取りに冷蔵庫へと向かった。「実は、今、観た映画は何かを暗示しているかもしれないんだ」とキッチンから、ソファへと声を大きくする。「俺の知り合いで、作家の井坂好太郎っているだろ」

「あれね。あれは、小説家っていうよりは、小説家のふりをしたナルシストだよね」妻は、二度ばかり会ったことがある程度のはずだが、その感想は鋭かった。

「あいつが、新しい小説を書いたんだけど、その中に今観た映画が引用されているんだ。正確には、あと一本あるけど。それで、もしかするとあいつは、その映画の内容に何かメッセージを託したかもしれなくて」

「何その、クイズみたいな小説は。やっぱり、妙な男だね」それは小説ではなくて、クイズよ、と彼女は念を押すかのように繰り返した。

「その通りなんだけど、とにかく、あいつにはそうしないとならない事情があったんだ。直接、テーマを書けない事情が」

「で、あなたは、わたしにヒントをもらいたいわけね。今の映画から何が言えるのか。傍目八目《おかめはちもく》ってやつだね」

「君はいい格言を知ってる」実際、いい言葉だと思った。もともとは将棋や囲碁の経験則から来ているのだろうか。対局中の当事者よりも、横で観戦している人間のほうが全体を見渡せ、八目先まで読むことができるという意味では、どんなスポーツでも、さらには人生においても同様に思えた。

「ちなみに、あの言葉も同じでしょ？　去年、プロ野球のジャイアンツの監督が、観客から野次を飛ばされて、マイクを持って、『じゃあ、てめえが監督やってみろ』って内野席に叫んだじゃない。あれもようするに、傍目八目ってことでしょ」

「いや、それはちょっと違うんじゃないか」

ふーん、と佳代子は、私の反応が気に入らないのか不服そうに言った。その後で、「はい」と手のひらを上にし、こちらに揺らした。「貸してみて」

「何を？」

「その原稿よ。その、くそつまらない、ファッキン資源の無駄遣い、を読ませて」

読んでもいないうちから酷い言われようだ。井坂好太郎に同情したくなる。「実は俺もまだ、読み終えていないんだよ」

「いいよいいよ、わたしが、あなたの分まで読んであげるから」

「そういう問題では」他人が途中までしか読んでいない本を、横取りするのはいかがなものか。

「わたしなら大丈夫だから」彼女は自信満々に、もっと言えば有無を言わせぬ様子で、微笑む。私は玄関脇に置きっ放しになっていた鞄から、ダブルクリップで綴じた厚い原稿を引っ張り出した。

　妻がその、くそつまらない、ファッキン資源の無駄遣い、をめくっている間、私はすることもなく、自分ひとりで次の映画を観ていることにした。「ちょっと待ってよ、その映画もこの原稿の中に出てくるんでしょ。わたしもそれを観ないと駄目じゃない」と佳代子は主張してきたが、気にかけなかった。妻の佳代子は飽きやすく、どんなことでもすぐに、「もう面倒臭い」と放り投げるのが常なので、原稿を読み終えた後になって、「もう、映画観るの、やめない？」と言い出すことは容易に想像ができた。そうであるなら、今のうちに映画を観ておこう。

「ちょっとわたしを放って、勝手に観ないでよ」と言いつつも佳代子はすでに原稿を読み進めているので、私はテレビを操作し、映画のダウンロードをはじめる。

「デッドラインは午前二時」は話題になった最近の映画だったが、私は観ていなかった。

　中国の若手監督が作ったというその映画は、ロボットを主人公としたサスペンスで、古臭いフォルムの、大量生産のロボットが、自分に組み込まれたプログラミングに疑問を抱き、どうにか自律を図ろうとする内容だ。筋書きを追うと新しさは微塵もなく、日本の有名な漫画作品の焼き直しにしか思えなかったが、丁寧に演出された映像のせいか充分楽しめる作品だった。

「午前二時になると、私の電源は切れ、永遠に動くことはないでしょう」ロボットが、少年に語り、「でも、まだ諦めません」と宣言する場面では危うく泣いてしまいそうだった。最終的に、そのロボットは努力むなしく、「不良品」というレッテルを貼られ、ロボット廃棄場に運ばれてしまう。

別れ際、少年に「悲しいことじゃない。そういうことになっているだけなんだ」と無機質の、アルミで包まれたかのようなロボットは語りかけた。

その後で、少年が独自に調査を行うと、過去にも数台のロボットが同じように、「プログラムに逆らう」ことに挑戦し、敗れ、やはりロボット廃棄場に捨てられていたことが判明する。

同じことが定期的に、繰り返されていたわけだ。

「そういうことになっているだけなんだ」

その台詞には、「運命」のような巨大で押し付けがましいものとは別の、穏やかながら諦めが滲んでいる。

似たようなことを、最近、誰かから言われたような気がした。誰からだっけ、と記憶を辿り、井坂好太郎だったたと思い出した。

それから私はネット検索をし、その映画にまつわる何らかの情報が手に入らぬかと探った。気にかかるものがすぐに見つかった。役者の死亡ニュースだった。先ほど観た映画「クロウ」同様、撮影中に脇役の子供がセットの梯子から落下し、死亡したのだという。そのようなショッキングな出来事があったとは、知らなかった。あまり表には出なかったのだろうか。撮影中に役者が死亡している、という点で、この二作品は共通している。ただの偶然なのだろうか？

ダイニングテーブルで原稿を読んでいた佳代子が、「はいはい」と声を上げ、私の思考を止めた。彼女は右手を振る。「はいはい、あなた、わかったわ。楽勝よ。これ、何てことはないじゃない。分かり易すぎだよ、このクイズ」

「分かったって何が」私は立ち上がり、テレビを消し、テーブルに近づく。

「これを書いた人間が、何を伝えたかったたか。作品のテーマね。というよりも、こんなに分かりやすいのに気づかない人がいるの？」

「まさに君の、目の前に」私は苦笑しつつ、頭を掻く。

「あなたは単純だからね」佳代子の言葉はこちらを馬鹿にするようでもなく、むしろ長所を語るようだった。思えば、盛岡で会った愛原キラリにも似た評価をもらった。

「この原稿の中で、私立探偵の苺っていうのが、でもさ何この名前、苺って酷いね、まあ、それはいいけど、その探偵に依頼してくる男がいるよね」

「間壁敏朗」

「そうそう、その間壁っち。間壁っちは自分が目撃した事件に怯えてる。警官が、逃げる男を射殺した。撃った警官は、『この男は犯人です』みたいなことを言ったけど、撃たれた人間も警察手帳を持ってた」

「で、間壁さんは、このことを喋るなって脅されるんだ。記事には、ある叛逆集団のことが書かれていた」

「架空の犯罪組織ね」

「架空かどうかは分からないけれど、間壁さんはそう疑っていた。そうだ、あれは最後まで読むとどうなるんだい。安藤商会は、と言っても作中のだけれど、作中の叛逆集団、安藤商会は実在したのかい。それとも」

「作中の間壁っちの言う通りだよ、あれは。全部、創り上げられたものだったわけ。というか、最後の最後はね、間壁っち自身がいないことがばれちゃうわけ」

「間壁がいない？　どういうこと？」

「そんな人間、存在していなかったわけ。戸籍や会社の同僚も、全部、偽物だったんだよ」

「え、どういうことだい」私は困惑し、原稿を自力で最後まで読むべきだったと後悔する。

「まあ、とにかくさ、この話ってさ、そのまんまさっきの映画と同じじゃない」

「ど、どの映画？」

「両方だって。だってほら、『駅馬車』のラスト、あれ、最低だったでしょ。アパッチ族をみんなで撃ち殺して、万々歳って。あれはないよ」

「君は、アパッチ族側に正義があるかもしれないって言った」

「そう。簡単に言っちゃえばさ、わたしが言いたいのは、『物事の見方が、一方的じゃありませんこと？』ってこと」

「物事の見方が一方的？　ありませんこと？」

「物事なんて見る角度を変えれば、何が正しいのかなんて分かんなくなっちゃう、ってわけ。でしょ。『駅馬車』のラストの銃撃戦だってそうだし、この原稿に出てくる、警官の言い分もそう。撃たれた人間こそが正義の警官で、撃った奴のほうが悪者だったかも。善悪なんて、見る角度次第。語り方次第。そして、もっと言えば、何が真実かどうかなんて分からないってこと。この原稿が言いたいのは、そのあたりよ。ちょっと考えれば、すぐに分かるでしょ」

「『クロウ』と原稿の共通点もめちゃくちゃ簡単じゃない。いい？　共通のテーマは」

「テーマは？」

「口封じよ」

「口封じ？」

「あの映画で主演のブランドン・リーは事故死した。さっき調べた、ネットの情報にそうあったでしょ。あれは結局、誰かが彼を殺害したのを、事故死に見せかけたわけでしょ」

「それは君の憶測だ」

「わたしの憶測は当たるのよ。傍目八目だし」ぅねうねと動く佳代子の唇に、いつの間にか目が釘付けになる。佳代子の表情の動き、仕草には、人を惹きつける魅力がある。「で、この原稿の依頼人の話も、ようするに、口封じの話よ。警察から、『人生を損ないたくなければ、黙っていろ』と言われるんだもん。ね。両方とも、『口封じ』について仄めかしてるわけ」

私はそこで、実はもう一本の映画でも、子役が事故死しているのだ、と先ほど調べたばかりの情報を伝えた。「やっぱりそれも、『口封じ』が関係しているってことかい」

「たぶんね」

ほう、とも、ふう、ともつかぬ、私は溜息のような声を発する。素直に感心していた。妻の解説を聞きながら、頭の中でパズルの破片がかちりかちりとはまっていく。

二本の映画が暗示しているのは、「物事の見方は角度によって、変わる」「口封じ」、そう言われてみればそうだ。そして、さらに、井坂好太郎はこの小説を、「播磨崎中学校事件」の真相を暴くために書いたと、私に胸を張った。登場人物の名前に、播磨崎中学校事件の被害者である、間壁敏朗の名が使われているのは、明らかに、読者に、「これはあの事件と関係している」と類推させるために違いなかった。さらにさらに、私の頭には昔のデザイナー、ジョルジオ・アルマーニの言葉、「私は偽物が嫌いだ。見せかけの真実は見たくない」が過ぎりもした。

「ねえ、何を考えているの」佳代子が言うので、私は、「見せかけの真実」というキーワードについて説明した。作中に出てくるデザイナーの残した言葉なのだ、と。

するとと彼女は、「ずばりそれね」と指を鳴らした。

「それ？」

「簡単にまとめれば、この原稿は、そのことについてばかり書いているのよ」

「そのこととは、どのこと？」

「見せかけの真実よ」佳代子は言うと、「たとえば、『叛逆集団の安藤商会』は捏造されていたわけだし、妻帯しているふりをする独身男が出てきたりするでしょ。最後には、間壁っち自身も真実じゃないと分かるし、これは全部、『見せかけの真実』について、触れているんじゃないのかな」ととうとうと述べた。

なるほど！　と私は声を上げる。

「ほら、円周率が『およそ3』とおおまかにまとめられちゃったのだって、そう。円周率が3だなんて、それこそ、見せかけの真実みたいなものでしょ」

その通りだ、と私は興奮した。「そう考えると」と唾を飛ばしてしまう。「そういう意味ではほら！」と。「作中で、苺の事務所に、電話番の女性がいたじゃないか。彼女は、ペディキュアを塗っていた。あれにも同じ意味があるんじゃないかな。つまり、『爪を塗る』のが、『真実を塗り替える』ことのメタファーなんだ」

佳代子は首を傾げ、「それはちょっと、深読みしすぎでしょ」とすげなく言った。そして、「ねえ、あなた、もうさこの遊びも飽きちゃったし、寝室に行こうよ。せっかく久々に会ったんだし」と伸びをする。

本心を言えば、盛岡から帰ってきたばかりで疲労を感じていた。初対面の人間と会い、精神的にも疲れていたし、物理的な往復移動で肉体的にもへばっていた。だから、服を脱ぎ、佳代子とベッドの上で仲良くじゃれ合う段取りを考えると臆してしまうところはあったが、そのためらいとは無関係に、どきどきとし、そわそわしはじめる自分もいた。妻が、私にじゃれるようにもたれかかってくると、柔らかい布団で丸くなるかのように、彼女と一緒に寝そべりたい欲求が湧いてくるから不思議だった。

スポーツの試合を終えた後のような、心地良い汗を感じながら、裸のままベッドで寝転がっていると、佳代子がすっと寄ってきた。「実はね」と囁く。一瞬、「実はね、あなたの浮気はまったく許してないのよ」であるとか、「実はね、あなたの不倫相手、わたしが絞め殺しちゃったのよ」と続けられる予感がして、ぞっとしたが彼女が言ったのは違う台詞だった。「実はね、わたしは、あなたには特別な力があると信じてるのよね」

それはそれで私をはっとさせた。身体をぐるっと反転させ、横になりながら彼女と向かい合う。「特別な力？」やっぱりそうだったのか、と大声を出しそうになった。

「君は、俺のことを」と言葉を選びながら話そうとしたが、彼女が、「わたしね」と言い出したので、口を閉じる。いよいよ彼女の告白が飛び出すのか、と身構えた。

「わたしね、あなたと結婚する前に、あなたのまわりのことをいろいろ調べたのよ」

「俺のまわり？」

「両親とも火事で亡くなっているのよね。あなたが高校に入る直前に」

「その通り。いつの間に調べたんだい」

「それから親戚の家で育ててもらった」

「そうだね。いつの間に調べたんだい」

「あなたって、一人で生きてきたのね」

「いったい、いつの間に調べたんだい」

彼女が、私の鼻に、自分の鼻をくっつけるようにした。「そんな風に一人で生きてきたあなたは偉いと思うの。だから、あなたには、特別な力があると思うわけ」

「ど」少し声が上擦ったのは、話が核心に迫る緊張と、間近で見る妻の顔に落ち着かなくなったせいだった。「どんな？　どんな力が」

「さあ」と佳代子は言う。

「君は、俺のその力を覚醒させようとしているのかい？」私は思い切って、頭にこびりついて離れなかったその質問をぶつけてみた。ベッドの中で戯れるような会話だったから、口に出せた。訊ねたものの、答えを聞くのが恐ろしくて、耳を塞ぐために足元の布団を引っ張り上げた。そんな中、「覚醒？」と妻が聞き返してくるのは耳に入った。「よく分かんないけど、わたしは、あなたの力を信じてるわよ」

さらに質問をぶつけるべきだったが、そうはできなかった。妻が、「あ」と言い、裸のままむくりと起き上がり、「そういえば、あれまだ観てなかったね。『岡本猛が拷問されているところ』って映画」と言った。

「さっき、観たくないって言ってたじゃないか」そもそもあれは映画なのか。

「過去のわたしの発言に、責任持てないわよ」

「持ったほうがいいと思う」

34

「あ、これ、もう録画されてるの？」画面に映った髭の男は画面のこちら側を見て、言った。撮影している人間に確認しているのだろう。テレビカメラを前にした素人が、段取りが分からずにおたおたする様子にも見えたが、そんな悠長な状況でないのは、一目瞭然だった。髭の男、それは間違いなく、私が知っている岡本猛だったが、彼は、職場などでよく使われる地味なオフィスチェアに座り、ロープで腕や脚を縛られていた。

自由を奪われている、と私は考え、同時に、「自由が奪われる」とは本当におぞましく、恐ろしい表現だなと感じた。

私と佳代子はソファに座り直し、テレビを観ている。誰が送ってきたのかも分からない、「岡本猛が拷問されているところ」というラベルが貼られただけの映像媒体を再生させている。映し出された暗くて粗い映像には、ささくれ立った雰囲気が漂い、観た瞬間に陰鬱な気分になった。「拷問されているところ」とは暗喩などではなく、ずばりそのままのことなのだ。

「へえ、やっぱりあのお兄さんが出演してるんだねえ」佳代子はまた缶ビールを手にし、脚を組んでいた。

「出演というか、これ、現実なんだ。きっと」この映像が何を目的として撮られ、こちらに送られてきたのかまでは分からないが、岡本猛が役者として出演しているのではないと察しがついた。「これは実際に、彼の身に起きたことだ」

「何で、縛られちゃってるわけ」

「ロープじゃないかな」

「わたしが知りたいのは、縛ってる道具じゃなくて、理由よ」と佳代子が笑いながら言ってくる。

私は画面に見入る。唾を飲み込む。恐ろしいことが行われていると思いつつも、目が離せない。

画面の向こう側、こちらをまっすぐに向く岡本猛は咳払いをした。「渡辺、俺だよ、観てるか?」と言う。その淡々とした挨拶が、私を動揺させる。思えば、彼から名前を呼ばれたのは初めてのことで、なぜか背筋が伸びた。

「今、この映像は」と岡本猛は首だけを左右に動かし、少し悩んだ末に、「椅子の上からお届けしている」と言って、自ら噴き出した。「そんなの見れば分かるよなあ。まあ、本当なら、今、どこどこからお届けしてます、とか言ってやりたいんだけど、それを言ったら駄目なんだってよ。カメラを構えてる奴がいるんだけど」と彼は顎を前に出し、くいくいと指し示すと、「拳銃も構えてるんだよ。で、ここの場所だとか、彼の外見なんかを喋ったらすぐに撃つんだと」と言った。ロープでがんじがらめの彼は、肩をすくめることもできないようだった。

銃声がした。

画面の中、岡本猛の脇のガラスが割れた。岡本猛は微動だにせず、表情も変えず、「ああ、そうか、今、俺が、『彼』と言っちまったのが気に入らなかったんだな。男だ、ってヒントになるからか？　神経質だねえ、いいじゃねえか、そのくらい。性別なんて二分の一だろうが」と下唇を出す。少年が愚痴を洩らすようだった。「まあ、というわけでな、俺には、この場所がどこかは言えないってわけだ」

映っているのは、窓にかかるカーテンと岡本猛だけだったから、それがどこの室内であるのかはまるで分からない。と思っていると、画面の右側からすっと、人が現われた。体格が良い。まず上半身が裸であることに驚いてしまうが、何よりも強烈なのは、その頭に大きな兎の面が載っていることだった。大きさからすると剝製には思えなかったが、あまりに本物そっくりで、巨大な兎人間というような容貌だ。

「気色悪いね」佳代子が独り言をこぼす。

「はい、登場です」と画面の中の岡本猛が言う。「彼が、さっきから俺を拷問してくれてる、ラビット君だ」

私は目を凝らす。岡本猛は両腕を椅子の肘掛けに縛られていたが、向かって左側の手の先から血の滴りがあるのが分かった。

「ああ、爪、剝がされちゃってるね」妻の佳代子は、病状を冷静に観察する医者のようだった。

「こいつらは、俺のことを痛めつけて、懲らしめようとしているらしい」岡本猛の声はどこか愉快げな様子でもある。彼の右手指の、爪があるべき五ヵ所全部が赤く染まっている。にもかかわらず、痛がりもせず、怯えてもいない。私はそこで、ふと、これは演技ではないか、と思った。慌てて、隣の妻の顔をまじまじと眺める。

「どうしたの？」

「あの、これは」私は、画面に指を向けつつ、「君も関係していることなのかい」と深い井戸を恐る恐る覗き込む気分で、訊ねた。

「このお兄さんは、わたしが前に仕事を頼んだけど」

「この拷問映像は、君が関係しているんじゃないのかい」

「どうして、わたしがわざわざそんなことを」

「たとえば」井戸の底はまだ見えず、もっと身を乗り出す。そんな感覚だった。どこまでなら滑り落ちずに済むのか、手探りではあった。「さっき君は、俺に何か特別な力があるんじゃないか、と言ってくれた」

「あるわよ、あなたには」佳代子がその大きい瞳を輝かせ、今にも私の手を握ってくるような勇ましさで言い切る。その力強さに飲み込まれそうになる。「たとえば、その特別な力を開花させるために、俺を怖がらせようとしている、だからこんな映像を作った、とか」

同時に、もしかすると私に不倫をさせるために桜井ゆかりを派遣してきたのは、そもそも妻の佳代子の仕業ではないか、と閃いた。不倫をさせ、その報復として私を痛めつける。私を恐怖させる。その結果、私が何か特別な能力を目覚めさせることを期待して、だ。

佳代子は、私の言葉の意味を理解しかねているのか、それともとぼけているのか瞬きを何度もやっただけで、無言だった。

「君は」と私はもう一度、説明を繰り返そうと口を開いたが、そこで画面から、「渡辺」と明瞭な声が響いた。

私と佳代子は、岡本猛へ、画面の中の彼へ視線を戻した。

椅子に座り、こちらをまっすぐに見つめる岡本猛の、向かって右側の手の付近に、兎の面をつけた男がしゃがんでいた。ペンチのような工具をつかみ、岡本猛の爪に当てているのは明らかだった。私は自分の爪が剝がされる恐怖を覚え、鳥肌が立った。右手を、左手で撫でてしまう。

「渡辺、勇気はあるか?」

画面の中の岡本猛の声が、すっと私の耳を刺してくる。厳しい口調ではなかった。暗闇にふっと浮かぶ灯りのように、大事な、逃してはならないものに感じられた。

「この映像は、俺が撮影するように彼らに頼んだんだ」岡本猛は言う。その間にも、兎面の男の背中が動いている。

「痛えよ！」短い叫び声が、一瞬弾ける花火のように、響いた。岡本猛が発したのだ。兎面の男がペンチをいじくり、何かを取り外した。

爪を剝いだのに違いない。

大声を出したものの、岡本猛からはすでに苦悶の表情が消えている。煩わしい蚊にうんざりするような顔だった。「いいか、さっきからこうやって、彼らに好きなようにされてる時にいろいろ考えていたんだ。いつも痛めつける側だったから分からなかったけどな、意外に暇なんだな、やられるほうってのは。こいつら、拷問の作法がなっていないから、苛々してくるしな。あれだよ、寿司屋の店主が、他の寿司屋に行っても新鮮味がないってのと同じだ。自分ところより美味い店なら、お手並み拝見って楽しみもあるだろうけど、逆だとな、これはもう退屈だ。分かってねえとしか言いようがない」と心底、残念そうに息を吐くと、自分のそばでしゃがむ兎面に、「どこまで自覚しているか分からないけどな、爪は剝いでもまた生えてくるんだ。拷問の方法としては、人道的なんだよ」と教えるようにしている。

それは私に彼が言った台詞と一緒だった。

「とにかくだ、こいつらは、今日の夕方、俺を拉致してここに運んできた。手際がいいとも悪いともいえない、微妙なやり方だったけどな。とにかく、俺を痛めつけた。爪を剝いでな。まあ、確かに痛えよ。それは認める」岡本猛はまるで痛くなさそうに言うものだから、喜劇じみてもいた。「ただな、我慢できなくもねえ。前も、俺、あんたに言ったが、痛みってのは脳への危険信号だ。非常ベルだな。そいつに慣れて、麻痺すれば、あんまり関係ねえよ。ああ痛いな、って思うだけだ。ああ鳴ってるな、ってな。小学校の非常ベルだ」

「馬鹿な」私は咄嗟に言い返している。以前、その理屈を聞いた時も同じ言葉を吐いたような気がする。「痛みっていうのはそういうもんじゃない」

「でもまあ、お兄さんが我慢強いのは確かだね」佳代子には余裕がある。

「いったい何のために、こんなことを」私はテレビに向かって、訊ねていた。

「いったい何のためにか」とそれが聞こえたかのように岡本猛が続ける。「まあ、どうせ答えちゃくれねえだろうなあ、と思いつつ訊いてみたんだが、そうしたら答えてくれたよ。な」と自分の左手の爪にペンチを当てる兎男に声をかけている。岡本猛の身体が一瞬、ぶるっと震えた。「痛えよ！」と一瞬だけ大声が聞こえる。爪がまた剝がされたらしい。「こいつらの答えは、あれだよ、この間、あんたの友達のあの作家先生が言っていたのと同じだ。ようするに」

仕事だからだ、と私は声に出さず、呟く。

「仕事だからだ」と岡本猛は声に出した。「お金をもらって、依頼された。仕事なんだ。だから、こいつらは依頼されたことはやる。やってはいけない、と命令されたことはやらない。ただな、特に禁止されていないことなら、その範疇じゃない。そうなんだよ。だから俺が、あんたのために、この映像を録画してくれって頼んでも嫌がらなかったぜ。まあ、報酬は渡すんだけどな。つまり、この撮影も仕事だ。こいつらは、仕事として俺を拷問しながら、俺から頼まれた仕事もこなしている」

兎面の男の動きが若干、素早くなった。興が乗ってきたのか、リズムよく、ぱちんぱちんぱちん、と残りの三枚の爪を剝いだ。ペンチをいったん置く。岡本猛はしばらく、爪の取れた自分の指を見下ろしていた。

「それでだ、俺がこれを撮影してもらっているのは、あんたに俺の考えを聞いてもらいたかったからなんだ」岡本猛は言う。

いったん画面のフレームから消えた兎面の男だったが、すぐに戻ってくる。今度は、大きな植木鋏のようなものを持って現われた。

「ああ、それで指を切るのか」岡本猛が、鋏に目をやり、言った。

兎面がうなずいたようにも見えた。

「悪くないけどな、うまくもない。いいか、爪を剝いだばかりでまだその痛さがあって時に、指ごと切ってどうするんだよ。やっぱり、分かってねえな。それに、相手の恐怖を誘うには、何をされるのか分からない状態を作ったほうが効果的なんだよ。そんなでけえ鋏持ってきて、ああ、こりゃ指を切るんだろうな、と思ったら、はいその通りです、なんて怖くも何ともねえよ。分かってねえんだよ」

私は画面を見ながら、はらはらとし、居心地が悪くて仕方がなかった。いっそのことリモコン操作をし、早送りし、彼がどうなってしまうのかを事前に把握しておいたほうが気楽ではないか、とも思えた。が、それもできない。彼が何を言うのか、聞かなくてはならなかったからだ。

「渡辺、俺は今、拷問されている」岡本猛は少々、自嘲気味に笑みを浮かべた。「理由はいろいろ考えられるけどな、例の、検索ってやつがきっかけじゃねえかと思うのが自然だろうな。こないだやってきた七三分けの三人組を返り討ちにしてやったから、そのつづきってわけだ。あんたが言うのが本当なら、あの検索をやった奴らはことごとく、なんかの仕打ちを受けてる。俺もそのパターンってわけだ」

そう言ったところで岡本猛が口の動きを止めた。もごもごとさせ、喉を詰まらせた。どうしたのかと不安になっていると、脇を向きぺっと、何かを吐き出した。痛みに耐えている様子ではあったものの、体はやはり、苦痛を感じているのだろう。胃からせり上がってきたと思しき、ねばねばとしたものを吐いた。と思うと、それで喉の蓋が取れたかのように、どぼどぼと食べ物を吐き出した。ぺっ、ぺっと岡本猛は唾を出した後で、「汚えな、こりゃ」と顔をしかめる。

隣にいる佳代子が、私の脇を肘で突いてきた。「検索って何？」

「ネットの検索のことなんだけど」私は曖昧な返事をしたが、それは岡本猛の言葉を聞き逃したくなかったからだ。

「ただな、俺が引っ掛かっていたのは、どうしてみんな、違うやり方で攻撃されてるかってことなんだ」再び喋りはじめた岡本猛の声は大きくはないが、はっきりと響く。そうしている間にも、兎面の男が右手の指に鋏を当てている。岡本猛は抵抗することもなく、むしろ、「こうしたほうが切りやすいだろ」と指の股を開いてもいた。「どうせ、手の指切った後は足の指、それでもって次は俺の性器だろ。ありきたりだな」と続ける。強がっている様子がまるでないことに、私は驚き、自分のほうが先に失神してしまいそうだった。

「あんたの後輩ってのは、婦女暴行犯に仕立てられたし、上司は自殺だ。あんたの友達の作家先生が検索したかどうかは知らねえが、俺はとにかくこうして、爪を剥がされている。それぞれ仕掛けが異なってるだろ。どうしてなんだ、と思って、さっき閃いた。ちょうど右手の中指の爪をやられた瞬間だな。あんたのおかげだよ、うさちゃん」と兎面に言った後で岡本猛は、「これはな、天敵作戦だな」と笑った。

「天敵作戦？」私は首を傾げる。画面内の兎面男もさすがにその謎めいた言葉に、顔を上げていた。

「動物には天敵ってのがいるだろ。よくあるのは、ほら、農作物につく虫を退治するために天敵を使うってやつだ。アブラムシには、コレマンアブラバチを寄生させたり、ショクガタマバエの幼虫に卵を食わせたりして、やっつける」

「そうなの？」私は思わず、佳代子に確認してしまう。何その何とかアブラバチって？　彼女は、「さあ。ありそうだけどね」と反応するだけだった。

「よく考えれば、俺もいつも似たことをやってるんだ」岡本猛が続ける。「痛めつける相手の、性格やら体格だとかを考慮して、一番、効果がある痛めつけ方を考える。拷問なんて特にそうだな。俺くらいの熟練者になると、こいつらみたいに定型をなぞるんじゃなくて、そいつに合った、拷問をやるわけだ。人はそれぞれ弱点が違うからな」

するとと妻の佳代子も隣で、うんうんそうね、とうなずいていた。「暴力に大事なのはそれね。相手に合った、暴力」

どこまで本心なのか、おそらくは百パーセント本心なのだろうが、私は何も言えない。

「俺クラスになると、こういう奴の場合はどうすりゃ泣き出すか、どうすりゃプライドを削れるか、分かるんだよな」岡本猛はさらに言ったがそこで、「ち、痛えな」と顔をゆがめた。また、何かを吐いた。今度は先ほどより、大量で、その吐瀉物の跳ねる音もした。

兎面がぎこちない仕草で鋏を動かした。椅子の肘掛けから何かが落下した。岡本猛の指のように思えたが、私には信じられないから、それは指に似た別のものだと思うことにした。茫然としつつも、目を離せなかった。

「でな、これも一緒じゃねえか、って思ったわけよ」岡本猛は何事もなかったように、説明を再開した。彼の指のあたりから血が流れ出ている。希望を込めた表現に変えれば、あれは血ではなく、血のようなもの、だ。「検索をした奴らを狙って、攻撃をする。ただ、その相手に一番効果的なやり方を選ぶってわけだ。人の良さそうなあんたの後輩は、犯罪者に仕立て上げれば大人しくなるだろうし、俺みてえな図太い奴は、荒っぽい真似をして、懲らしめるってわけだ」

誰がそんなことを、と私は思う。同時に、生々しい拷問の場面を目の当たりにしながらも、吐き気を催すわけでもなく、鑑賞できている自分に驚いてもいた。おそらくは、現実味がなく、少々物騒なバイオレンス映画でも観ている感覚だったからかもしれない。これが本当なわけがない、と頭のどこかでブレーキがかかっている。

「たぶん、これはな」岡本猛は口を開く。彼の髭が歪む。「そういうシステムになってんだろうな」

「システム」私はその言葉を呟く。

そういうシステムなんだ。

とは、先日、岡本猛と私と井坂好太郎の三人で会った時に、井坂好太郎が言った台詞でもあった。世の中は、利益や効率を目的としたシステムで出来上がっている、と。

その時、画面の中で、大きな喚き声が聞こえた。見ると、兎面が、あまりに動じない岡本猛に嫌気が差したのか、いつの間にか足の親指に鋏を当て、動かした。岡本猛ははじめて絶叫し、椅子ごとその場に転がった。少しすると倒れたまま、カメラの撮影者に向かってだろうが、「おい、俺を映せよ。もっと寄って撮れよ」と言った。「見せ場だぞ。観客の心をつかめ」

35

隣で妻が笑い出し、私はぎょっとした。

え、と思うが、画面から目が離せない。岡本猛は縛り付けられた椅子ごとばたばたと、のたうつようで、撮影者のカメラがそれに近づいていく。

「俺の顔をもっとよく映せよ」と岡本猛が顔を引き攣らせながら言う。カメラは、その命令に従うかのように床に近づく。そこで、岡本猛が、「痛えよ！」と先ほどとは違う、ひときわ大きい声を発し、椅子ごとまた、転がった。「助けてくれ。助けてくれ」と何度も何度も言った。画面がぐらっと揺れる。撮影者が、暴れる岡本猛に巻き込まれ、倒れたのだろう。撮影者はカメラを構えたまま、慌てて立ち上がり、後ずさりをした。横倒しになった椅子に座った岡本猛がぽつんと映されている。転がった瞬間に飛び散ったと思しき、彼の血があちこちに窺えた。嘔吐した物が大きな影をつくっている。画面もわずかに汚れていた。

佳代子が、あはは、と笑うので私はさすがに彼女の顔をまじまじと見てしまう。

佳代子は手元のリモコンを拾うと、「巻き戻していい？」と訊ねてきた。

「今の場面、もう一回観るの？」

「そう。もう一回、観たいのよ」

「映画じゃないよ、これは。現実だ」

「だから面白いんじゃない」

これも大きくいえば、「性格の不一致」もしくは「価値観のずれ」となるのだろうか。

「彼は大変な目に遭ってるんだ」私は、彼女が事の重大さを分かっていない様子だったので、あえて言った。

「知ってるわよ。でもね、それはもう過去の話。これは録画された映像でしょ。あのお兄さんは、大変な目に遭っているんじゃなくて、遭ってた。過去形」

「過去形だったらどうだって言うんだい」

「お兄さんの気持ちを推理してあげるの」

リモコンのボタンを押している。

「たぶん、これはな」と岡本猛が口を動かしている場面に戻った。「そういうシステムになってんだろうな」

先ほど、一度観たシーンだ。彼の足元には、兎の面を被った拷問者が屈み、鋏を動かしている。岡本猛が叫び声を上げ、椅子ごと倒れ、「おい、俺を映せよ。もっと寄って撮れよ」と言った。「見せ場だぞ。観客の心をつかめ」

時間が止まる。画面の中の時間が、だ。

「ほら」佳代子がリモコン片手に、私に微笑みつつ言った。

「ほら?」

「あのね、わたし、別にあのお兄さんと特別、親しいわけでもないんだけど、どう考えても、『助けてくれ』なんて言うタイプじゃないと思うの」

「だって」私は、彼女はいったい何を言っているのか、と耳を疑いたくなった。「爪を剝がされて、指を鋏でやられて、足の指もだ」と画面を指差す。「あれで痛がらなかったら、いつ痛がればいいんだ」

「さっきの手の時は、お兄さん、平然としてたじゃない。『痛い』とは言ってたけど、それは感想みたいなもので、懇願じゃないでしょう? それが足になったとたんに、なんであんなに大騒ぎで、助けを求めてるわけ」

「足のほうが痛いから」

「あなた、本気で言ってるの?」それだったら馬鹿馬鹿しくて、軽蔑するわよ、と言わんばかりだった。缶ビールを手に取り、傾けると残り全部を一気に飲み干した。美味しい、と息を洩らす。ビールを発明した人物も、まさかこのような残酷な場面を眺めながら、「美味しい」と言われるなど想像もしていなかっただろう。「差がありすぎでしょ。手の指と、足の指で痛がり方に差がありすぎ。だから、あれはね、お兄さん、わざとよ」

「わざと？」

「何か意図があって、騒いだに決まってるでしょ」とリモコンのボタンをさらに駆使し、ゆっくりと再生を行う。岡本猛がのた打ち回り、カメラが寄った。岡本猛の暴れっぷりで、カメラがぶつかったのか画面が激しく動く。そこでまた、停止した。「たぶん、これじゃない？」

「え」私は首を伸ばし、目を細める。角度の変わったカメラは、室内の隅、オフィスでよく見かけるロッカーと、壁の部分との隙間を映していた。もともと、カーテンの閉まった屋内で撮影されているために映像は薄暗かったが、その隙間は照明が届かないためか、さらに暗い。

「何か落ちてる」私は見たままに言う。真っ暗に近い画面の中、床にちょっとした出っ張りがあるのが確認できた。ロッカーと壁の間にできた隙間に、動物の頭部が見えた。熊の人形の頭部、よく見れば、ペンのキャップだ。

「ファンシーなキャップ」私は反射的に呟く。過去の記憶が甦る。それほど昔の場面ではない。髭の男、岡本猛が、私の仕事場に突然やってきた時のことだ。プログラマーの工藤からボールペンを奪い、キャップを放り投げた。確か、ロッカーと壁の隙間にすっと入ったのだ。「工藤のやつだ」

「そういえば、ファンシーって浮気男という意味もあるんだってね」佳代子が溢すが、聞こえないふりをする。

「あの仕事場だ」私は止まった映像を見つめたまま、言う。

「どの仕事場？」

「俺がこの間まで、働いていたオフィスビル」生命保険会社の名前がついた二十階建ての建物だった。「そこの五階」

どうして分かったの、と佳代子は訊ねてはこなかった。うふふ、と夫の回答を誇らしく感じている様子で、微笑むだけだ。「そこに行ってみましょうよ」と言い、リモコンのボタンをまた押した。「これ、観終わったら」

再生がはじまった画面の中で、岡本猛は騒ぐのをやめていた。兎面の男が、椅子を億劫そうに、起こした。再び、岡本猛がこちらと向き合う。椅子に縛られた手と足に指が欠けているようにも見えた。

どうしてあのビルの、あの部屋で、こんなおぞましい拷問が行われなければならないのだ。

「彼は、あのキャップがあるのを見せるために暴れたのか？」まさかね、と思いつつ口に出したのだが、佳代子は平然と、「だろうね」と顎を引く。「ああやって、大袈裟に喚いて、倒れたのは、あのキャップを映したかったからじゃない？　そこからこの場所を教えようとしたのよ。撮影者をつまずかせて、カメラを動かしたかったんでしょ。ほら、もう今はすっかり平気な顔してるし」と映像の中の岡本猛を指差した。「痛がったのも、わざとでしょ」

「渡辺、分かったか」すっかり平気な顔の岡本猛が、私に呼びかけてくる。録画映像であるはずなのに、私にはそれが今この瞬間に発せられた言葉のような気がした。この場所が分かったか、ということなのだろうか？

岡本猛の拷問は続けられた。鋏に加え、錐《きり》のような尖ったものも使われ出した。私は固唾を飲み、吐き気を堪えてそれを鑑賞しているしかない。佳代子の表情からも嬉々とした様子は消えていたが、今度は退屈そうに欠伸をはじめた。私は呆れたが、さらに呆れたのは、当の岡本猛が拷問されながらも、欠伸をしていることだった。さすがに痛みに顔をしかめ、時折、嘔吐し、叫び声は上げたが正気を保ち、弱音は吐かなかった。

そのうちに私は、こういう酷いことは世の中では日常茶飯事で、一般の成人男性は誰もが経験していることなのではないか、と思いそうにもなった。ただ、あまりに当たり前のことなので、たとえば、人がわざわざ、「昨日、排便したんだ」と報告しないのと同じで、そのことを私に言ってこないだけではないか？　そんなことを考えてしまう。もしそうだとしたら、生きていることとは何と大変なことなのだ。

「我慢強いね、お兄さん」と佳代子がのんびりと賛辞を送った。

ほぼ同時に、「渡辺、そういえば」と画面から岡本猛の声が飛んできた。私はすぐに、前を向く。カメラの位置は変わらないが、どっしりと座った岡本猛は心なしか大きく映し出されているように思える。

「渡辺、シャクルトンを覚えてるか？」岡本猛は言う。

「誰それ」佳代子が、私の脇腹を突いた。

誰だっけ、と首を捻ったところで思い出す。以前、岡本猛が話してくれたことがあった。「探検家だよ。確か、イギリスの。なんか、南極大陸を横断しようとして、遭難しちゃったんだ。一年以上も遭難して」

「へえ」

「でも、生還した」

「あ、それ、本当は、あなたの浮気相手のことじゃないの」

「え？」

「ねえ、外国の女じゃないの？　シャクルトンって。もしくは、どこかのホステスの源氏名とか」

私は耳を疑い、ぽかんと口を開ける。この不気味で、尋常ならざる恐ろしさに満ちた映像を観ながら、どうしてそんな的外れなことに興味が持てるのか、と驚いた。

「そんなことは絶対にない」私はしっかりと、彼女の目を見つめた上で、断言する。どんなに下らないことだと思っていても、ここで曖昧に答えていると、命に関わるからだ。

「渡辺、シャクルトンを探せ」岡本猛が、私と佳代子の意識をそちらに引き戻した。「それから、おまえの友人だっていう、あの男だな」

「井坂？」私はその友人の名前を口にした。「シャクルトンと何の関係があるんだ」

盛岡から帰ってきてから井坂好太郎に連絡を取っていなかったことに気づいた。あの男の身に何かあったのだろうか？　岡本猛のこの状態を見れば、そう考えるのは突飛なことではなかった。井坂好太郎に連絡を取らなくてはいけない。

「やっぱりあなたの不倫相手なんでしょ。シャクルトンちゃん」佳代子は興奮気味で、すでに理性的な判断を失いつつある。執拗に、私の身体を揺すった。喉元を絞められる予感がある。

そこで岡本猛が、「あ、そうだ。もし、あんたの奥さんがそこにいるなら」と顎を上げ、画面のこちら側の私を指し示すようにした。

「あ、わたしはここにいるわよ！」佳代子は画面に向かって、無邪気に手を振る。

「元気？　元気？」と挨拶をしているが、岡本猛の状態は、どう考えても、「元気」とは思えなかった。

「もしそうだったら、念のため付け加えておかないとな。奥さん、シャクルトンは探検家の名前で、旦那さんの浮気相手ではないですよ」岡本猛は、この録画映像を観た佳代子が誤解することも見越していた。鋭い、と私は感心する。感心し、感謝した。

「あ、そうなんだ」佳代子はいとも簡単に納得する。

「渡辺、シャクルトンを探せ。それから、あの胡散臭い小説家だ。それから」

「まだいるのか」私は呟いてしまう。

「俺だ」岡本猛が笑った。「俺を探せ」

「意味が分からない」と私は肩をすくめる。

そこで兎面の男が急にむくっと立ち、岡本猛に殴りかかった。突然の怒りに駆られたかのようだった。ヒステリックな趣すら見せ、転がった岡本猛を蹴りはじめる。

「どうしたんだろう、いったい」私が驚いていると、妻の佳代子は、「嫌になっちゃったんでしょ。どんなに甚振っても、お兄さんがちっとも動じないから。怖くなっちやったのよ」と肩をすくめる。

「そうなんだ？」

「兎ちゃん、我慢比べで負けちゃった感じだね」佳代子の言い方は、子供の喧嘩の成り行きを見守るようでもある。

「彼はどうなるんだ？」

「まあ、拷問の行き着く先は決まってるよ。それはお兄さんが一番よく知ってるはず」怖いことをさらりと言いのけた彼女は、「ねえ、飽きちゃったね、これも」と私の首に抱きつくようにしてきた。

私はさすがにきっぱりと、「いや、飽きている場合じゃないよ。この現場に行こう」と主張した。

「今から？」佳代子は少しむくれた。そして、「どうせ今から行っても、お兄さん、死んじゃってるよ」とあっさりと言った。

36

深夜の赤信号はどうして無視してはいけないのか。

子供の頃から何度か疑問に思ったことだった。深夜に限らず、車通りがなく、人もいない場所での赤信号はどこまで守るべきなのだろう、と。

妻の答えは簡単だった。

無視をしてもいい。


佳代子とマンションを飛び出したのはすでに深夜零時過ぎだった。

「今から、助けに行っても、あのお兄さん、死んじゃってるって」

そんな身も蓋もないことを、と泣きたくなる。そもそも、あの映像を観たがったのは彼女であるし、巻き戻し再生をして、「お兄さんの気持ちを推理してあげるの」と言い、その現場が私が以前、出向いていた仕事場だと分かった際には、「そこに行ってみましょうよ」と乗り気だったのが、今となってはすでに億劫で仕方がない様子だ。その移り気の早さに苦笑せざるを得ないが、もしかすると彼女は、死んでしまった人間に興味がないのだろうか。

「お兄さんがまだ、生きてると思ってるの？」

「ないかな」

「ないよね」

映像の最後の場面は、兎の面を被った拷問者が、動かなくなった岡本猛の顔を叩き、「なんだよ、いつのまにか動かなくなっちまったじゃないか」とでも言うようにカメラに向かって、肩をすくめるところだった。

「お兄さん、最後まで泣き言言わなかったし、大したものね」と妻はそんなところに感心していたが、私は恐ろしさや悲しさ以上に、もやもやとした憤りに急きたてられていた。昔、何かの映画で観たことのある、蒸気機関車を思い出した。燃料を竈のようなものに次々と入れると、そこから噴出した煙が煙突から出る。薬缶が発するような音が鳴る。まさに私は、怒りを燃料に鼻息を荒くする機関車そのもので、妻の手首を引っ張り、マンションを飛び出した。

外は当然、夜の暗さが覆っている。

太陽が沈んだだけでどうしてこうも暗くなるのだろう。いつも不思議に思う。空は、黒と言うよりも濃い青色で、深い海を思わせた。建物や道路もいちように海の中に沈み、ところどころで光る街路灯やマンションの室内灯は、魚の発する光じみてもいる。

マンション前の道を足早に進む。電車が走っている時間ではなかった。タクシーを拾いたかったがなかなか見つからず、「どうしてこういう時に限って」と嘆きたくなった時に、信号にぶつかった。広い交差点で、横断歩道が延びた先の歩行者信号が赤だった。

私は当然のように足を止めたが、妻は先へ行こうと横断歩道を渡りはじめている。振り返ると、「何で、止まってるのよ」と不思議そうに眉をひそめた。

「ほら」私は指を赤信号に向ける。

「あのさあ」と彼女は足早に戻ってくる。「赤信号を守らなくちゃいけない理由を言ってみて」と急造の教師にでもなったような言い方をした。

「ルールだからだ」

「いい？　赤信号でどうして渡っちゃいけないのかっていうと、安全のためよ。車とか歩行者が勝手に移動してたらぶつかって、危険だし。で、どう？　まわりを見てよ、人とか車がいる？　何とぶつかりそう？　安全じゃない」

「俺はルールを守るほうなんだ」

「違うのよ」佳代子は立てた人差し指をぐるぐる回す。とんぼでも捕まえるのか、それとも夜の風を掻き回す仕草に似ていた。「ルールには二種類あるの」

「何と何」

「大事なルールとそうじゃないルール」

「曖昧すぎる」私が即座に批判しても、佳代子は動じない。

「たとえば、今ここで、誰かが怪我をして倒れてたり、子供が親を探して泣いてたりするでしょ。どうする？」

「どうするって」

「声はかけるべきよね。困った人がいたら、声をかける。これがね、大事なほうのルール」

浮気を疑っては、非人道的な暴力を振るってきた君が、そんな風に、人助けを奨励するのは、変じゃないか、と言いたくなった。「大事じゃないルールは？」

「誰もいないのに赤信号を守る、とか」

「馬鹿な」

「もちろん、誰にとってもそうってわけじゃないのよ。たとえば子供なんかは状況判断ができないんだから、『赤信号の場合はどんなことがあっても渡るな！』って教えるべきなのよ。『安全な時がいつか』っていうのが分からないんだから。でも、あなたは子供じゃない。でしょ。自分で安全だって判断できる。しかも、迷惑をかける他人もここにはいない」

「でも、ルールは守るべきだよ」言いながらも私は、何もここまで、交通規則至上主義を貫くことはないな、と自分でも思い始めていた。そこまで、信号を守ることにこだわりはなかった。

「じゃあ、あなた、普通の車は道路を走るとき、制限速度を守ってると思う？　たぶんそれより速いスピードで走ってるでしょ。ルールを破ってる自覚もないし」

「それは、制限速度を守っていたら、逆に、みんなの迷惑になるからだろ」自分が意固地になっていることに気づきつつも、引き下がるのもためらわれた。

「ほら、そこでは交通規則とは別のルールが優先してるじゃない。それと一緒で、規則っていうのは絶対じゃないわけ。わたしの今までの経験からするとね」佳代子は何度かまばたきをした。彼女の大きな瞳が夜に輝く。「大事なルールほど、法律では決まってないのよ。困った人に手を貸しなさい、とかね、そういうのは法律になってない。で、無条件に、糞赤信号に従うってのは、どういうことかって言うと」

「糞赤信号という言い方はどうかと思うけれど」

「誰かの決めたルールを無条件に受け入れるだけ、ってことよ」佳代子はまた左右を見る。「『これはこういう規則になってるから』『こういうことになっているから』なんて言って、全部受け入れるロボットと同じ。あなた、ロボット？　充電式？　じゃないわよね？　だったら、考えるのよ」

「考える？」私はそこで、自分の立つ深夜零時過ぎの交差点の真上、聳えるビルの隙間に見える夜空から、見知らぬ誰かに声をかけられている気分になる。正確には、突然降り始めた雨のように、「考えろ考えろ」という囁きが頭上から降ってきた感覚だった。考えろ考えろ、と助言が霰《あられ》さながら、ぱらぱら落下してくる。

だから、私は考えた。

佳代子の言葉に閃くものがあった。ロボット、という言葉から連想したのかもしれない。先ほど部屋で観た映画、「デッドライン は午前二時」のことを思い出した。ロボットが主役のサスペンスだ。紆余曲折を経た結果、主人公のロボットは、「そういうことになっているだけなんだ」と諦めの台詞を洩らす。

　そういうことになっているだけ、とは今の赤信号の話とも繋がる。そういう交通規則になっているから従うだけ、と私はそう思った。「システムの話だ」

「え、何？　どうしたの」佳代子が、私を見てくる。

「全部、システムの話だ」

　あの拷問を受けていた岡本猛の説明通りだ。

「何の話？　とにかく、わたしが言いたいのはこんな糞赤信号、無視しないでどうするのよってこと。信号に支配されてどうするわけ」

「システムの話は、井坂も言っていた」

「何言ってるの？」

　私は、急ごう、と彼女を引っ張る。歩行者信号が赤色だったが足を踏み出した。するといつの間に近づいてきたのか、右からスポーツカーが猛スピードで、疾走してきた。その風圧に負けるかのように、私はその場で尻餅をつく。

「やっぱり、危ないじゃないか」赤信号を指差しつつ、夜の交差点で叫ぶ。

　どうにかつかまえたタクシーで、生命保険ビルに向かった。車内で二度ほど、井坂好太郎に電話をかけた。岡本猛が映像の中で残した、「あの胡散臭い小説家を探せ」

という言葉が気になり、彼の身に何かあったのではないか、と不安になったからだ。が、連絡はつかない。いつもであれば、おおかた、どこかの女といちゃついている最中なのだろう、と気に留めないが、さすがに少し気になった。

「中に入《はい》れるの？」と佳代子が訊ねてきたのは、ビルの裏口に回った後だ。私は、大丈夫と請け合った後で失敗するのが怖かったため、無言のまま裏口横のパネルを開け、暗証番号を押した。ここで作業をする際に教えてもらったものだ。システムエンジニアは悲しいかな、真夜中にも作業をする宿命にあるため、どこの作業場に出かけても、深夜出入り口の説明は受ける必要がある。このビルの場合も同様だった。おまけに今回、私は、大石倉之助の騒動や加藤課長の自殺などがあり、非常にばたばたとした中でこの仕事をやめたので、まだ、各部屋ごとに用意されたスティックキーを返却していなかった。だから、それを使って、中に入れるのではないか、と期待していた。

「ずいぶん、危機意識のない会社ね」五階、南西角の部屋のノブ下にキーを差し込み、開錠された音がすると、佳代子が呆れながら言う。「取引のなくなったエンジニアが勝手に侵入できちゃって、どうするのよ。何て会社だっけ」

「ゴッシュ」

「神様のこと？」

「え？」

「英語のスラングか何だか知らないけど、時々、言うよね。ゴッシュって。オーマイゴッドって嘆くのに、神様を呼ぶのが恐れ多い気がして、少し崩して、オーマイゴッシュとか」

私は知らなかったから素直に、「そうなのか」と受け入れつつ、真偽のほどは分からないが、本名を呼ぶのが照れ臭く、少し変形させた名前を口にするということは、ありえなくもないな、と納得した。「神様か」

そういうことになっているんだ。

そういうシステムなんだ。

その響きには、神様の発する命令にも似た、有無を言わせぬ強制力があった。

部屋の中に踏み込むと、私たちが三人で作業をしていた時のままの状態だった。机が並び、パソコンが載っている。電源こそ点いていなかったが、何から何までそのままだったために、実は毎日、大石倉之助や工藤がここで仕事を続けていたのではないか、と思いそうになる。

「やっぱり、ここであの映像、撮られたのかなあ」佳代子は室内をうろつきはじめていた。

私は真っ先に、窓の近くへ寄る。

穴の開いたカーテンを見つけた。開けると、大きな窓があり、そこに銃弾が衝突したらしき穴と罅《ひび》割れがあった。「あの映像の中で、発砲されていた。ここがあの現場なんだ」

足元を見てしまう。散らかった様子はなく、椅子や机が荒らされた形跡もない。ここであの恐ろしい拷問が行われていたとは信じられなかったが、信じるしかない。しゃがんだ佳代子が、「これ、血だね」と呟くのが聞こえ、私は、彼女の隣に腰を下ろした。佳代子の指差すところに顔を近づけると確かに、わずかではあるが赤黒い染みのようなものが床に浮かんでいた。「拭き残しだよ」

「血かどうか」

「血だよ。しかも人間の」言い切れてしまう妻に苦笑しつつ、そこで四つん這いになった。岡本猛はあの映像の中で、嘔吐していた。その吐瀉物の残り、もしくは匂いでもないだろうか、と思った。もはや、私はなりふりを構っていなかったのだ。が、その痕跡は見当たらない。

「あの兎の男たちが、掃除をしたのかなあ」

「掃除係もいるんじゃないの？」佳代子は深く考えもせず答えたようだったが、私は頭に棘を刺された感覚になる。「掃除係？」

「仕事って、分担して行われるものでしょ」

「ああ、なるほど」

「窓係は遅れてるのよ、きっと」と言って、銃弾の痕が残ったままのガラスを指差した。

仕事は細分化され、良心が消える。その言葉を思い出す。

「さて、どうしよう」佳代子は部屋中をうろつきまわり、ロッカーを開けた後で、腕組みし、周囲を見渡した。「来たのはいいけど、お兄さんはいないし」

私は心ここにあらずだった。考えろ考えろ、と自分に言い聞かせてみた。マンションを飛び出す前まで観ていた岡本猛の映像を思い出す。指を切られ、「勇気はあるか」と言った岡本猛の視線が、私を刺してくる。記憶に残っている映像をコマ落としの早送りで、再生していく。

渡辺、シャクルトンを探せ。

その台詞で、私ははっと立ち止まる。岡本猛がカメラに向かい、発した言葉だった。

「そうか」

「何か分かったの？」佳代子が近寄ってくる。

「彼は、シャクルトンを探せ、って言っていた」

「探検家だっけ？　本当に実在なわけ？」

「実在していたんだ。南極横断の探検中に遭難して」私は言いながら、部屋のドア付近を見やる。それから逆方向、カーテンの閉まった窓を見る。「南極を示したかったんじゃないか？」と自分の考えを口にしてみる。

「南極？」

「南の方角を探せ、と言いたかったんじゃないかな」

「南ってどっち？」

「この部屋が南西側だから」と指をぐるっと動かし、「その角あたりじゃないかな」とその先にある、ロッカーに向けた。「たとえば、そこに何かがあるとか」

「何かって何？」わたしがさっき探したわよ、と少し不満げに彼女が言ってくる。

私はロッカーの扉を開く。埃の匂いがふわっと舞い上がる。見た瞬間に、何もない、と判明するくらいに何もなかった。ハンガーにかかるものもなく、がらんとしていた。ロッカーの板に何かが隠れているのではないか、二重底になっているのではないか、と念入りに触り、叩き、こすってみるが発見はなかった。そうか、と扉を閉めた後で、ロッカーを移動させることにした。持ち上げることはできなかったが、斜めに傾け、少しずつ引き摺るようにずらす。ロッカーの背や床に、大事な証拠や印が隠れているのではないか、と疑った。

「どう、あった？」

「もしかすると、このロッカー自体が重要なのかも」

「ロッカー自体？」

「ロッカーのメーカー名とかさ」

なるほどねえ、と言いつつも佳代子は気乗りしない風だった。私からは背を向け、机の引き出しをひとつずつ確認しはじめる。「シャクルトンを探せって言われてもねえ。こんな机の中に隠れてるわけでもあるまいし」とぶつぶつ言っている。「シャクルトンってさ、御伽噺に出てくる小人の名前？」

「井坂のことも探せって言ってた」

「あの小説家ってさ、机の中にいるの？」佳代子はすでに投げ遣りな空気を漂わせていた。「まあ、あの人間としての小ささは、この引き出しに入っててもおかしくないくらいの小ささだったけど。でもさ、探せって言われたって、分かるわけないよ」

私は必死に頭を働かせた。シャクルトン↓南極↓南側のロッカー、という発想は悪くないと思った。正解だと心が浮き立ったのも事実だったが、どうやら誤りだったらしい。考えろ考えろ、と唱える。

「あなた、システムエンジニアなんだから、ネットとかで調べられないの？」完全に試合を放棄したのか、佳代子は椅子に座り、ゆらゆらと身体を揺すっている。

「ネットで？」

「シャクルトンはどこにいますか？　とか検索したら居場所が出てくるんじゃないの」

あ、と私は興奮する。「それだ」

「それ？」それってどれ？　と妻が珍しく動揺する。

「検索だ」

人は知らないものにぶつかった時、まず何をするか？

「検索するんだよ」

先輩社員の五反田正臣の言葉だ。そして、人は何かを探す時にも、まず、検索をする。

37

「何やってるの？　わたしが、ネットで検索したら人の居場所が分かるんじゃない、って言ったの本気にしたわけ？」

机の上にあるパソコンを起動させ、椅子に座った私の横で、妻の佳代子が立ったまま腕を組み、言った。カーテンを開け放した窓の向こうは深夜の暗さで満ち銃弾で開いた窓ガラスの穴や罅から、夜の風がひゅうひゅうと流れ込んでくるようにも感じる。静まり返ったビル内は居心地が悪く、寒々しかったため、部屋の中が夜に侵食されているのだ、と思いたくなった。窓の穴を塞がなければ、いずれこちらも夜で満ちてしまう、と。

画面が表示されたディスプレイを前に、キーボードを叩く。検索画面を開くと、そこに、「シャクルトン」と打ち込んだ。検索ボタンを押す。

「あのさ、その人、有名な探検家なんでしょ？　検索したって、山ほど引っ掛かるに決まってるじゃない」

妻の言うように、検索結果には様々なページが並んだ。私がその存在を知らなかっただけで、やはり有名な男なのだろう。

「だいたい、もう死んでるんでしょ？　探せと言っても、探しようがないじゃない。あ、墓？　その探検家の墓を探せってこと！」佳代子は急に声を高くすると、自分のアイディアに興奮したのか、「そういうこと？　墓を暴くのね」と今すぐにでも、そのシャクルトンの埋葬された土地へ飛び立とう、と言わんばかりの興奮を浮かべた。

「一度やってみたかったのよ、墓を掘るの」

私は無視をし、画面を見つめる。

拷問されていた岡本猛は、「渡辺、シャクルトンを探せ」と言い残した。そして、

「あの胡散臭い小説家を探せ」とも続けた。だから私は、検索キーワードの欄に、「井坂好太郎」と足した。「シャクルトン　井坂好太郎」と打ち、検索を行う。「何それ」と佳代子が興味津々で、訊ねてくる。

検索結果はそれでも、多かった。南極横断に失敗し遭難した探検家シャクルトンと、女好きで、薄っぺらな小説もどきを書く井坂好太郎の二人に共通点があるとは思えなかったが、大きな意味でくくれば、二人は有名人に分類できるのか、いくつものサイトが表示されている。

私は落胆しなかった。すぐに、「シャクルトン　井坂好太郎　岡本猛」と入力し、検索する。「それから、俺を探せ」と岡本猛が言っていたからだ。その三人を探せ、とはつまり、三人の名前で検索を行え、という意味なのではないか。

「出た」私は指を鳴らす。検索結果は一件だった。キーワードを増やすほど、検索結果は絞られる。

「これがどうしたわけ」佳代子が覗き込んでくる。

「この三つで検索した場合だけ見つけられるページがあるんだ」

そのページは白い背景に黒い文字が並ぶだけの、酷く単純な、素っ気ないものだった。「伝言板」とタイトルにある。

佳代子が、「え、これ何これ何」と私の横からずいずいと身体を入れてきた。気づくと、私は彼女に押され、いつの間にか椅子からずり落ちている。そして椅子には彼女が収まる。彼女はパソコンと向かい合い、キーボードに手をやっている。知らず知らずのうちに彼女に、良いポジションを取られているのはいつものことだ。私の宿命なのだろう。

「岡本猛が教えてくれたサイトだよ。ある条件で検索した時にだけ、見つかるように」と自ら言い、あ、と思った。ようするにこれは、例の、「播磨崎中学校」と「安藤商会」で検索をした場合にのみ辿り着く、あの、出会い系サイトと同じ趣向だ。意趣返しではないか。疑問も湧く。この仕組みを、岡本猛が作ったのか？　彼はパソコンやプログラムに詳しくはなかった。

「これ、待ち合わせのスケジュールだよ。本当にただの伝言板だ」佳代子が、ディスプレイに指を向け、爪でこつこつと画面を突く。

いくつかメッセージが並んでいる。三つの短い書き込み投稿があった。最上部のものには日付が書かれ、そこに、「待ち合わせ場所は鉄道連結部博物館前　18時」とあり、連絡先としてなのか、携帯電話の番号が書かれていた。それに呼応する形で、ほかに二つの書き込みがある。どちらも、「待ち合わせの内容を了解した」旨が書かれ、それぞれ、連絡先として携帯電話番号を記している。

「三人で待ち合わせしてたんだねえ」佳代子がうんうん、と他人のデートを楽しむように、言う。

すでに深夜過ぎで、暦では翌日になったから、日付は一昨日のものだ。つまり私が、岩手のペンション村に一泊した日だった。あの時、岡本猛から私に電話があった。そして、翌日にはあの拷問映像が送られてきたことを考えると、この待ち合わせの際に予期せぬ出来事が発生したのか。

「あ、このisakaって書いてあるのは、あなたの友達の胡散臭い男でしょ」佳代子が指差したのは、待ち合わせの書き込みの三番目にある名前だった。確かに、「isaka」とあり、記された電話番号も見たことがあるものだった。

「井坂も待ち合わせをしていたってことか？」私は言ってから、先ほどから井坂好太郎に連絡がつかないことを思い出す。

「で、この一番上のを書いた、okamotoっていうのが、あのお兄さんだよね。わたし、この携帯電話の番号、見覚えあるし」

私も同意した。待ち合わせの日時を書いた一番上の書き込みはまず間違いなく、岡本猛のものだ。岡本猛は、井坂好太郎と会う約束をしていた。

「で、この二番目に書いてる人は誰？」佳代子が、私に答えを確認するかのように首を傾けたが、正解を知っているわけでもないから困る。名前の欄には、「5」とだけあった。「この5って誰？」

「ニックネームなんだろうね。この伝言板内では通用するんだろうけど」

佳代子は気に入らない様子で、ふん、と鼻を無愛想に鳴らす。「こいつは誰か？この電話番号にかけてみれば、分かるってわけね」

私が電話をかける役であるのは明白だった。


相手が電話に出て、声を発した瞬間、私にはそれが誰であるのか分かった。分かったが、あまりに唐突だったので、狼狽し、すぐには何も言い返せなかった。深呼吸を一度やって、ようやく、「勘弁してくださいよ」と泣き声じみた声で言った。連帯保証人になったがために財産を失った男が、逃げたもともとの債務者を発見した時にはこんな情けない声を発するのではないか。「五反田さん、どこにいるんですか」

「渡辺かあ。久しぶりだなあ。元気か？」

五反田正臣は笑いながら、言った。出勤時間を守らず、上司の悪口を繰り返していた先輩社員の姿がすぐに浮かぶ。

「元気も何も、五反田さんの後を引き継いだ仕事のせいで、よく分からないことに巻き込まれちゃってるんですよ。電話、替えたんですね」

「俺が言ったじゃねえか、『見て見ぬふりも勇気だ』って」

「見て見ぬふりしてたのに巻き込まれてるんですよ」

「何でだよ」

「俺が聞きたいですよ」いったいどの時点から私は、この騒動の中にいたのだろうか。思い出しても分からない。五反田正臣が担当していた、「ゴッシュのサイト」の開発を引き継ぎ、その後で、プログラムの暗号化を解いた。そのあたりが入り口だったのかと思うが、はっと気づく。桜井ゆかりだ。桜井ゆかりが自分と親しくなり、不倫関係になったのはそれよりずっと前だったが、あそこからすでに穏やかならざる事態がはじまっていた可能性はあった。

「で、どうしたんだよ、電話をかけてきて」

「伝言板を見たんです」

「おお」と五反田正臣が嬉しそうに言う。「よく分かったな。検索したのか」

「人間、分からないことがあったら検索するんですよ」私は、新人研修の時に五反田正臣から聞いた台詞をそのまま返す。「でも、どうして、岡本猛と交流があるんですか」

「交流があるというか、これから交流しようと思ってたんだよ」

五反田正臣も屋外で喋っているのか、車道を通る車の走行音が聞こえてきた。

「その岡本って奴ともう一人、何とかって作家が俺に会いたいって言ってきたんだ。

で、一昨日、待ち合わせをしたんだけどよ」

「鉄道連結部博物館で？」

「よく知ってるな。そうか、伝言板にあったもんな。そうだよ、あそこの前で落ち合った」

「会えたんですか？」

「その、岡本って奴のほうとはな。で、作家を待っている時に岡本に連絡が入って、『ちょっとだけ用事がある』って消えちまったんだよ」

それはもしかすると、あの岡本猛を拷問していた男たちからの呼び出しだったのかもしれない。

「しょうがねえからどうしようかと思って、結局、そのまま帰ったんだけどよ。渡辺、おまえは、あの岡本って奴を知ってるのか？　あいつは、おまえの友達だっていってたけどよ」

「友達ではないですけど」私は今もって、岡本猛と自分との関係をうまく説明できない。「馴染みではあります。でも、三人で会ってどうするつもりだったんですか。というより、五反田さん、どこに行ってたんですか」

私の隣の椅子で、佳代子が退屈そうにしていた。そして、机の引き出しを勝手に開けると中からメモ帳を取り出し、ペンで文字を書きはじめた。それを私のほうへと向ける。

「五反田って、浮気相手？」とある。

違う違う断じて違う、と私は首を振り、慌てて、自分の携帯電話を彼女の耳に近づける。男の声だと確認できると彼女は、ふうん、とまたつまらなさそうにした。こんな状態にあっても、君が心配するのは俺の浮気なのか、と嫌味をぶつけてやりたかったが、そんなことをしても得る物はない。

「そうだ、渡辺、ちょうど良かった」五反田正臣が言った。

「ちょうど良かった？」

その台詞に、嫌な予感を覚えた。以前もこういうことがあった。客先に謝りに行く際、たまたま会った私に、「ちょうど良かった」と声をかけ、無理やり同行させると、一緒に謝罪をさせたのだった。彼はいつもそんな具合で、閃き優先で行動する性質がある。そしてその行動に、身近にいる人間が巻き添えを食うのだ。

「実は明日、行きたいところがあったんだ。岡本たちに会えて、信用できるようだったら彼らに付き添ってもらうつもりだったんだけどな、おまえが来てくれるならちょうど良い」

「どこへ行くんです」

「空港だよ」五反田正臣は言い、「東京の国際空港」と言い直した後で、「そこで、永嶋丈に直撃する」と少し誇らしげに続けた。

「永嶋丈？　あの政治家の？」

「まあな。今、西アジアに行ってるらしいんだよ。非公式だけどな。で、明日の午前に帰ってくる」

「知り合いなんですか？」

「知り合いなわけねえだろうが。知り合いだったら飲み屋で会うって。知り合いじゃねえからこそ、直接ぶつかるしかねえんだよ」

私の頭には、投げたい質問が山ほど浮かんだ。が、どれから放るべきかが分からず、声が出ない。訊くべきことに優先順位をつけるべきだ、と必死に質問を並べ替えたが、どういうわけか真っ先に口を突いたのは、「どうして、俺も行かないといけないんです」という明らかに優先度の低そうな疑問だった。

「どうして、っておまえがいたほうが助かるからだよ」

「それなら最初はどうして、俺じゃなくて、岡本猛たちに付き添ってもらおうとしたんですか」

「おまえに迷惑をかけたくなかったからだよ」

「それなら」ともう一度言わずにはいられない。「それなら、どうして今、俺を誘うんですか」

「やっぱり、おまえにならば迷惑をかけてもいいかな、って今、電話で喋りながら思ったんだよ」五反田正臣は屈託なく、ためらいや計算もなく、清々しいばかりだった。

「じゃあ、明日の朝、八時に東京駅のエアポートライナー乗り場で待ち合わせだ」

「どうして俺が行かないといけないんですか」私は声を大きくする。こちらの会話が聞こえていたわけでもないだろうが、妻は妻で、「行くならわたしもついていくよ」と呟いている。

「実はな、今、俺、目が見えないんだよ」と五反田正臣が言った。「最近は科学が進んでるからな、器具とかつければそれなりに行動できるんだけどな、空港で永嶋丈を直撃するのは一人では難しそうなんだ。チャンスは少ないしな。だから、付き添ってほしいんだ」

「目が見えない？　何ですそれ」反射的に、システムエンジニアの職業病とでも言うべき、視力悪化のことを思ったが、ニュアンスはそれとは異なっていた。

「まあ、とにかく、来てくれないか」

私はどうすべきか、何と回答すべきか逡巡する。「急に、付き添ってくれって、いつも唐突過ぎますよ、五反田さんは」

「おい、渡辺、怒ったのかよ」と五反田正臣が軽快に言ってくる。その明るさが、私には信じがたかった。仕事を放り投げ、失踪し、どれだけ他人に迷惑をかけたと思っているのだ。「怒るなよ。俺だって、我儘は言うぜ。人間だもの」

分かりました、と私は答え、電話を切った。


電源の入ったパソコンの小さな響きだけがする部屋の中で、私は、妻の佳代子に電話の内容を話した。彼女は案の定、驚いた様子もなく、淡々と、「明日の朝八時かあ。結構、早いね。頑張って起きて、行こうね」と遠足を楽しみにするかのような言い方をしただけだった。私もその勢いに飲まれ、「うん」と素直にうなずいてしまう。

その後で、井坂好太郎に電話をかけた。彼と連絡がつかないことが気がかりだった。常識からすれば、電話をかけるのには適さない時間だったが、彼にならいいか、という思いもあったし、何よりも彼の身に何かあったのではないか、という不安が胸の中で増幅していた。

結論から言えば、井坂好太郎の身に、「何か」はあった。まず本人が電話には出なかった。「あ、もしもし」と知らない女性の声が応えた。「これ、井坂先生の電話ですよー」と酔っ払ったような声を出す。ああ、これはまた彼が口説いている女に違いないな、と考えつつ、「井坂に替わってもらえるかな」と頼むと、その女性は、「無理」と言った。「今頃、病院のベッドの上だし」

「え？」

「わたしがね、さっき刺しちゃったから。意識はあったけど、虫の息。なんか、そんな曲なかったっけ？　ああ、面白い、虫の息、とか」

38

井坂好太郎はカプセル内に横たわり、まさに私の前で虫の息だった。

何年か前から全国で使われている、医療カプセルの中に彼はいた。酸素の濃度が違うのかそれとも特別な薬品が噴射されているのか、それともその両方だったか、とにかく、中に入ると人間の治癒能力が上がり、ダメージの広がりを抑えられるらしい。カプセル内に患者が入ったまま、手術をすることもあるようで、そうなるとすでにお酒の瓶の中で船の模型を作るのと似ている。

そのカプセルが目の前にある。

個室とはいえ、カプセルと椅子が置かれただけの縦長の部屋だった。医療技術の進歩によってこれだけの省スペースが実現でき、入院可能な患者数の枠を広げることができたのだろうが、患者たちが、蜂の巣の中の幼虫や蛹のように扱われている。と見えなくもない。

井坂好太郎は服を脱がされ、専用の肌着のようなものを着たまま仰向けの状態でカプセルに入っている。カプセルの顔の部分は透明の素材だったため、天井に鼻を向ける彼の顔が見えた。

「寝返り打てねえんだな、これ」

カプセルのスピーカーから小さく、井坂好太郎の声がした。脇の椅子に座る私に聞こえる。

「何があったんだよ」カプセル内でも外の音が、たとえば私の発する声も届くようだ。

夜の二時過ぎだった。私が病院に駆けつけた時、たまたま廊下で会った担当医師は、「カプセルで眠っていますが、内臓まで深く刺さり、出血が多すぎです」と残念そうに言った。「それほどは、もちません」

「表示が出ていないか？」井坂好太郎が言う。私のほうを見ないのは、体勢の問題なのかそれとも顔を合わせるのがつらいのか、もちろんそうだとしても何がつらいのかは私には分からない。彼の視線は上に向いたままだった。

「表示？」

「あと三十分で死にます、とかよ。デジタル表示してておかしくねえだろ。秒読みしてたり、とか。これくらいの機器だったら」

私は一瞬、真面目にカプセルの周囲に表示がないだろうか、と探してしまった。

「まいったなあ、女に後ろから刺されちまった。びっくりだよ」

「あっても言うなよ、怖えから」井坂好太郎が笑う。並びの悪い歯が見えた。「まいったなあ、女に後ろから刺されちまった。びっくりだよ」

「それはきっと、あの検索のせいだ」私はすぐに言った。病院に来る間、ずっと考えていたのだ。「俺の後輩は婦女暴行犯にでっち上げられたし、上司は自殺した。岡本猛は拷問を受けた。みんな、それぞれ、効果的な攻撃がされてるんだ。おまえは女関係がルーズだから、そこが利用された」

「関係ねえよ」井坂好太郎は、私の真剣な物言いを一笑に付す。「それは関係ない」

「いや、関係ある」

「いいか、おまえの言っている話は分かる。俺だって、それくらいは把握してるんだ。播磨崎中学校のことに関しては、おまえより俺のほうが詳しいしな、理解力も推察力も俺のほうが優れている。俺のほうがおまえより遥かに顔の造形が良い。つまり、遥かにもてる。だから、おまえが知っているようなことは、俺は知っているんだ。ただ、今回のこれは別物だ。俺に妻子がいることを知った女が、逆上して俺を刺した。これは俺が原因で起きたことで、検索だとかはまったく関係がない」

そうなのか？

「そうだ」とカプセル内の井坂好太郎に断言されると、そうとしか思えなくなる。

「そういえば、おまえの奥さんと子供は来ていないのか」

「連絡してねえからな。というより、おまえがここに来たこと自体が驚きだ。俺は一人でここでひっそりと死んでいく予定だったたってのに」と言う彼はやはり上を見ている。学生の頃からあまり変わらない顔つきで、苦労してない奴は貫禄がないものだな、と日頃私は思っていたが、こうしてあらためて眺めると、肌の汚れや皺が、老化を感じさせた。

「おまえの電話に連絡したら、女が出た。おまえを刺したって言ってたんだ。で、ここに運ばれたはずだと言うから、慌てて、来たんだ」

「でもよ、渡辺、こんな夜中に飛び出して、奥さんに、浮気だと思われなかったのか」

「一緒に来たよ」と私が答えると井坂好太郎ははじめて、目を動かし、と言ってもほんのわずかだったが、こちらを窺うようにした。

「外で待っている」と説明する。妻の佳代子は病院まで来たが、井坂好太郎の病室を訪れるのは嫌がった。「あいつが胡散臭いから？」と私が訊ねると彼女は、「それもあるけど、何か嫌だ」と曖昧な理由を口にした。そして、「深夜の病院を探索してくるよ」と姿を消した。深夜の病院を探索してはいけないよ、と言う間もなかった。

「盛岡はどうだったんだよ」井坂好太郎はまた、上を向いた。その姿勢が一番、楽なのかもしれない。

「行ってきた」

「それは分かるよ。おまえは盛岡に行って、帰ってきた。俺の前に今、いるしな。どうだったんだ。何か分かったか。やけに帰りが早かったじゃないか」

まさか、占いメールの助言に従っただけだとは言えない。「安藤潤也は死んでいた」と伝える。

一瞬、井坂好太郎は言葉を飲み込むようにした後で、「そうか」と言った。

「年齢的には死んでいてもおかしくはなかった」

「俺は、安藤潤也は生きているような気がしていたんだよな」井坂好太郎はぽつりと溢す。「何でだろうな、死んではいないと思っていた。そうか、死んだか」

「死んだ」

「そして俺も死ぬ」

私は乾いた愛想笑いで返した。

「渡辺、おまえもいつか死ぬんだぜ。分かってんのかよ」

「分かってはいる」

本当に分かっているのか？　内なる自分が問い詰めてくる。盛岡で別れる際、愛原キラリが言った、「あなたはまだ実感ないだろうけど、人に会えるのはね、生きている間だけだよ」という言葉が頭を過ぎる。カプセルの中と外ではあるが、私は、井坂好太郎と会うことができた。生きているうちに間に合った。そこで井坂好太郎が顔をしかめた。よく見れば、顔面蒼白で、唇も青白い。身体が小刻みに震えている様子だ。カプセルの周辺にナースコールなどの装置はないかと慌てて、手を動かす。丸いパイロットランプのようなものが赤く点灯していた。これは最初から赤かったのか、それとも、別の色だったのが何らかの危険を察知して赤色に変化したのだろうか。どちらにせよ、赤という色は不吉だ。

「俺の傑作は読んだか？」井坂好太郎が言った。

「ああ」私は自分の返事に切実さが満ちていることに、戸惑っていた。頭というよりも、もっと無意識の部分で、友人を失いつつある状況を察しているのかもしれない。気を抜くと、するっと井坂好太郎の生命がどこかに蒸発してしまうような焦りばかりがあった。「傑作かどうかは分からないけれど、読んだ」私は最後まで読んではいなかったが、それを言う必要も感じなかった。「おまえらしくない小説だった」とまず伝えた。読みづらいし、妙に描写にこだわるあまりスピード感がなくて、地味な話だった、と。「あれで読者をつかめるのか？　出版界から干されているおまえの起死回生の作品になるとは思えなかったよ」

「渡辺」井坂好太郎が口を綻ばせた。「おまえさ、今死のうとしている作家に対して厳しすぎるだろうが」

「おまえは死なないよ」

「死ぬんだよ。だいたいな、もう力も入らねえし。この妙なカプセルのおかげで、少し延長戦に入ってるだけだろ。普通なら、もう死んでる」

弱音とも強気の発言ともつかない井坂好太郎の言葉に、私はうろたえる。そわそわしているにもかかわらず、落ち着いているふりを試みる。「おまえがあの原稿で書きたかったことは分かった」

「お」と井坂好太郎がそこで嬉しそうに声を弾ませた。「そうか。言ってみろよ」

「あの作品に隠されているキーワードは、まず、『口封じ』だ」

「なるほど」

「あの作品のストーリー自体もそうだし、映画の『クロウ』もそれで繋がる」

「そうか、それも観たか」

私は顎を引く。「あの映画では役者が撮影中に死んでいる。小道具の拳銃に実弾が入っていたからだ、と言われているけれど、もしかすると、それは嘘かもしれない。口裏を合わせた」

「『デッドライン』のほうも観たか」

もちろんだ、と私は胸を張る。「あれでも子役が死んでいた」

「そうだな。子役が死んだ。そして、その意味が分かったか？」

「意味？　子役が死んだことの意味？　それは分からないよ」

するとその私の答えのところで井坂好太郎はあからさまに、表情を曇らせた。

「的外れか？」心配になり、訊ねる。「『クロウ』と同じではないのか」

「同じではない。さらにひねりがあるんだよ。まあいい。先を続けろ」

「『苺畑さようなら』に隠されたテーマはほかにもある」

「なるほど。たとえば何だ？」

「見る角度をいじれば、事実はいくらでも捏造できる、そういうことだ。言い方を変えれば、真実や善悪は見る角度次第で変わる、ということかもしれない。『駅場車』のインディアンの扱いは、あまりに一方的だ」

「いいぞ」

「おまけに、誰もかれもが、ジョルジオ・アルマーニの服を着ている。検索したら、そのデザイナーの言葉が出てきた」

「私は偽物が嫌いだ。見せかけの真実は見たくない。だな」

「そう。それだ。だからまとめれば、こういう意味になるんじゃないか」私は言い、「播磨崎中学校の事件は、見方によって違うものになる。今、世間に公表されている真実はおそらく、見せかけの真実で、その真実を知っている人間には口封じがされている」と一息に続けた。

「渡辺、見直したよ」井坂好太郎は言った。「なかなか鋭い」

「なかなか、ということは完璧ではないのか」

「そうだな。百点満点で言えば、五十点だ。が、上出来だ。作家の真意は、三割ほどしか伝わらないものだからな」笑ったように見えたが、そうではなく、真っ白に近い色となった唇が震えているのだった。

大丈夫なのか、と確認すべきであったのに私は、「あの中学校の事件はいったい何だったんだ？」とさらに訊ねた。

「播磨崎中学校はな」井坂好太郎の瞬きの回数が減った。目がしばらく開いたままで、動きが止まると、彼が消えたのかと思ってしまう。「なかったんだ」

「え。どういう意味だ」

「いいか、俺は前にシステムの話をした。そうだろ？　政治も経済も、人の気分や善悪も全部、大きなシステムに乗ってるだけだ、ってな」

「覚えている。ナチスのアイヒマンもそうだったと。分業で、細分化」

「たぶん、俺の勘では、それが答えだ。誰それが悪いって言うんじゃなくてな、『そういうことになっている』としか言いようがない出来事で溢れている」

「あの映画の中でロボットが言っていたよな」

数時間前、マンションで観たばかりの、「デッドラインは午前二時」での台詞だった。盛岡で、安藤詩織から聞いた話が甦る。「安藤潤也も似たようなことを言っていたらしいんだ。『独裁者なんていない。おまえのせいだ！　と名指しできる悪人はどこにもいない』って」

「ああ、そうか」と井坂好太郎が頬を引き攣らせる。「安藤潤也に会いたかったな」

「向こうは、さほど会いたくなかっただろう」

「だろうな」彼は怒らなかった。

「いったいどういう意味なんだ。システムとはいったい何なんだ」

「渡辺の仕事はシステムエンジニアだったな」

「そのシステムと、おまえの言うシステムは別物だろうに」

「いや、案外、似ているかもしれないぞ」井坂好太郎は言った。

「そうなのか？」

「違うのは、おまえの作るシステムは、おまえが作っているってことだ」

「俺の作るシステムは、俺が作っている？　当たり前だろ」

「おまえは、システムを設計するシステムエンジニアだ。それに比べて、世の中を覆うシステムには、システムエンジニアが存在しない。誰かが作ったものではないんだよ。独裁者はいない。ただ、いつの間にかできあがったんだ。ほら、俺のあの、新作の中に、アリのことが出てきたのを覚えているか？」

「そういえば、蟻の行列の描写があった。確か、アリは賢いって話だったか」

「違う！」井坂好太郎はその時、ひときわ大きな声を発した。どこか体に痛みが走ったのかもしれないが、怒ったようにも思えた。「大事な部分を間違えるな」

「大事な部分とはどこだ」

「いいか、一番大事な部分はあの言葉なんだ。『アリは賢くないが、コロニーは賢いのよ』そこだ。それがすべてだ」井坂好太郎の表情は真剣だった。

「アリは賢くない。コロニーは賢い。巣全体は賢い、という意味か」私は繰り返した。大事な部分と言われれば、復唱くらいはしたほうがいいのだろうか、という思いからだ。「アリの話なのか」

「システムの話だ。そしてそれはアリや虫だけではない。人間も一緒だ」

「いや、人間とアリとは違う」

「渡辺、いいぞ」井坂好太郎はどこまで本気なのか分からぬが、真剣な目をしている。「そうなんだ。一緒だが、異なっている。そこが問題だ。いいか、システムは基本的に、賢く動く。アリのコロニーと同じように。ただな、人間とアリのもっとも違う部分はどこだ」

私は短い時間ではあったが、必死に頭を回転させた。この友人を満足させる答えを返してやりたかったからだ。が、思い浮かばない。

「自我だ」井坂好太郎が言った。「個人としての欲望だ。アリが、優先させるべきは集団の維持だ。アリは自分の都合を優先させない。人間はどうだ。逆だ」

「難しくてよく分からない」

「まあな。俺だって、実はよく分かってはいないんだ」

「いまさらそんなことを言うなよ」私は、相手が瀕死の状態にあることを忘れ、文句をつけてしまう。「おまえは、全部真相を知っているかのような言い方をしていただろうに」

「まあな」井坂好太郎は少し声を震わせた。「俺が分かっているのは、真実の情報じゃないんだよ。いいか、作家っていうのはそもそもな、ぼんやりと世の中の仕組みについて把握することくらいしかできねえんだ」

「何だそれは」

「そもそも、小説ってのは譬え話なんだよ。しかも含まれている教訓は曖昧だ。『レモンにはビタミンCが含まれていますよ』なんて具体的な情報は小説には入っていない。作家はそんなこと知っちゃいねえし、書けねえんだよ。作家が分かるのはせいぜいが、『酸っぱいものを食べると、なんだか元気になった感じがしますよね』といった程度のことだ」

この期に及んで言い訳がましい、と私は批判すべきだったかもしれないが、彼の言い分も分からないでもなかった。「それなら、あの小説に含まれているのも、譬えなのか」

「得た情報から俺が、こんな具合になっているんじゃねえか、と思ったことをお話したんだ。骨格というか、何だろうな、物事の骨組みだ。播磨崎中学校の事件の、おおよその背景を俺なりに想像してみた。根底にあるのは」

「あるのは？」

「勘だよ。ただな、自分で言うのも何だがな、いい線行ってる気はするぜ」

「井坂、おまえはいつも、『自分で言うのはいかがなものか』ということしか言わない」

井坂好太郎は小さく額に皺を作った。「はじめは俺は、あの漫画家のことを調べていただけだったたんだ」

「ああ、手塚さんだろ。会った」

「会ったのか。やな奴だっただろ？」

「おまえが嫌いなのは分かる。とてもいい人そうだったからな」

「それこそ、さっきも言った、善悪は見る角度次第ってのと同じだな。あの漫画家は、俺にとっては腹立たしかったが、おまえにとってはいい人間だ」

「手塚さんはどういう角度から見ても善人だ」私は言い切る。

「まあな。で、それで俺は、安藤商会のことを調べはじめた。あの漫画家が逃げ込んだとなれば、どうせひどい場所に違いねえな、とな。だが、そうしたところ安藤潤也という最高に興味深い人間にぶつかった」

「会えなかったけれど」

「そして、調べていくうちにだ、安藤潤也と犬養って男の繋がりが分かった」

私はそこで、岩手に行った際、安藤詩織から聞いた話を思い出した。

「そこから、播磨崎中学校がどう関係するんだ」

「渡辺、さっきも言ったがな、俺の予想が正しければ、そんな中学校はなかった」

「どういう意味だ。あんな事件はなかった、ということか？」私は聞き返した。「そういえば、おまえの小説には、間壁敏朗という男が出てきた。あれは、播磨崎中学校の被害者の名前だった。ニュースを検索したら、出てきたぞ。で、安藤商会のところに一時期、間壁敏朗という男が住んでいたのも分かった」

「よく調べたな」

「安藤詩織に聞いたんだ」

「やっぱり、知っている人間から聞くほうがよっぽど楽だ。近道だな」と彼はまた言う。「あのな、こういうことだ。俺が、安藤商会のことを調べていたら、そこにいた間壁敏朗という男の行方が分からないことが判明した。これは何か裏があるんじゃねえかと調べていくうちに、同じ名前の男が播磨崎中学校の事件で死んでいるのが分かった。そこから俺は、あの事件のことを調べはじめた」

「間壁敏朗はまだ死んでいない。意識不明らしい」たぶん、おまえと同じようにカプセルに入っているのだ、とはさすがに言わなかった。「というより、それはやはり同一人物なんだろ？　安藤商会にいた間壁敏朗と、事件の被害者の間壁敏朗は」

「分からない」井坂好太郎は即答した。

「分からないのか？」

「正確に言えば、何とも言えない。同一人物とも言えるし、そうでないとも言える」

「何だそれは」

「さっき、おまえも自分で言っただろ。事実は捏造できる。見せかけの真実はあちらこちらにある」

「そういえば」私は、井坂好太郎の原稿の内容を思い出した。安藤潤也に会うために、私立探偵の苺が出かけた時のことだ。「おまえのあの小説の中で」

「俺の傑作がどうした」

「蝶の群れが、花びらとなったり、毛布となったりする場面があった」

「お、いいぞ」

褒められればやはり悪い気はしない。「あれも、真実は姿をいくらでも変える、という意味じゃないのか。黄色の毛布に見えたとしても、実は、蝶が群がっただけかもしれない。真実は、姿を変える。見えているものがすべて本物とは限らない。その譬えか」

「ザッツライト。正解だ」

気を良くしたわけでもなかったが、私は調子に乗り、「それに、ほら、ペディキュアを塗ってばかりの女が登場してくるじゃないか」と言った。

「ああ、あったな。それがどうかしたか」

「あれは、『真実を塗り替え、見せかける』ということを表現しているんだろ？」

「渡辺」井坂好太郎は笑った。

「何だ」

「それは深読みだ」

39

カプセル越しではあるが、天井を見る井坂好太郎の耳の部分に垢があるのが分かる。「なあ、関係ねえけど、このカプセルって墓に似てるよな」とふと言った。「お一人様用で、ここで俺は召されちゃうわけだな」

「その割りには、よく喋ってるよ」実際、感心し、このまま井坂好太郎はむくっと起き上がり、「俺が死ぬわけねえだろうが。女を呼べよ」と笑いはじめるのではないか、と疑いたくなった。

「必死なんだよ」井坂好太郎が口元に力を込めている。奥歯をぎゅっと嚙み締め、声を絞り出していた。

「痛いのか」

「痛くはない」すぐに返事がある。「痛くねえのが逆に怖えんだよ。力が入らなくて、女を抱き終わった後よりも酷い脱力感だ、こりゃ。歯を食いしばってねえと、気が遠くなる」

「大丈夫か」

「大丈夫なわけねえだろ」彼の顔は確かに真っ青で、大丈夫なわけがなかった。

不安で、いてもたってもいられず、実際、一度腰を上げた後で座り、座った後でまた立ち上がり、と挙動不審の行動を取っている。医者を呼ばなくてはならない、という焦りではなく、自分の知り合いが世の中から消えていなくなろうとしている現実に、戸惑っていた。呆れることには、「おまえ、いなくならないよな」と口に出してもいた。

井坂好太郎は唇を震わせた。寒いのかと思えば、どうやらそれは力を振り絞った爆笑のようだった。

「俺は死ぬよ。それくらいのことは分かる。でも、怖えな。今度、寝たら起きねえんだぜ。映画とか漫画で、雪山遭難中に、『寝るな。寝たら死ぬぞ』って言うのをよく聞くけどよ、あれを思い出すよな。寝たら、おしまいだ。あれだよ、俺はもう二度と、『ああ、眠いな。二度寝したいな』なんて気持ちは味わえねえんだぜ。切なくねえか」と彼は続けた。そして、ふっと息を漏らしたかと思うと、「悪いな」と続けた。どういう理由にしろ、彼が謝罪の言葉を発するのは珍しかったため、はっとした。「何が悪いんだ」

彼の呼吸が、あからさまに荒くなった。まるでこちらの同情を誘うために、大げさに息をしているようで、コントを演じているのかと疑いたくなる。

「井坂」と私はカプセルにぐっと近づき、手のひらを透明の部分に当てる。友人の顔に触れたくなったことなど初めてのことだった。「おい、井坂」

小声で唸るような響きが、カプセルから伝わってくる。十年ほど前、どこかの学者が自分の体で冷凍睡眠に挑戦し、失敗して病院に運び込まれたニュースを読んだことがあるが、このままカプセルが井坂好太郎を冷凍し、保存してくれないものかと、子供のような発想に捕らわれた。

井坂好太郎は今にも瞼を閉じそうだった。私はカプセルを叩く。「おい、井坂。寝るなよ」

閉じかかった目がまた開く。唇はすでに真っ白だった。

「おまえのあの新作はどうすりゃいいんだ。『苺畑さようなら』は出版されるのか」

「言ったかもしれねえけどな」ゆっくりと途切れ途切れに井坂好太郎が喋る。彼のそんな話し方は初めて見た。「あの新作は俺、気合い入ってたんだよ」

「今までの作品は気合いが入っていなかったみたいじゃないか」

彼は瞼を閉じた。それきり反応がないような恐怖に襲われる。カプセルを叩くことしかできない。「俺はな」と井坂好太郎が喋りはじめる。「小説で世界を変えられると思ってたんだよ。昔はな」

彼の大言壮語や自慢話、大いなる野望については聞き飽きているはずなのに、彼が、「小説で世界を変える」などという考えを持っていたことにびっくりした。幼稚に過ぎると嘲笑することすらできなかった。

「自分の書くものが、大勢に影響を与えるんじゃねえかって思いたかったんだ」

「実際、おまえの本は売れただろ」

「薄っぺらいからな。読みやすいから、誰でも読めるんだよ。でもな、俺にはあれしか書けねえんだよ。狙って、書いたわけじゃねえよ。ああいう小説しか書けねえんだ。で、書けば書くほど分かってきたことがある」

「何だそれは」

「俺が小説を書いても世界は変わらない」

返事に困る。そうだ、変わるわけがない、と笑い飛ばすべきにも思えなかった。そうか、と言うのが精一杯だ。

同時に私は、なんだかんだ言って、井坂好太郎がずいぶん長いこと喋っているのが可笑しくも感じた。もう死ぬ、さあ死ぬ、と言いつつ永遠にこのまま話し続けるのではないか、とも思う。実際には、医療カプセルの性能が、彼を生きながらえさせているのかもしれない。

「世界なんて、誰かが変えられるものじゃないだろう」

「世界を変えるってのは、ただの表現だ。俺が言いたいのは、大勢の人間に何かを行動させるような小説を書きたかったってことだ」井坂好太郎は言った後で、「でもな」と息を洩らす。「俺は実は、分かってもいたんだ」

「分かっていた？」

「いいか、小説ってのは、大勢の人間の背中をわーっと押して、動かすようなものじゃねえんだよ。音楽みてえに、集まったみんなを熱狂させてな、さてそら、みんなで何かをやろうぜ、なんてことはできねえんだ。役割が違う。小説はな、一人一人の人間の身体に沁みていくだけだ」

「沁みていく？　何がどこに」

「読んだ奴のどこか、だろ。じわっと沁みていくんだよ。人を動かすわけじゃない。ただ、沁みて、溶ける」

私は何も言えず、黙っている。

「で、俺は今回の、新作はやり方を変えた」

「だが」果たして正直に言う必要があるのかどうか判断できなかったが、私は本音を言葉にする。「あれは分かりづらい。読者は、おまえが盛り込んだ仕掛けに気付かないかもしれない。たとえば、俺は、ジョルジオ・アルマーニの検索をしたが、そこまでする読者はいないかもしれない。それに、おまえの譬え話から現実を類推することなんて、読者は考えないかもしれない。あれじゃあ駄目だ」だから、おまえはそのカプセルから出て、傷を治し、何だったら血液を補充して、再度、原稿を書き直さなければいけない、と叱咤する思いだった。

するとぃ坂好太郎はぴしゃり、と音がするような、小気味良い鋭さを伴い、こう言った。

「でも、おまえは分かった」

「え」

「渡辺、おまえは分かった」

私は言葉に詰まった。

「それでいいんだ」

「五十点だろ」

「上出来じゃねえか。あとの五十点は、残りの人生で考えろよ」

その瞬間、何かが彼の体からすっと蒸発したような気がした。青白かった表情が、もちろんその青白さはそのままなのだが、健康的に見えるほどで、邪気や灰汁《あく》のようなものが抜け出たかのようだった。

「書いている途中で、俺はたぶん、読者には分からねえな、いなかったし、思えば、今までだって、分かってくれた奴いなかったんだよ」彼の言葉が少しずつ崩れはじめる。「だから、考えを変えた。一人くらいに。小説で世界なんて変えられねえ。逆転の発想だ。届くかも。どこかの誰か、一人」

私は口をもごもごさせ、唾を飲み、息を整える。唇を動かすのにこれほど覚悟がいるのか、と呆然とする思いで、「それが、俺か」と言った。

「感激したか？」そこでまた彼の意識が少し戻ったように見えた。

返事ができない。少なくとも、感激したわけではなかったが、背中が重くは感じた。

「待てよそれなら」私はしつこいと思いつつも、確認している。「直接、俺に言えば良かったじゃないか。播磨崎中学校の真相はこうじゃねえか、ってそれこそ飲み屋か喫茶店で俺に喋れば良かった」

「勘違いすんな」井坂好太郎の呼吸がいよいよ末期的な、痙攣を見せた。「俺は学者や記者じゃない。小説家だ。さっきも言ったが、俺が分かったのは、真相というよりは、仕組みだ。それにな、たぶん、まともに事実を伝えるのは危険だ。いいか、俺が突き止められるくらいのことであるならば、ほかにも調べられる人間がいくらでもいる。そうだろ」

「確かにそうかもしれない」

「実際、俺が、安藤商会と播磨崎中学校の関係を追っている時も、ほかにも何人かの記者やらライターが調べていたのが分かった」

「彼らはどうしているんだ」

「どうだろうな。唯一確かなのが、そいつらの調べた内容が、世に出たことがないってことだ。俺は、だから、警戒して、それを直接書いたり喋ったりしないでな、小説にすることにした。そうだ、渡辺、おまえ、ロシア文学とか読んだことあるか？」

彼は、私が答えるより先に、「ねえよなあ、おまえは」と続ける。「『巨匠とマルガリータ』って小説の中でな、作家がな、自分の原稿を焼いちまうんだ。酷評されて、誤読されて、嫌になっちまったからだ。昔は、原稿は紙に書いてたんだろうからな、燃えたらおしまいだ」と喋ってくる。

「それに、共感を覚えたのか」

「分からないでもねえけどよ、大事なのはそこじゃない。話は続いて、まあ紆余曲折あるんだけど、その作家は、悪魔と会うんだ。で、自分の原稿はすでにないことを打ち明ける。そうしたら、悪魔がな」

「何と言ったんだ？」

「『原稿は燃えたりしない』」

カプセルの中の井坂好太郎が見せたこともない清々しい笑みを浮かべた。涙が出ているかもしれない。

「心強い言葉だと思わねえか？　ブルガーコフは、スターリンの独裁時代にこれを書いて、結局、出版できなかった。たぶんな、この台詞には自分の気持ちが託されてたんだよ。出版を禁止しようと、酷評しようと、たとえ作家が死んだとしてもな、原稿は燃えたりしないんだ」

「原稿は燃えたりしない」

「そうだ」彼は言った後で、「最近は、紙の本が少なくなったから、だから燃えないぞ、って、そういう意味じゃねえぞ」と声を震わせる。笑いたかったのかもしれない。

　さすがにそろそろ医者を呼ばねばならない。ボタンやスイッチを探すために、カプセルの裏側を覗き込むが、見つかったのは小さな主電源ボタンと、赤と緑の絶縁コードのようなもので、「赤を切るか、緑を切るか」と時限爆弾の解体に直面したかのような心境になった。

「おまえには」井坂好太郎の声が聞こえた。カプセルのスピーカー口からでも、かなり小さな声だった。途切れ途切れの息のほうが、よく聞こえる。私は耳を近づけた。

「おまえには、何か力がある」

「え」

「調べていて分かったけどな、安藤潤也の親族の中には、妙な力を持った人間が多いんだ」そこで井坂好太郎の言葉はまた、滑らかになる。「しかも、不慮の事故で死んでいる人間も多い」

「え」

「実はな、安藤潤也には、兄貴がいるんだけどな、そいつも変死してんだよ。両親も事故死だ」

　盛岡で私は、安藤詩織から、安藤潤也の兄の死について聞いていた。加えて、その兄にも特殊な能力があったという話を聞いた。

「渡辺、おまえの親も火事で死んでる」

「あ」

「あ、じゃねえよ。自分の親だろ。分かるだろ。おまえもやばい」

やばい？　おまえのほうがよっぽどやばいではないか。

「おまえには特別な超能力があるかもしれない」

「特別な超能力、っていう言い方は、警官のおまわりさん、とか、馬から落馬する、と似てないか。表現が重複している。作家のくせに」焦れば焦るほど、私の口からはくだらない言葉しか飛び出さなかった。ただ、そこで子供の頃、母親がたびたび、「実家に帰らせていただきます」と父に言っていたのを思い出した。あのことを私は、「別居したいという意味だったのだろうな」と解釈していたが、もしかすると、母が危険を察知していたからではないか、と急に思ったのだ。

安藤という姓は、母方の祖母の旧姓だ。となると、安藤家の特殊な能力は母に関わってくるはずで、だから彼女は、父や私に危害が加わるのを恐れ、実家に帰ろうとしていたのかもしれない。

「井坂、俺にはいったい何の力があるんだ」

彼は返事をしなかった。目を見開いたかと思うと顎をかくかくと震わせ、「最後のお願いだ」とかすかな声で言った。

40

「最後のお願いだ。俺のカバンの底が二重になっている。下にメモが入っている。いつかこんな時のために、取っておいた、遺言だな。俺が死んだら、おまえに読んでほしい」

まさに最後の最後、残っている力のすべてを結集させたかのように言い切ると、目を開いたまま、井坂好太郎は動かなくなった。え、と私は思い、「おい」と声をかける。

井坂好太郎の入ったカプセル内が心なしか暗くなったようにも見えた。

「おい」

透明の窓を叩く。井坂好太郎はまばたきもしない。

「今度の新刊はすげえぞ、渡辺」

井坂好太郎のにやけた表情が見えた。目の前ではなく、頭の中で、だ。本を書き上げた直後に会うと、彼はたいがい自信満々に、鼻を膨らませ、言ったものだ。

私はいつもそのたび煩わしく、聞き流した。そして、書店に立ち寄り、彼の本が平台に積まれているのを目撃すると、どうしてこんな無内容の小説もどきが売れるのだ、と義憤に駆られ、隣の別の本を上に載せることも多かった。そのくせ、井坂好太郎から感想を求められる時のことを考え、わざわざ彼の新刊を購入し、目を通した。ネットを検索しては、ほかの読者の感想を見て、「なんであいつの本はこんなに褒められているんだ？」と自分の鑑識眼が誤っているのではないか、という不安に駆られた。

面と向かい私が批判を口にすると彼は、「おまえは小説のことを分かっていない」とあからさまに不機嫌になり、「おまえはもう読まなくていい」と言うのだが、次の新刊が発売される頃になるとまた、「今度の新刊はすげえぞ、読めよ」と言ってきた。面倒臭い奴だな、と私は腹を立てることも面倒臭かった。

が、それでも私は、彼の新刊は出続けるものだとどこかで信じていた。

「新刊、出ないのか？」

カプセルに向かい、問いかけていた。雫がぽたりと落ち、こんなに新しそうな病院施設でも雨漏りがするのかと天井を見れば雨垂れなどどこにもなく、冷静に考えればそれは明らかに、私自身の目からこぼれ、頬を伝い、顎に溜まって落ちる涙だった。カプセルを汚らしく、濡らした。

「泣くなよ。いくら、俺の小説が感動的だといえども」

井坂好太郎の得意げな顔がまた浮かぶ。カプセル内で仰向けになった現実の井坂好太郎は、目を見開き、固まった表情だ。眠るように死んだ、という言葉は相応しくない。天井を睨みつけ、口を少し開いている。苦しみ悶えたようにも見えたし、大発見をしたような面持ちでもある。

医者は来ない。もう一度、カプセルに手を当て、少し強めに揺すった。「おい、起きろよ。起きろよ、井坂。合コン行くぞ」

揺れた拍子に井坂の顔が少し傾いた。傾いただけだった。

この男は、もう動かない。

この男は、もう何も考えない。

この男は、俺がこうして泣いていることも知らず、この後の世界の出来事、数時間後、数秒後のことも知ることができない。

彼の世界はここで止まってしまった。

十代の時、自分の両親が火事で亡くなった時ですら、こんなに動揺しなかったのではないか、とそう思いたくなるほど、私は動揺した。もちろん、両親が死んだ時のほうがショックは大きかったに違いないが、逆に、そのショックのせいで何が何だか分からぬうちに時間が過ぎていった。学校の教師や友人、親戚が家を代わる代わるに訪れ、私を慰め、新しい生活に向けてのサポートに手を貸してくれた。

それに比べ、今、目の前で友人が死んだのは、まったく別の感覚だった。私自身の生活に大きな打撃はないが、それだけに実感が湧かない。

もう、この男は喋らない。

もう、この男の書いた小説は出ない。

喪失感というよりも、奇妙なやり切れなさが胸を満たした。「どうして？」とだれかれ構わず、聞いて回りたい衝動に駆られる。心のどこかでは、井坂好太郎が再び、動き出すのだと期待しているところはあった。動かないのだ、と自らに言い聞かせる。もう井坂には会えないのか。

そして突如、私は胸を槍で貫かれた感覚に襲われた。

妻を失ったら？　と思ったのだ。目の前のカプセルで呼吸を止めた井坂好太郎の顔が、妻の佳代子のものに見え、その途端、たとえようのない不安で、胸に穴が開いた。まっすぐに突き刺された槍からは、虚しさが滲み、穴はどんどん広がる。全身から力が抜けた。

佳代子と結婚すると決めた頃の記憶が蘇る。今までどこに隠れていたのか。急に出現した過去の光景はやけに輪郭がはっきりしたものだった。二人でよく行った、海辺のレストランで指輪を渡し、「結婚してくれないか」と言ったところだ。

「うん、そうだね」と快活に返事をする彼女は、屈託のない笑顔を見せ、眩しかった。「ねえ、世の中で一番つらいことって何だか、分かる？」と大きな瞳を輝かせた。

「一番つらいこと？」

「お別れだよ」と彼女はコース料理の最後に出てきた、豪華なデザートプレートにフォークを運んだ。「誰かと別れることほどつらいことはないのよ。わたしたちが結婚したら、絶対に別れないようにしようね」

「人と別れるのがつらいんだ？」

「二度と会えないことほどやり切れないものはないよ。そう思わない？　取り返しがつかないことだから」

後に私は、彼女が、過去に少なくとも二人の男との結婚歴があって、しかもそのうちの一人は行方不明で、もう一人は死亡していることを知った。その理由を訊ねると彼女は、「浮気したから」と当たり前のように答えたが、そのことから私は、「彼女の夫たちは、浮気をしたがために、彼女によって消されたのではないか」と推察していた。今から思えば、彼女の、「世の中で一番つらいのは、お別れだよ」という台詞は、自らの経験してきたことを踏まえていたのかもしれない。

「ほら」佳代子は皿の上のデザートを綺麗に片付けると、寂しげな笑みを浮かべ、上目遣いに私を見た。

「ほら？　何が？」

「これも、お別れの一種だよ」と皿から消えてしまったデザートを惜しんだ。「美味しいものは、食べると消える。世の中で一番つらいことの一つ」

そう言う彼女はとても美しくて、だから私は嬉々として、「俺のも食べていいよ」と皿を交換したものだった。

懐かしい。

妻を失いたくない。

世の中で一番つらいのは、お別れだよ。

当の彼女がいなくなってしまったら、私はどうすればいいのか。いても立ってもいられなくなり、井坂好太郎のカプセルの前から立ち上がると病室を飛び出していた。

友人の次は、妻が、佳代子が自分のそばから消えてしまうのではないか、と恐ろしくなる。

「佳代子！」と通路に出て、声を上げた。

まっすぐに続く通路の天井には、薄いライトが点っていた。半ば駆け出す勢いで足を踏み出したが、そこですぐ脇のドアが開き、「あら、あなた」と佳代子が飛び出してきたので、私は安心するよりもぎょっとし、ひい、と情けない小さな悲鳴とともに後ろに転びかけた。そこを彼女がすばやく、支えてくれる。

「どう、いんちき臭い、あなたの友人の様子は」

「君はどこにいたんだ？　というかこの部屋は」

彼女が出てきたばかりのドアを見やると、部屋番号が電光表示されている。

「知らない。なんか、何人かがカプセルみたいなのに入って、眠ってたけど。知らない入院患者だったし。でもさ、あのカプセルって何度見ても、工場みたいで可笑しいよね」

知らない人の病室になぜ入っていたのか、と私は聞く気にもなれなかった。ただ、「良かった」と声を漏らしてはいた。

「良かったって何が」

「君が無事で」

佳代子は、私の真正面に立って、目をしばたたき、唇の両端を少し吊り上げると、「わたしは無事よ。何言ってるの」と首をかしげた。「今、危ないのは、あの小説家もどきでしょ」

ああ、と私は呻く。「もう危なくはないんだ」

「復活？」彼女は、私の表情を見て、状況を察したのだろう。鏡で見たわけではないが、目は充血し、涙や鼻水の痕跡が顔中に残っているに違いない。「あー、死んじゃったんだね」とあっさりと言い放った。「死に顔、見に行こうか」と歩きはじめている。

私はすぐに横に並ぶが、疑問が浮かんだのも事実で、「君は、お別れが苦手だったのではなかったっけ？」と確認してしまう。井坂好太郎が死んだと知っても悲しむこともなく、淡々とした様子だった。「井坂とはあまり親しくなかったから？」

「そうじゃないよ、わたしはね、どんな人間との別れも苦手なんだけど」彼女は、井坂好太郎のいる部屋のドアに手をかける。私のほうには視線もくれず、「浮気した男については、死ぬのが当然だと思うから、ぜんぜん寂しくないの。むしろ、清々するくらいで。遅すぎたね、あなたの友人の場合は、死ぬのが」とうなずいた。

「なるほど、そういうことか」

カプセルの横にしゃがみ、透明の部分からまじまじと井坂好太郎の、その見開いた目や半開きの唇を眺めた後で妻は、「これは何とも迫力のある死に顔だねえ。よくできてるね」とまるで、彫刻や漆器を褒めるかのように、感想を述べた。

「うん」と私は答えることしかできなかった。

「最後の話はできたの？」立ち上がった妻は伸びをし、言ってくる。「お別れ前の会話は」

うん、とまた同じ返事をする。「いろいろ喋った」と答えたものの、いったい何について話をしたのかすぐには思い出せなかった。井坂好太郎の死のショックで、ごっそり大事なことが頭から零れ落ちたような気もした。

ふうん、と佳代子は関心なさそうに言う。

「あのさ」と呼び止める。「死んだら、いったいどこに行くんだ?」

振り返った佳代子は馬鹿にするわけでもなく、淡々としたもので、「さあ」と肩をすくめる。「死んだら分かるんじゃないかな」

一理ある、とやはり私は簡単に、彼女の言葉に納得しかけるのだが、そこではたと気づき、周囲を見渡す。カプセルの脇に置かれている、男性用のバッグを見つけた。革製の高級そうな代物で、私がそれに触れると、「あ、それ、もらっていっちゃおうか」と妻がはしゃいできた。

そうじゃないのだ、と私はチャックを開け、中を手で探る。井坂好太郎の言い残した言葉を頭で反芻していた。「二重底になっていて、そこに遺言があるのだ」と彼は言った。

私は、妻にそのことを話し、だからちょっと待ってくれ、と頼む。

「遺書ねえ。日ごろから持ち歩いていたなんて、やっぱり、怪しい男だね」

バッグの底を指でしつこくこすっていると布がめくれた。その下に、細長い封筒が入っていた。白くて、ごく普通の封筒だ。

カプセル内の井坂好太郎に目をやりながら、私は封筒を開けた。焦ってもいた。友人がいったい何を言い残そうとしたのか、取り残される者に何を託そうとしていたのか、そう考えると気が急いて仕方がない。

どう？　妻が顔を近づけてくる。

私は封筒の中から便箋を取り出す。四つ折のそれを広げると薄い罫線の入った紙の真ん中に、小さな可愛らしい字で、「馬鹿が見るー」とあった。

私は呆然とし、紙を落としかける。

妻が隣で、噴き出した。

「何なんだ、これは」すでに死亡している井坂好太郎の顔をじっと見下ろす。

「くだらないこと考える男だねえ、ほんと。子供の悪戯だよ。真剣な顔してたあなたのこと笑ってるかもよ」

「死んだくせに」私は吐き捨てる。井坂好太郎が、悪戯に込めた気持ちはまるで分からなかったが、暗く沈んだ気持ちが、ほんの少しではあるが、軽くなっていた。

医者や看護師たちがようやく自分の仕事を思い出したのか、もしくはカプセルから情報がやっと伝わったのか、病室に白衣の男女が飛び込んできた。井坂好太郎のカプセルを開け、さまざまな処置を、作業を、はじめる。そのうちの一人が、横に立っている私と妻に気づき、「この方の身元が分かりますか？」と訊ねてくるので、「有名な作家です」と答えたのだが、どういうわけか彼は本気にせず、「馬鹿な」と眉をひそめた。「どんな作品を書いているんですか」

「代表作は、『苺畑さようなら』です」

私たちは病院を後にした。

タクシーに乗り、マンションに一度帰った。すでに四時であるから、深夜を越えて朝になった、と言ったほうが近い。ただ、一睡もせず出かけるのは明らかに良くないはずで、だから、私たちはアラームをセットした上で、眠った。長い夜だった。映画を観た後で、岡本猛が拷問されるおぞましい映像を観て、以前の職場に行き、それでおしまいかと思えば、最後の最後に、友人の死に立ち会うことになった。さすがに疲れていたのだろう。井坂好太郎の死に対する悲しみで、眠ることなどできないのではないか、という心配は無用だった。あっという間に寝た。

寝て、すぐに起きた。七時のアラームが鳴ると同時に目を覚ました。ベッドから這い出たところで、「よく起きられたね」と着替えの終わった妻が立っていた。

眠気や疲労をまったく感じさせないさっぱりとした姿の彼女は、「さあ、行こう。

東京駅に八時だよね」と五反田正臣との待ち合わせに同行する気満々だった。

どうして君がついてくるのだ、と問いただすことはせず、私は慌ただしく、身支度を整える。妻と行動を別にするほうが不安だった。彼女を失いたくない、という気持ちが依然として残っている。頭が重く、目は痛かった。胃もむかむかとする。七時三十分にマンションを出た。


「よお、久しぶり」

東京駅の南側から地下道に入り、行き交う利用客の隙間を縫うようにし、かなり進んだところにエアポートライナーのホームがあった。私と妻がそこに到着すると、五反田正臣が切符売り場の前に立っていた。黒いサングラスをかけていたが、すぐに分かった。

「遅れてすみません」と謝ると彼は、「よお、久しぶり」と手を挙げた。

聞きたいことは山ほどある。

どうして、仕事から逃げ出したのか、今までどこにいたのか、そして、私が巻き込まれているこの混乱についてどこまで把握しているのか。が、私が真っ先に確認したのは、「本当に、目が見えないんですか?」とそんなことだった。

まあな、と彼は言い、かけていたサングラスを外した。瞼の部分の皮膚が火傷で爛れている。「両目とも失明してる」と五反田正臣は言い、また、サングラスをかけ直した。

「ど」と、つかえた。「どうしたんですか、それは」

「あのな、誰かが俺の愛用してる目薬に、妙な薬品を混ぜやがった。で、俺の目、見えなくなっちまったんだよ。驚くだろ」

私は口を開け、ぽかんとしてしまう。肌の毛が逆立った。「な、何です、それ」

「へえ」と妻の佳代子は暢気に相槌を打っている。

「人生、至るところに罠がある」五反田正臣は肩をすくめる。

私は咄嗟に、岡本猛が言っていた、「天敵作戦」のことを思い浮かべていた。

ある虫を駆除するためにはその天敵をぶつける、というやり方だ。

五反田正臣は傍迷惑な性格の社員であったが、エンジニアとしてはとても優秀だった。ゴッシュのプログラムを解析し、暗号を解いたのも彼の力だった。そのシステムエンジニアの力をもっとも効果的に奪うには、視力を奪うこと、そうは考えられないだろうか。

「渡辺、目が見えないのはかなり不便だぜ」

「知ってますよ」

「いや、おまえが思っている以上に不便だ」五反田正臣の言葉には説得力があった。サングラスの下の瞼の皮膚は火傷で破れ崩れ、瞳は完全に見えない。「おまえは知ってる気でいるが、分かってない。実際、ネットで、『目が見えない』って検索してみろよ。山ほど、『不便です』って表示されるけどな、それだけじゃあ、不便さは分からねえよ」

「目薬に薬品ってそれ本当なの？」佳代子は、私の先輩に対しても、しかも初対面であるにもかかわらず、親しげな口調で喋った。

エアポートライナーは滑るようにして、トンネル内を進んでいく。四十分ほどで国際空港のロビーに接続した駅に辿り着くらしい。四人がけのボックス席に座っていた。ほかの席にもぽつぽつと乗客の姿があったが、それでも各車両、五割程度の乗車率ではないだろうか。天井や床にも広告が表示され、文字や写真が躍っている。

「渡辺の奥さん、声が美人だな。目が見えなくて残念だ」五反田正臣は天井のほうを眺めつつ、口元を緩めた。

「目が見えないのに、何で分かるの？　わたしが美人だって。的中じゃない」と佳代子は真顔で、口に手を当てた。「心の目？」

五反田正臣は視覚障害者専用の歩行補助器を持っていた。車輪の付いた杖のようなものだ。間近で見るのは初めてだった。犬の型をしていて、可愛らしい。手でつかむ部分にはボタンがいくつか並んでいる。

「これ、意外に高機能なんだよな。目が見えなくても、おおよその方角は分かるようになっている」

「そうなんですか」

「今は外してるけどな、イアフォンをつければ、いちいち、地図情報を教えてくれるし、階段が近くなればアラームが鳴る。信号の切り替わりも伝えてくれる。最近は、目が見えなくても車の運転できるらしいぜ。すごいよな。テクノロジー万歳だ。慎重に行動すれば、だいたいのことは困らない」

「そうなんですか」私は感心した声を出したものの、内心では、あの、慎重さの欠片も見せず、縦横無尽に行動し、社内の上司からも疎まれていた彼が機械に頼って移動し、ゆっくりゆっくり安全に動いていることが信じられなかった。

「渡辺、せっかくだから、駅に着くまで、俺の仕事を引き継いだ後、何があったのか話してくれよ」五反田正臣は右手をくいくいとやり、さも、私のいる場所を把握してるかのように顔を向けた。

「それはこっちの台詞ですよ。あのゴッシュの仕事、勝手に逃げ出して、何してたのか、五反田さんこそ話してください」

「俺は逃げてて、震えて、隠れていたんだよ。目薬事件が起きて、失明した。以上。それだけだ。面白い話はねえよ。おまえの話を聞かせろよ」

何ですかそれは、と私は舌打ちするが、すぐに自分の身に起きたことを話しはじめた。

隣に座る佳代子はいつの間にか購入していたオレンジジュースのカップにストローを挿し、ちゅうちゅうと可愛らしい表情で飲んでいる。

「五反田さんは何で空港で、永嶋丈を直撃するんですか」私は別の話題を口にした。

「永嶋丈って本当に実在してるんだねえ」妻の佳代子は無邪気というべきか、長閑というべきか、そんなことを言う。ストローに口をつけ、その後で、「テレビとかにしか出てこない、てっきりCGとかかと思っちゃった」と真顔でうなずいた。

「CGって」あまりに突飛な意見に、私は驚く。

「あんな英雄みたいなのって、できすぎじゃない。実在してるわけないし、CGかなあって」

「奥さん、面白いことを言うな」五反田正臣が感心しているのを前に、私は、「見せかけの真実」という言葉を思い出していた。CGとはまさに、見せかけの真実ではないか。頭が回転しはじめたところで、五反田正臣の声が邪魔をする。「永嶋丈は、あの時、何が起きて、何が起きなかったのか、自分が何をやって、何をやらなかったのか、知っているはずだ」

「永嶋丈が仕組んだってことですか？」諸悪の根源は、事実の捏造の首謀者は、あの議員なのか、と短絡的に思ったがすぐに五反田正臣に、「そうではない、と俺は思っている」と否定された。「ただ、あいつくらいしか質問に答えてくれそうな奴が見当たらない」

「会うことってできるわけ？　有名人なのに？」佳代子はストローをカップから引き抜き、それで五反田正臣を指差した。失礼にもほどがある、と私は慌てて、その手を下ろさせた。

「なあ、渡辺」五反田正臣は、佳代子の質問には答えず、私に顔を向ける。まるで、目が見えているようで、五反田さんは失明したふりをしているだけで、実は何もかも把握できているのではないか、と疑いたくなるが、サングラスの下の目の痛々しい傷跡は偽物には思えなかった。「なあ、渡辺、おまえに何か武器はないのか」

「え、武器？　それはいったいどういう」何らかの比喩だろうか。

「あの永嶋丈に会うにはちょっと危険な目に遭うかもしれない。俺、そう言っただろ」

「え」私はきょとんとするほかない。「聞いてないですよ」

「ああ、そうか。言わなかったたか。あれか、あの岡本とかいう奴には言ったんだ。危険な目に遭うぞって」

「俺は今、聞きました」

「そうか。というわけで、おまえはこれから危険な目に遭う可能性がある」

「いまさら言われても」

「で、おまえは何か武器を持っているか。危険に備えて。手ぶらだなんて、無防備すぎるぞ」

「いまさら言われても」いやあ、実はいつも武器を持ち歩いているんですよ、ちょうど良かったです、などという人間がいればそのほうが怪しい。「拳銃とかですか」

「もし、あれば、な」

強いて言えば、華奢な体型にもかかわらず、大の男を組み伏せることのできる、恐ろしい妻こそが私の武器なのかもしれないが、さすがにそれは口に出せない。代わりというわけではないが、半ば反射的に自分の携帯電話を取り出し、私はメール画面を呼び出した。

「何それ」佳代子が横から顔を寄せてくる。

「実は」と私は親指でボタンを押す。「俺、だいぶ前に占いサイトの登録したんですよ」

「何の話だ」五反田正臣がさすがに訝った声になる。「占いがどうしたんだ」

私は打ち明ける。何を？　奇妙な占いメールについて、だ。

毎朝、送られてくる占いメールには、「○月○日　安藤拓海さんの今日はこんな感じ」と見出しがあり、そこに、「○○には気をつけたほうがいい、絶対」であるとか、「○○を持って行きなさい、絶対」と書かれていることがある。文末に、「絶対」がついている時、そのアドバイス、もしくは指示に従うとたいがい、物事がうまく行く。

「え？　そんな話知らない、何それ。いつから？　どうして？」妻の佳代子は、私の説明を聞きながら驚きの声を発する。若干の怒りや不満が混ざっている。何で苗字が安藤なの？　とも訊ねてきた。それ、浮気でしょ、ねえ、女でしょ、と責めてくる。

「あまりに馬鹿げてるから、言い出せなくて」私は必死に説明した。「これは浮気ではない」

「本当に、その占いメールは当たるのか？」五反田正臣が聞き返してくる。私は神妙に、真剣な顔でうなずいた。目が見えないとはいえ、こちらが本気かどうかふざけてるかどうか、五反田さんなら敏感に察知するだろう、と思った。「前に、五反田さんと取引先に謝罪に行ったことがあるの覚えてます？」

「いや、覚えてない。でも、あっただろうな。俺はいつも謝りに行かされる」

「その時に、俺が持っていた漫画週刊誌があって、そのせいで向こうの、鬼瓦みたいな部長が急にフレンドリーになってくれたことがあったんですけど」

「お、あったぞ」彼はポケットの中から鍵を見つけたかのような言い方をした。

「あなた、漫画週刊誌なんて買ってたっけ？」

「それが占いメールのおかげなんだよ。あの日、『漫画週刊誌を持っていくべきですよ、絶対』という占いが届いて」

「それ、占いの文面じゃないわよ」

「だけど、その通りに雑誌を持って歩いていたら、トラブルが解決したんだ」

なるほど、と五反田正臣が静かに答えた。顎に手をやる姿は今までに見たことがなかった。頭を回転させ、混乱の霧の中で道筋を見つけ出そうとしている。「で、今日のメールには何てあったんだ」

私はそこで今開いたばかりの携帯電話の文面を改めて、確認した。「自分を信じて、絶対」とあり、それをそのまま読み上げる。

「曖昧さの王様、みたいな文章だね」佳代子は呆れた。「自分を信じろって何よ、それ」

「まあそうなんだけど」

「渡辺、おまえはその占いが、俺たちの武器になると思ったのか」五反田正臣がはっきりとした口調で言った。兵士の意志や覚悟を確認する上官じみてもいて、だからなのか急に、徴兵制で訓練を受けていた頃の記憶が蘇り、はい、と敬礼しそうになった。「反対に言えば、これくらいしか俺には武器になりそうなものがないんです」

すぐに、もう一つだけある、と思った。超能力だ。安藤潤也と、遠縁とはいえ、血のつながりがあるのだから、私にも何らかの特別な力があるのかもしれない。井坂好太郎にもそう告げられた。が、そのことをこの場で発表するほど私も冷静さを欠いていたわけではなかった。さすがの五反田正臣も、「俺は超能力が使えるかもしれません」と言ったなら、笑い転げるのではないか。

すると五反田正臣が噴き出した。超能力の話もしていないのに、笑い転げ、身体をよじるようにし、窓に寄りかからんばかりになった。「どうしたんですか」

「渡辺、その占いサイトのＵＲＬを言ってみろよ」

「え？」急に何を言い出すんだ、と耳を疑ったがとにかく私は携帯電話を操作し、今まで気にしたこともなかった、その占いサイトのＵＲＬを読み上げた。「これ、もともと後輩の大石倉之助に勧められたんですよ。登録してみたらどうかって」

「大石かあ」五反田正臣は言い、笑いをどうにか抑えている。「あのな、そのサイト、俺が作ったやつだぞ」

「え？」

「そのURL、覚えがある。俺が依頼されて、開発したサイトだ。あの時、おまえは別のプロジェクトで忙しかったから知らないだろうけどな。あれもすげえ、信じられないスケジュールでやらされたんだ。思い出深い」

「それはどういう冗談なんですか」私は自分の携帯電話と五反田正臣を交互に眺めてしまう。これが？　これが五反田さんの開発したサイト？

「冗談じゃない、俺が作った。占いの内容も俺が考えたロジックで作られてる」

「占いの内容も？」私は愕然としつつ、聞く。「本当ですか」

「嘘をついてどうするんだよ」

「どういうロジックで作られてるんですか」

「昔の小説のデータをいくつか登録して、あとはランダムで文章引っ張り出してるだけだ」

「え」

「意味なんてねえよ。適当に引用した文章を解析して、無理やり命令形にしてるんだよ」

「既存の小説の文章？」

「そうだよ」と五反田正臣は呆気なく、種を明かす。「命令形だと、占いっぽいだろ。まあ、誕生日とか血液型とかそれなりに分類はしてるけどな、基本的にはランダムだ」

「ランダムって本当に？」

「設計書を書いた俺が言うんだから間違いない。でもってだ、配信する日付と時間を掛け合わせた数字を、そいつの氏名の字画で割るんだ。で、それが三の倍数だった場合は、文言の最後に、『絶対』をつける。これが仕様だ」

「そんな仕様」

「そんな仕様だよ。だいたい、あんな納期で、ちゃんとした占いサイトを作るなんて無理なんだよ。だから、俺が即席で作った」

私はそこで、あの占いサイトを紹介してきた大石倉之助が、「画期的なくらい、凄いらしいです」と興奮していたのを思い出した。確かに、画期的と呼べなくもない。いい加減さが画期的だ。

「でも、当たってたんですよ」

「当たってたんじゃないぜ、それは」五反田正臣は大きく口を開き、愉快げに言う。

「おまえが当てたんだ」

「俺が？」

「占いってのは、それを読んだ人間の解釈次第だ。拡大解釈、読み替え、深読み、何でもいい、とにかく受け取った人間が当たるように考える。それが大事なんだ」

「それが大事って、五反田さん、占いの素人じゃないですか」

「おまえが占いに助けられたっていうのは、おまえ自身が自分を救ったんだよ。おまえの解釈が良かったんだ。占い自体に力はない」

「いや、でも、本当に当たったんです」

「いいか、たとえば、こういう話を知っているか。ある物理学者が、たまたまあるバンドマンのことを思い出しながら、新聞をめくったところ、その本人の死亡記事を見つけた」

「虫の知らせというやつですか」

「その学者は、これがいったいどれくらい凄いことかを計算することにした。学者っぽいだろ」

「まあ、そうですね。というか、そんなことって計算で、導けるものなんですか？」

「まあな。概算だ。学者は、人間が三十年間で何人と知り合えるか、というところから推定して、かなり控えめに計算した結果、『ある特定の人を思い浮かべた五分後にその人の死亡を知る』という出来事が、一年のうちに起きる確率を出した」

「いくつなんですか」

「十万分の三だ」

「よく分からないけれど、それってかなり、珍しいってことですよね。めったに起きないことじゃないですか」

「そうだ。だから、こういった場合、その偶然を、偶然と思わず、第六感や超能力と信じたくなるのも分からないでもない」

「違うんですか？」

「考えてみろよ。一人の人間が、そんな経験をするのは十万分の三だとしてもな、日本には今、一億人も人がいる。子供を除いて半分だとしても五千万人だ。だとすればな、こういった出来事は年に千五百回も起きていることになるんだ」

「なるほど」

「確かに、確率としては低い。ただな、年に千五百人が、『人の死を察知した！』なんてことになる。占いが当たるかどうかなんていうのはさっきも言ったように、もっと曖昧だからな。的中した、と相手に思わせるのは楽なもんだ」

「そういうものなんですか」私は、今まで信頼して寄りかかっていた柱が実は柱ではなくただの弱々しいタンポポの茎であった、と知ったかのような不安に襲われた。あまりの心もとなさにくらくらとした。席を立っていた。じっとしていられなかったからだ。「どこへ行くの？」妻の佳代子が声をかけてきたので、とっさに、「トイレ」と応える。順番が逆ではあるが、言った後で私は尿意を催した。

車両の後方へ進んでいき、連結部を越え、トイレに入った。室内の鏡で自分の顔をまじまじと眺める。目が赤い。たぶん、昨晩、泣いたせいかもしれない。さらには寝不足なこともあるだろう。肌はかさかさで、できたこともない場所に吹き出物ができていた。触れると痛い。洗った手を温風乾燥器で乾かし、ドアを開け、外に出る。

「あ、いたいた」目の前に立っていた男がそう言った。見知らぬ二人組だ。二人とも、白い開襟シャツに黒いスラックスを穿き、爽やかな出で立ちだった。向かって左側が丸顔で、右側は逆三角形をしているが、どちらも髪の毛は短く、黒ぶちの眼鏡をかけている。年齢は私と同じくらいかもしれない。眼鏡の貫禄なのか、シャツの印象なのか、私がとっさに思ったのは、「頭がよさそうな二人だな」とそんなことだった。二人が同時に、「ちょっとこっちに来てくれますか」と小声で言い、右手をくいくいと動かした。目を向けると、彼らの手には小型の拳銃が握られており、私は目を疑う。

「渡辺拓海でしょ？　ちょっと入り口近くに移動してよ」

「渡辺拓海でしょ？　トイレの入り口塞ぐと迷惑だから」

私は緊張し、そして、高鳴る心臓に焦る。どんどんと鼓動が早く、強くなる。この男たちが自分を脅しているのは分かった。さらには、彼らも、「仕事として」これをやっているのだろう、と想像することもできた。今までと同じだ。彼らは、何者からか依頼を受け、攻撃してきているのだ。理解はできた。が、だからと言ってどうすることもできず、私はただ足を震わせていた。がたがたと情けないほどに、だ。

彼ら二人が同時に、その私の足の震えを見下ろした。それから、表情を変えず、私の顔を見た。拳銃の銃口を、こちらの胸に押し当てた。あ、死ぬ、と思う。二つの銃口が私の胸のちょうど乳首の位置を隠すかのように押し付けられている。彼らが引き金に力を込めれば、その瞬間、私は死ぬ。

押されるようにして私はその場を移動し、洗面所へと押し込まれた。車椅子で利用することも可能なだけあり、広々としている。私は鏡に背を向ける。二人はその向かいに立った。間仕切り用の、カーテンが引かれた。

洗面台に腰が当たる。カプセルの中で死んだ、井坂好太郎の最期の顔が脳裏をよぎった。目を見開き、中空を睨んだあの表情だ。俺もああなるのか。鳥肌が立つ。自分がいなくなる、今この瞬間にでも！　その恐怖で私は水を浴びたようになったが、同時に、「超能力」のことを考えた。

自分を信じて、絶対。

占いメールの文章が念頭にあった。五反田正臣に、「あの占いサイトは俺が作ったものだ」と告白され、「占い自体に力はない」と断定されたにもかかわらず、私は、

「あの文言は、俺に隠された特別な力を信じろ、という意味ではないか」と解釈している。

愚かな妄想に近いが、そう思ってしまったのは事実だ。追い詰められた時、超能力は開花する。幻魔大戦はそうだった。銃が押し当てられている今こそ、私の力が飛び出すのではないか。

「おい、何、目を閉じてるんだ」

そう言われて私は自分が瞼をぎゅっと閉じているのだと分かった。急に音が聞こえなくなる。視界が真っ暗で、自分の周辺が静寂と暗闇に囲まれる。静かだ、と考える言葉自体が、頭のどこかに、すっと消え入る。

直後、頭の中が急に白い光で覆われた。光は輝いているものの、その芯は冷たく思えた。光が萎み、すっと暗くなったかと思うと、耳に風が流れ込んでくる。音が戻ったのだ。

どさり、と短く大きな音がして、私は目を見開いた。白い開襟シャツの二人が足元に倒れている。

ついに出たのか。何が？　私の特別な力が。

42

無意識のうちに自分の両胸を押さえていた。空港に通じるエアポートライナーの、車両間にある洗面所だ。カーテンの間仕切りで、簡易個室のようになっている。そこで私は、うぶな若い女性が着替えの最中を覗かれて裸を隠すかのような、か弱い姿勢で、足元を見下ろしていた。

白い開襟シャツを着た男が二人、丸顔と逆三角形顔を並べ、倒れている。通路にはみ出る形だ。まるで高圧スタンガンを当てられて気絶したかのように、意識を失っている。彼らの手にあった拳銃が、私の靴の脇に転がっている。

超能力が出たのか。

私は立ち尽くしていた。何が起きたのかは分からない。目を瞑っている間に、私の身体から目に見えない強い光であるとか、人間を痺れさせる電流のようなものであるとか、そういったものが飛び出したのかもしれない。それをまともに受け、彼ら二人は倒れた。

未知なる、「超」なる力がどこから放射されたのかは分からないながらも、私は無意識に胸から出たのだと感じ取っていたらしく、胸を両手で押さえていた。これ以上、特別な力が飛び出し、誰かを傷つけることがないように、だ。

「渡辺さん」そこで名前を呼ばれ、飛び上がりそうになった。

カーテンがさっと開いた。人影が見え、私は咄嗟に自分の手を開き、再びその特別な何かをお見舞いしてやるべきではないかと考えたが、前に立つ男が、後輩の大石倉之助だと分かり、息を吐く。無実が証明され、釈放されて以降、彼と会うのははじめてだった。げっそりと痩せ、おどおどとした目の動きが、警察騒動の後遺症を感じさせたが、昔からそうだったといえばそうだったかもしれない。

「大丈夫ですか」大石倉之助の青白い顔がそう言ってくる。

「ああ、大丈夫だ。というより、どうしてここに？」とようやく訊ねる。

「さっきの駅で乗ってきたんです。僕の家の最寄り駅なので」

「そうか駅、停まったのか」白い開襟シャツの男たちに銃を向けられ、エアポートライナーが駅に停車したことすら気づいていなかった。「偶然だな。この電車に乗ってきたなんて」私は先ほど、五反田正臣から聞いたばかりの、確率の話を思い出した。たまたま乗った列車内で知人と会う確率はどれほどのものなのか、全国で何人くらいが体験しているのか、と。

「いえ、五反田さんから昨日の夜、電話があって」

「五反田さん？」

「このエアポートライナーに乗って、自分たちと合流して、空港へ行けって。渡辺さんも来るからって。あの、五反田さんは」

「あっちにいるよ」と私は視線を左へやる。五反田正臣が、大石倉之助にも声をかけていたことに驚いたが、確かに考えられないことではなかった。五反田正臣は面倒な仕事をする時には、誰でも彼でも巻き込んでいくのだ。

「この人たちは」大石倉之助が、倒れている二人の男にまなざしを向ける。「銃があるじゃないですか」と目を丸くしている。

「そうなんだ。危なかった」

「良かったです」大石倉之助が相変わらずの生真面目な声で言った。「乗ってきた時、この洗面所に渡辺さんが押し込められるのが見えたんです。で、二人の男がカーテン閉めたんで、何かやばい気がして」

「やばかったよ」でも、どうにか俺の超能力が開花したんだ、と言いかけたところで、私は、大石倉之助の右手にスタンガンがあるのが目に入る。「あ、それは」

「一か八かでしたけど、やばいと思ったんで、この男たちの背中からこれ使ってみたんです」と小型スタンガンを振った。「最近、護身用で買ったやつで」

「それで、こいつらは」

「呆気なく失神したみたいです」

私はゆっくりと顎を引く。「それのおかげで助かったよ」超能力ではなかったのか。私は深く息を吸いながら冷静になる。自分の顔が少し赤くなるのも分かった。

「渡辺さん、さっきから胸を押さえてますけど、大丈夫ですか？　痛いんですか」

「何でもないんだ」手を胸から離した。


私と一緒に車両の中に入った大石倉之助は、五反田正臣が失明していることを知り、驚愕し、茫然とし、それから泣き出した。

「同情してくれてんのかよ。それとも、怖がってるのかよ」五反田正臣は、自分の隣に座った大石倉之助に苦笑した。

「両方です」と流れ出る涙を必死にぬぐう。

洗面所のところで白い開襟シャツの男たちが襲ってきたことを話した。しばらく、手足の震えが止まらなかった。じっとしていようと思っても、かたかた揺れる。あの暴漢たちは失神しているが、そのうちに目を覚ますだろう。その前に、騒ぎになる可能性もある。「交通センターに連絡して、警察に来てもらいますか」と窓の脇についている、呼び出しボタンを見た。

「たぶん、そろそろ空港に着くから、さっさと行くのがいいわよ」妻の佳代子が一番、落ち着いている。「足止め食らっちゃうし。かかわらないほうがいい」

「でも、何で」私は洗面所を何度か見返す。「俺たちがこれに乗ってるって知っていたんですかね」

「というより、あれはいったい誰なんですか」大石倉之助の声は震えていた。

「あれは」と私は口を開くが、すぐには言葉が続かない。あれは三丁目に住むだれそれである、と分かりやすく説明できる人物ではなかったし、かといって、あれは俺のことを逆恨みする困った男たちなのだ、と指摘することもできない。「何か、大きな組織に雇われて、俺を襲ってきたんだ」

「大きな組織？」

「ほら、ゴッシュってあっただろ」

「あの出会い系の？」

「ああいうのを統括してるシステムがあって」私は話すが、これもまた抽象的な言葉に抽象的な日本語を重ねるだけだった。「五反田さんは分かってるんですか？」

「俺が？　何をだよ」

「全体像ですよ。何で、特定の言葉で検索すると危険な目に遭うのか、とか、あの播磨崎中学校の真相とか」

「さっきも言ったけどな、そんなものは俺に分かるわけがない。ただのシステムエンジニアだぜ。俺はシステムやプログラムのことなら得意だからな、あのサイトの暗号を解読したり、検索した言葉を監視していることだとかは調べられる。けどな、事件や何だってのはさっぱり見当がつかねえんだ。だから、知ってる奴に聞く。それが一番手っ取り早い。ってわけで、永嶋丈を直撃する」

「永嶋丈」大石倉之助は、音と実像が結びつかないのか、はじめて聞く単語を発音するかのようだった。そしてしばらく間を空け、「あの永嶋丈？　直撃するんですか？」と不安そうに私を見た。

「これから、空港で」と私はうなずく。

大石倉之助は目を白黒させ、忙しなく指を動かしはじめた。涙がようやく止まったらしい。鼻水を啜る。親指と中指の爪をこすった。

「永嶋丈のスケジュールは公表されていない。今は離党騒ぎもあるから、余計に神経質になっているのかもしれないけどな、とにかく、記者のふりをして問い合わせてみたけど、のらりくらりだ」

「記者のふりってできるんですか」

「今は、ネットニュースの記者だとかテレビ局の奴らは、ネットで取材申し込みをするんだよ。ＩＤとパスワードで認証を受けた後で、必要な情報を送信する。で、各党や議員事務所から返事を待つ。俺はそういうＩＤとかパスワードを見つけ出すのは得意分野だからな、いくらでもできる」

「でも、取り合ってもらえなかったわけですか」

「まあな。だから俺はさらに、得意分野を使ったわけだ」

五反田正臣は、永嶋丈のスケジュール管理システムに侵入した、らしい。

「あんなのは余裕だな。俺が思うには、政治家だとかＶＩＰの大事な情報は全部、手書きにすりゃいいんだよ。下手にＰＣ内に保存してるから、俺みたいのに覗かれる。一番安全なのは、大事なことを全部、暗記することだ。それが無理なら、手書きにして、自分の腹に貼っておくべきなんだ。背中じゃないぜ、腹だ。背中じゃ見えないからな」と五反田正臣はどこまで本気なのか、面白くもないことを付け足す。

「すごいですねえ、五反田さん」大石倉之助は爪をかりかりさせながら、それでも憧憬を滲ませた目で、サングラスの先輩を眺めた。

「渡辺にも言ったけどな、最近は、視覚障害を補助する設備が行き届いてる。ネット検索した結果をダウンロードして、テキストを音声で聞かせてもくれる。慣れれば、画面が目に浮かぶようになる」

五反田正臣だからこそできる業なのだろう。彼の失明がいったいいつ起きたものなのかは聞いていないが、それほど前のことではないはずだ。つい最近と言ってもいい。目が見えぬことに落胆し、絶望し、気持ちを入れ替え、視覚障害サポートを利用しながらネットで情報を仕入れる、ということを驚くほどの短期間でやったに違いない。普通じゃない。普通の人間はそれほど強くはないし、それほど上手に道具や器具を使いこなせない。何て人だ、と私は尊敬よりも、畏怖を感じた。

「キーボードは、もとから見ないで打てるしな、楽勝だよ」五反田正臣は言う。「ただな、結局、永嶋丈のスケジュールは西アジアから今日帰国してくる情報までしか手に入らなかった。これを逃すと、次にどこへ行くのか、今のところは分からねえんだよな」

「だから、これが差し当たっては、唯一のチャンスってわけね」あまり関心がなさそうにしていた妻の佳代子が言う。

静かに車体が停止した。減速した気配がなかったのは、私が話に夢中になっていたせいなのか、エアポートライナーの性能のためなのか。

「行くぞ」五反田正臣の声は明瞭だった。目の見える誰よりも先を見通しているようでもあった。私が先導し、彼がその私の肩に手を当てる恰好で、車両から降りた。

久々に訪れた、ドーム型の空港はとても広かった。見上げれば気が遠くなるほど高い位置に天井があり、それも透明素材を使っているため、青とも白ともつかない空を見通すことができる。各航空会社の受付カウンターには、チェックイン用の機械がずらっと並び、その脇には、伝染病予防のための薬用ドリンクが置かれた棚が見える。お土産売り場が壁沿いに並び、床には各乗り場への案内矢印が電光表示されている。チカチカとあちらこちらでパイロットランプが点滅し、忙しない。さらには、絶え間なく、案内アナウンスが飛び交っている。

「八時五十分です」唐突に、声が聞こえた。見れば、五反田正臣が自分の腕時計に触れたようだった。音声で時刻を報せるタイプなのだろう。「永嶋丈が到着するのは九時半だ」

空中にぼんやりと立体投射されている時刻表を確認する。九時半に到着する飛行機は確かにあった。聞いたこともない都市名が出発地となっている。「特に遅れとかはなさそうですけど」

「まだ少し時間があるな」五反田正臣は、お茶でもして時間を潰すか、と緊張感のない声を発した。会社で一緒に働いていた時に、「ちょっと休憩しようぜ」と雑談をしていた頃そのままで、私は自分の立っている場所が、納期に追われながらも地味に仕事を続ける仕事場であるかのような、そんな気分になる。

「営業のヨッシーいるだろ」喫茶店に入ると五反田正臣は、まさに職場での雑談と同じような話題を口にした。

「ヨッシーって吉岡さんですか」年配の営業社員で、やる気の欠片もなく、営業部内では邪魔もの扱いの吉岡益三だ。

「そうそう。そのヨッシー。あいつ、会社にぜんぜん来ていないんだってな」そういえば営業部で聞いたな、と思い出した。有給休暇を使い果たし、一ヵ月無断で休んでいるのだという話だった。

「俺たちがやってたあの生命保険ビルでの仕事あるだろ。出会い系サイトの」「ゴッシュの」

五反田正臣が顎を引く。「あれを受注してきたのがヨッシーだ」

「そうだそうだ、そう聞きましたよ」

「あの、仕事への熱意がまったくないヨッシーが新規の案件を受注してきたこと自体が胡散臭いと思わねえか」

胡散臭いと言われれば胡散臭いかもしれない、と私と大石倉之助は顔を見合わせた。妻の佳代子は頼んだチョコレートパフェの、どこから手をつけるべきか、スプーン片手に真剣な面持ちで検討していた。

「ヨッシーには金が振り込まれている。給料よりよっぽど高い額だ」

どうやって調べたのかは訊かなかった。おそらくは、吉岡益三の銀行口座のデータにアクセスしたに違いない。「振り込んでいるのは誰なんですか」

「何ですかそれ。どうして吉岡さんが取引先から?」大石倉之助は、上司の不正に腹を立てる生真面目さを浮かべる。

「ゴッシュ側と接触したことがあるのは、ヨッシーだけだ。だから、金をやるかわりに、姿を消すように言われていたのかもしれねえな」

「何か秘密を握ったとか」

「ヨッシーが? そうとは思えねえけどな。まあ、念には念を入れて、だろ。ゴッシュに誰も接触できないようにしたかったんじゃねえのか。ヨッシーからすりゃあ、金さえもらえるなら会社に行く必要はねえし」

私はそれを聞きながら、まさに天敵作戦だな、と改めて思った。ゴッシュは、誰かの口を封じ、脅しをかける際、その相手に相応しいやり方を選んでいる。大石倉之助は婦女暴行の犯人にされ、五反田正臣は目を潰され、岡本猛は拷問された。吉岡益三は金を与えられた。うまくできている。

「お金があるからって幸せになるわけないのにねえ」パフェの山を崩していた佳代子は、私たちの会話を一応は聞いていたらしく、言った。「お金なんてね、ほどほどにあればいいのよ」

「奥さんの言う通りだな」五反田正臣はそこで微笑むと、すっと息を吸ってから、

「ゴッシュ」

「人生を楽しむには」と言った。「人生を楽しむには、勇気と想像力とちょっぴりのお金があればいい」

「何ですかそれ」

「チャップリンの台詞だよ。『ライムライト』だな、確か。チャップリンが演じる喜劇役者がそう言うんだ」

「五反田さんって本当に、古いものが好きですよねえ。それ、白黒映画じゃないですか」

「勇気と想像力とちょっぴりのお金」私は声に出していた。言いながら、岩手高原で会った、安藤詩織のことを思い出す。安藤潤也のこともだ。彼女たちは信じられないほどの莫大な金を手に入れ、その結果、何もできなかったと嘆いていた。もしかすると彼女たちこそが、ちょっぴりのお金、という響きに憧れていたのかもしれない。

「いいね、それ」佳代子が顔をくしゃっとさせる。「ちょっぴりのお金、ってフレーズがいい。すごくいいよ」

「で、どうだ？」五反田正臣はにやっとしつつも、鋭い声を発した。「おまえたちにあるか？」

「あるか、って何がです？」

「勇気だよ。永嶋丈にこれから会いに行く。その勇気はあるか？」五反田正臣は言ってから、腕時計に触れた。「九時二十分です」と音声が鳴った。

近頃の私は、勇気の有無を問い質されてばかりだ。

「これからいよいよ、永嶋丈のところに行く。ついてくる勇気はあるか？　さっき、エアポートライナーで渡辺が襲われただろ？　あれが偶然のはずがない。ってことはだ」

「どういうことになるんですか」

「たぶん、ばれている」五反田正臣は眉間に皺を寄せた。「俺がつけられていたのかもしれねえけどな、裏をかいてるつもりが敵もさるものだ」

43

喫茶店のテーブルが揺れ、それが大石倉之助が膝を震わせている震動だと気づくにいたり、私は恐ろしさを現実的なものとして受け止めた。大石倉之助は、乗り物酔いにやられ、嘔吐を堪えるかのような、真っ白い顔色になっている。

「おい、大丈夫か」

「ええ、大丈夫です」大石倉之助は即答するが、それがもはや単なる条件反射に過ぎないのは明らかだった。そもそも、「大丈夫？」と訊ねられて、「大丈夫じゃない」と答えるのはかなりの度胸が必要なのだ。もしくは、心底、困窮しているかどちらかだ。

「ちょっと、彼、こんなに怯えてるし、ここで帰してあげたほうがいいんじゃないの」妻の佳代子が、大石倉之助を見やった後で、五反田正臣に言った。ずいぶん優しいことを言うなあ、と思ったが、彼女は単に、「自分たちの戦いに足手まといになる」と冷静に分析しているだけかもしれない。

「俺も怖いよ」私は、便乗するわけではなかったが、白状する。「ここで引き返すのも選択の一つではないかな」

するると私がテーブルに出していた手に、妻の佳代子が手を被せてきた。そしていつも通り、艶かしい唇を優雅に蠢かせる。「あなたは大丈夫」

「大丈夫じゃないよ」と即答した。心底、困窮していたからだ。

「大丈夫だって」と佳代子は繰り返し、私の手を握ってくる。「というより、ここで引き返すわけにはいかないじゃない。あなたはもう、乗ってるんだから」

「乗ってるって何に」

「船に。たとえば、豪華客船グローバル号とか」

「それ、去年、沈んだやつだよね」

「あれは豪快だったね」佳代子はどこまで本気なのか、嬉しそうにうなずき、わたしああいうの好き、と息を洩らした。「それにあなたには特別な力があるんだし」

「特別な力」私はその言葉に反応する。「俺には、特別な力が、ある、のかい」と慎重に、言葉を選び、聞き返した。

「あるわよ」

彼女のはっきりした物言いに、はっとする。そうか、彼女が、私の超能力が覚醒するのを待っているのだとすれば、そしてそのために、私に恐怖を与え続け、窮地に追い込んでいるのだとすれば、ここで、危険な道に同行させようとしているのも辻褄が合うように思えた。

「渡辺も大石も置いていくつもりはない」五反田正臣ははっきり言った。

「どうしてですか。俺はともかく、大石はこんなに怯えていますよ」

「結局は同じことになるからだ」

「結局は同じことに？」

「俺たちはすでに巻き込まれているんだ。ここで引き返せば、今日は大石は安全かもしれない。ただ、明日は分からない。明後日は分からない。数年後はさらに分からない。『虎穴に入らずんば虎子を得ず』ってことわざ知ってんだろ？」

「まあ、知ってますけど」

「何かを捕まえるためには穴に入らなくちゃならない。じゃあ、怖いから穴に入らないでいよう、なんて言ってもな、いずれ、穴から、成長した虎が飛び出して、自分を食っちまうんだよ。恐怖が今来るか、明日来るか、その差しかない」

大石倉之助は依然として震えていた。が、顔を上げ、五反田正臣の言葉に耳を傾けている。

「いいか、大石、さっきおまえは、俺が昔のカルチャーが好きだ、って感心しただろ。実際、俺はな、二十世紀の文化だとか電化製品が好きなんだ。味があるし、想像力も刺激される。ただ、勘違いするなよ、昔のカルチャーってのはあくまでも、昔の奴らが自分たちと同時代に生きる奴らに向かって、作ったものなんだ。それがたまま、普遍的な力を持って、未来の誰かに影響を与えることもあるけどな」

「どういうことですか」

「昔は良かった、とかよく言うけど、昔も良くはねえんだよ。いつだって、現代ってのは良くなくて、だからな、俺たちは自分の生きてるその時と向き合わないといけねえんだ。音楽も映画も、その時の自分たちの時代と立ち向かうために作られたものなんだよ。チャップリンの、『独裁者』にしたって、今見たら、ただの説教臭いコントだけどな、当時は命がけだ。ジョン・レノンの『イマジン』だって、当時の社会に向かって投げられただけだ」

はあ、と私は、五反田正臣の力説に少々、距離を感じつつも、迫力に圧された。

「意味が分からないけど、とにかく、この怯えた大石君も連れて行くってこと？」佳代子が訝るように、言う。

「そうだ。大石にはどっちにしろ、対決する時が来る。今、帰っても、いずれ来る」

「そうなんですか？　大石倉之助は落胆を浮かべ、「僕の進む未来はどういう道を通っても、行き詰まりなんですか？」と神父に縋るかのような目で、五反田正臣を眺めた。

「おまえも行くべきだ。そのほうがいい。ただ、絶対とは言い切れねえぞ。俺だって、何でもかんでも分かってるわけじゃねえし」

「ずいぶん偉そうに言ったくせに」佳代子がパフェから抜いたスプーンを、からかうように、揺する。生クリームがテーブルに落ちた。


店を出て、空港の北側へと進んだ。床に点滅する、「到着ゲート」と記された矢印に従って進んでいたが、途中で五反田正臣が、「右手にエレベーターがあったら、そっちへ行ってくれ」と言った。彼の使う、犬型の歩行器が可愛らしく進んでいく。

「あれのこと？」佳代子が斜め前方を指差した。チューブ型の小型エレベーターが隅にある。

「でもあれ、利用客用ではなくて、空港スタッフ用じゃないかな」

「それでいいんだ。そこを使って、地下に行く」五反田正臣はてきぱきと指示を出す。

「地下に？」

「永嶋丈が普通の乗客と一緒に出てくるわけがないだろ。政治家だとか有名人様のためには、あるんだよ、そういう奴のための裏口ってのが」

エレベーターの前に立つ。スタッフ用というだけあって、暗証番号の入力が求められた。が、五反田正臣はすぐに五桁の数字を言い、その通りに押せば、ぴんという音とともに、エレベーターが動き出す。

私たち四人はしばらく黙った。大石倉之助と私は恐怖と緊張のために、言葉が出ない。一方、妻の佳代子は持っていたカバンから小さな鏡を取り出し、自分の睫をいじくり出した。よくもまあそんな余裕があるものだ、と驚いたが、エレベーターが到着し、開いた瞬間に彼女が、「追ってくる人とかはいないっぽいね」と小声で発したので、そこで私もようやく、彼女は、尾行の確認のために鏡を眺めていたのだと理解した。

「渡辺のカミさん、頼りがいあるなあ」と五反田正臣が口をゆがめる。

エレベーター内は四人きりだった。地下二階のボタンを押すと、静かに下降していく。透明のチューブ内を通り過ぎていくため、どこからか自分たちの姿を見つけられてしまうのではないか、と恐怖を感じた。

「この数十年で、建物の壁だとかエレベーターの壁は大半、透明になってきた」五反田正臣がぼそっと言う。「そのほうが清潔感があって、センスが良さそうって言われてるけどな、まあ、ようするに、『見られてる』って気分にさせるのが目的だよ」

「見られてる？　そのほうが興奮するから？」佳代子は冗談を口にする。

「自分で自分に規制をかけるようにだよ。ここまでやったら、誰かに怒られるんじゃねえかって怖くなるだろ。透明だと」

「監視されているってこと？」

「正確には、監視されているんじゃないか、と思わせるだけだ。それだけで十分、効果はある。いいか、監視や命令は必要ないんだ。ある程度、枠組みを作ればあとは、勝手にうまく動いていくもんだ」

私はそれを聞きながら、台詞を思い出していた。「アリは賢くないけれど、コロニーは賢いのよ」というあれだ。枠組みとはやはり、システムのことと同じではないか。

エレベーターが到着し、いよいよという雰囲気で扉が開く。大石倉之助が堪え切れない様子で、「五反田さん、この後、戦略というか作戦、あるんですか？」と質問した。

五反田正臣は一瞬だけ、顔をぴくりとさせた。にやにや笑う、馴染み深い表情になった。「そりゃ、あるよ」

地下二階に踏み出す。目の前には無機質な通路がまっすぐに延びている。少し歩き出すと、左右への通路が現われる。地下階には、網の目状に通路が交錯していた。先ほどの地上階とは異なり、分かりやすい標識や方向指示の電光矢印もないため、砂漠に立つ気分だった。どこかの研究所の秘密通路じみてもいる。目的地の方角が把握できない。

「これは途方に」私は言った。

「大丈夫だ。俺が言うように、進んでいってみろ」五反田正臣はその後で、「突き当たりを右折して、三本目を左」と何事もないように言う。

「調べたんですか？」

「空港のシステムが覗ければ、VIP用の地下駐車ターミナルの場所なんて、すぐに分かる。さっきの暗証番号もだ。無茶な納期に間に合うように、システム作るほうが百倍、難しいぜ」

それには納得してしまったが、失明してからさほど日も経っていないはずの五反田正臣が、それを易々《やすやす》とこなしているのだから、驚愕せざるをえない。

通路を進む。一番前に佳代子、その次に私、その私の肩に手を載せている五反田正臣、それから大石倉之助という順番で、ほぼ一列になっていた。女性を先頭にするのはいかがなものか、と我ながら心苦しい気持ちではあったが、彼女自身がその位置を志願したことと、この四人の中で一番頼りになるのが彼女であることから、適切な並び順には思えた。

五反田正臣の言う通りに前進すると、通路は左右に開く大きな扉の前にぶつかった。佳代子はすぐに脇のモニターに寄る。「暗証番号は？」

五反田正臣が、「そこは円周率の小数点以下十位までの数字なんだよな。だから、３１４１５」と言ったところで、佳代子が、「９２６５３５」と続けて、素早く、ボタンを押した。

扉が、音もない滑らかさで開く。

先は駐車場だった。上から見れば、U字型の歩行者用通路があり、それに囲まれるようにして、車の駐車、走行スペースがある。私たちが立っているのは、そのU字のちょうど一番底辺にあたる場所だ。湾曲した通路を左回りに進んでいく。五反田正臣が言うにはその先が、VIPの降りてくるエレベーターで、永嶋丈はそこでリムジンを待ち受けるはず、らしかった。

「どういう作戦で行くんですか」私は、背後にいる五反田正臣に訊ねる。「もう着いちゃいますよ」

「リムジンに乗られる前にどうにかしないとまずいですよね」大石倉之助の、泣き声にも似た声が後ろから聞こえた。

「任せておけよ。とりあえず、このまま進んでいけばいい」

「もし、永嶋丈が見えたらどうするんです。隠れる場所なんてないですよ」通路は湾曲しているとはいえ、一本道だったから、飛び出せばすぐに見つかり、捕まってしまうだろう。

五反田正臣は答えなかった。かわりと言っては何だが、唾を飲み込む音が聞こえてきた。彼も緊張を感じているのか。当然といえば当然だが、その音を耳にした途端、足元あたりからじんわり不安がせり上がってくるのを感じる。不安の沼に呑まれるのではないか。

「あ、わたし、ちょっとトイレ」佳代子が前触れもなく、急に立ち止まったのはその時だ。「トイレ行ってきていい？」

「え」

「ほら、さっき扉から出る直前に、トイレあったじゃない」佳代子は平然と、今来た方向を指差した。

「逆方向じゃないか」

「駄目なんだっけ？」

「ここまで来たのに」

「駄目なんだっけ？」

佳代子の声は無邪気だったが、説得する自信はなかった。トイレに行きたがる彼女に、「いまさら引き返すことはできない」と引き留めるのも、人道的にいかがなものかと思える。

「行ってくればいいさ」五反田正臣が答えた。

「ですね」と私は言うほかない。

じゃあ行ってくる。待っててねえ、と佳代子は可愛らしく手を振ると、もと来た通路をさかのぼっていった。

よし行くぞ、と五反田正臣が、私の肩をぽんぽんと叩く。

「行っちゃうんですか？　彼女を待たずに？」

「もう、すぐそこなんだ。待ってても同じだ。それとも、カミさんがいないと心細いです、とか言うんじゃないだろうな」

「彼女がいないと心細いです」

「冗談はやめておけよ」

私たちは三人で先へ進みはじめる。すると前方に、ぼんやりと人の姿が見えた。歩行者用通路の突き当たりだ。黒い細身の服を着た男たちが五人ほどいて、その真ん中あたりに胸板の厚い、堂々とした大柄の男が立っていた。

「永嶋丈がいます」私は首を横に傾け、五反田正臣に伝える。喉が渇き、舌が回らない。

駐車場に甲高い音が反響した。車がどこからかやってきたのだ。黒のセダンだった。いかにもリムジン、というような目立つ車体ではなく、ごく普通の、けれど明らかに高級な、車だ。タイヤが音を鳴らす。

「車、来たんだな」五反田正臣が言う。「よし、走れ」

「え？」

「永嶋丈にここで逃げられたらおしまいだ。走れ」当然だろう、と言わんばかりだ。

「無茶ですよ」

が、それを口にするより先に五反田正臣が、「永嶋丈！」と大声を発していた。車のタイヤの発した音に負けずとも劣らない、鋭く跳ね返るような大声だった。私は思わず、背筋が伸びる。大石倉之助の、「ひ」とこぼす声が通路に転がるようだ。

通路の前方にいる男たちがいっせいにこちらに目を向けてきた。

「むちゃくちゃだ、五反田さん」冷静に考えれば、意味のない台詞ではあった。五反田正臣という人間がむちゃくちゃであるのは、今にはじまったことではないからだ。それこそ、シロクマに向かい、「白いぞ」と声を上げるのと同じだ。

その時、男たちの一人がこちらに手を伸ばした。右手をまっすぐ、前に出している。白髪頭でずいぶん高齢に見えたが、姿勢はしゃんとしていた。

その男は、離れた場所にいる私たちの頭を撫でる、そういった仕草を見せる。

こちらの身体が動かなくなった。上から目に見えぬ重いもので、押し潰される感覚だ。真上から垂直に風でも吹いてくるかのようで、声も出ない。息ができないほどの圧迫感があった。私はその場に四つん這いになり、身動きが取れなかった。誰かに手を触れられたわけでもない。何か、特別な力、だ。

44

政治家の暗部に近づこうとした人間が、圧力をかけられる。よく聞く話だ。この場合の圧力とはすなわち、暴力や言葉による脅迫などで精神的に屈服させることを、比喩として、「圧力」と表現するのだろう。

が、今の私たちはまさに、物理的に、圧力をかけられている。背中がぎゅうぎゅうと圧迫され、四つん這いとなっているのだ。

背中に伸し掛かってくる強い力に、耐えていた。

政治家、永嶋丈に近づこうとしたからだ。彼のスキャンダルや暗部に近づこうとしたというよりは、通路の先にいる彼のところへ、これもまた物理的に歩み寄ろうとしただけだった。

誰かが触れているわけでもないのだが、背中が重い。汗が流れる。私たちが手足をつく通路の先には、男たちの姿がある。国会議員の永嶋丈と取り巻き、おそらくは警護の人間だろう。その男たちのうちの一人、高齢の男が相変わらずこちらに手を向けている。あの手？　私は咄嗟に思った。あの手が、特殊な力を発揮しているのか？

唸る風を、上から送りつけられている感覚だった。ぎゅうぎゅうと押し潰される。風の音も聞こえる気がした。情けない呻きを発し、大石倉之助が地面に抱きつくかのようになった。腕がもたなくなったのだろう。それでも彼の苦しげな声は止まらない。上から頭を何者かに踏まれているようだ。通路に接する頬がひしゃげる。

五反田正臣も同じように腹ばいで、顔を横に向けている。「すげえな、誰もいねえのに、押し潰されるぜ」とか細く、声を発した。「凄い体験だな」苦しげながらも、どこか愉快に感じている節もある。

私にしても我慢の限界だった。腕は身体を支えきれない。

政治家に圧力かけられちゃいましたね、と私は言いたかったが、口に出せなかった。

「あれ、何やってんのよ」

背後から佳代子の声が聞こえた。トイレから戻ってきたのだろう。自分の夫が急に腕立て伏せのできそこないのような姿勢でいるから、彼女も動揺しているに違いなかった。

佳代子、逃げろ。

私はそう言った。言ったつもりだった。が、声としては、出ない。自分の胸が圧迫され、重々しい息として通路にぼとりと落ちただけだ。

「ねえ、あなた」佳代子はまだ少し離れた場所にいて、近づいてこようとする。来てはいけない、と思った。私は歯を食いしばる。息を思い切り、吸い込んだ。全身全霊を込める思いで、力を振り絞り、「逃げろ」と声を発した。肺を動かし、喉を動かし、舌を動かすだけであるのに、ありとあらゆる筋力を使った気分だ。それでもやはり、出たのは小さな声に過ぎず、私は絶望感に浸されそうになるが、もう一度自分を奮い立たせる。これだけはしなくてはならないのだ。

「佳代子、逃げろ!」

ようやく、大きな声が出た。そのとたん、私は力が抜け、通路にべたんと倒れ込む。何百メートルかを全力疾走した時に似た息苦しさに襲われ、肺が疲労感で満ちている。

「おい」と正面から男たちの声が近づいてきた。

同時に、佳代子の靴の音と思しきものが、遠ざかった。私は地面に頰をくっつけていたが、奥歯を嚙み締め、首を動かす。視線を後ろへと向ける。駆けていく佳代子の後ろ姿があった。

「追え」男の声がする。いつの間にか、背広姿の男たちは私たちのすぐ近くに辿り着いており、そのうちの一人が言ったのだが、ひどく冷淡で、私は不快になる。男の靴だけが見える。先の尖った、光沢のある、高級そうな革靴だった。別の男が佳代子の走っていった方向へと進んでいく。

佳代子が無事でありますように、とためらいもなく、私は祈り、そのことに驚く。祈りを捧げる相手がいないことにも愕然とする。

身体が軽くなっていた。いつ、そうなったのかも分からない。背中に伸し掛かっていた見えない力が消え、通路にへたり込むと、楽に息が出せた。手探りで地面に触れるようにし、上半身を起こす。

ほっとしたのも束の間だ。両手首に冷たい感触があり、見れば、手錠をかけられたところだった。体の前で、両手が結ばれてしまう。細い、ベルトのようなもので、点滅する赤と黄色のランプがいくつか並んでいる。

「おまえたちは何だ」背広の男が顔を寄せ、囁くような、けれど迫力のこもった声で言う。一重瞼で、鼻が大きく、丸い眼鏡をかけた男だ。視線や声に体温が感じられない。

「俺たちは」やはり隣で同じように手錠をかけられた五反田正臣が口を開いた。さすがに息苦しさはあるようだったが、それでも平然としていて、「俺たちは、永嶋丈に話を聞きたかっただけだ」と直球勝負よろしく、正直に答えた。サングラスが取れかかっている。

私たちを囲む男たちは四人だ。一人は白髪の高齢だったが、あとの三人は胸板の厚い、堂々とした体格で、永嶋丈がもともと、アメフト選手だったことを考えると全員がそのチームメイトのようにも見える。

当の永嶋丈は、と視線を上げると通路の前方、先ほどと変わらない場所に立ったままで、背筋をぴんと伸ばしていた。遠くで表情までは把握できないが、映像で見た時と変わらない勇ましい佇まいは伝わってきた。こちらを気にかけているのだろうか。

五反田さん、作戦があるって言ってたけどいったいどうするつもりなんですか、と私は訊ねようとしたがその時にはすでに鼻の近くに、スプレーのようなものを吹きかけられていた。はっとするのも一瞬で、私は頭の中の灯りが小さく萎んでいくのを感じる。

目を覚ますと椅子に座っていた。パイプ椅子のような安っぽいものではなく、肘掛け付きのふんわりとしたものだった。背もたれと上半身をロープでぐるぐると巻かれているため、心地良いとは言いがたかったが、クッションは効いていた。手錠はかかったままだ。五反田正臣と大石倉之助も同様に椅子に座っている。三人の椅子が背中合わせに、上から眺めれば三つ葉のクローバーの形態を模すように、くっつけられている。

「ここはどこだ」五反田正臣が声を発した。口は塞がれていない。

「ホテルですかね」大石倉之助が言う。首を捻れば、どうにか二人の横顔が見られる、そういう配置だった。

高級そうなカーペットが敷き詰められた室内は、とても広かった。右手、五反田正臣の正面の壁には薄型液晶モニターが埋め込まれ、首を傾け、頭上を見れば、煌びやかなシャンデリアが設置されている。小さな丸いテーブルもあり、上には果物が載った皿とナイフ、ナプキンが並んでいた。

「スイートルームのような」私はぐるぐると部屋の中に視線を走らせる。

「捕まったんですね」

「分かりきったことをわざわざ言うなよ、大石」

「五反田さんこそ、どういうつもりなんですか」

「おいおい、渡辺、何だか怒ってる口調だなあ」

「五反田さん、作戦があるって言ってたくせに」

「これが作戦なんだよ」

「え？」

「俺たちの行動はばれていた。こそこそ行動したところでどうにもならない。ってことはもう、正面突破しかないだろ」

「突破できてないじゃないですか」

「まだ分からねえだろうが、これから突破するんだよ。今、突破中だ」

五反田正臣には挫《くじ》けた様子が微塵もなかった。そして一方の、大石倉之助といえば、挫けた様子しかなく、はあ、はあ、と何度も何度も溜息を吐き出していた。無言ではあったが、来るのではなかった来るのではなかった、という台詞があからさまに溢れ出ているため、苦笑したくなる。

私の右手、離れた場所でドアが開く音がした。

男が歩いてくるのが分かる。

正面にソファがあるが、男はそこまで来ると、すっと腰を降ろした。

「はじめまして」

両脚をしっかり開き、その膝に手を当てる恰好で、男は言った。永嶋丈の目は、愁いを伴う二重《ふたえ》瞼で、視線が鋭かった。


「永嶋丈か」

「五反田さん、呼び捨てはまずいですよ」大石倉之助が泡を食ったからか、高い声で、指摘した。彼の場所はちょうど、永嶋丈には背中を向ける位置だったため、身体を左右に捻り、こちらを気にかけている。

「いいんだよ、永嶋丈は永嶋丈なんだから」五反田正臣は平然と、呼び捨てを続ける。「それとも、議員だから、永嶋先生と呼んだほうがいいのかよ」

「どんな人間でも」そこで永嶋丈が口を開いた。

低く、ゆっくりと言葉が出てくる。彫りが深くも、少年のような顔つきはとても魅力的だった。気を抜いていると、こちらの内側にある、精神の芯をずるずると引っ張られてしまうような魅惑的な迫力があった。

「どんな人間でも、毎日、先生、先生と呼ばれていたら、絶対に歪むんだ。学校の教師、医者、代議士、弁護士、作家、みんなそうだ。『先生』という言葉にまとわりつく、胡散臭い上下関係が、人を傲慢にする。謙虚さを奪っていくんだ」

「永嶋、ようやく会えたな」五反田正臣の声はすごくあたたかみのあるもので、遠く離れた友人同士が再会を果たした感動すら滲んでいる。だから一瞬、私は、二人が知り合いなのかと思いそうになったが、当然ながらそんなことはない。「まあ、俺が一方的に会いたかっただけか」

「さっきのあれは」私は割り込むように、声を発した。空港の地下駐車場の通路で、私たちを押し潰すように圧迫してきた、あの見えない力の正体を知りたかったのだ。

「さっきのあれか」永嶋丈が言う。「手荒な真似をして申し訳なかった。俺の周りの人間は、神経質で」

「神経質？　おまえを守るためにか」

「五反田さん、呼び捨てどころか、おまえになっていますよ」

「いいんだよ。というより、あの力は何だ。神経質とかそういう問題じゃないだろう」

私はそこでふと、この場に永嶋丈本人が一人きりで現われていることに違和感を覚えた。初対面で、「不審」を服にして着ているような私たちに、いくら手足の自由は奪っているとはいえ、永嶋丈が護衛も連れずに対面する理由はないように思えたのだ。

「あれはいったい何だったんだ。手品とかじゃねえよな。誰も触ってないのに、身体が動かなかった」五反田正臣が質問を続ける。

永嶋丈は少し身体を俯き気味にしながら、開いた脚の真ん中あたりで手を組み、指で指を撫でるようにしていた。言葉を探している。羞恥心や面倒臭さのせいなのか、苦々しい笑みが浮かんでもいたが、その表情はやはり、ナイーブな若者のあどけなさを思わせた。

室内が少しの間、静まり返る。

「永嶋さん、播磨崎中学校の事件の真相を教えてください」私がそこで口火を切った。背後に、井坂好太郎や岡本猛の呼吸を感じていた。彼らが考え、推理し、伝えてくれたことを発表しなくてはならない。そんな使命感が背中を衝いていた。「苺畑さようなら」のことを思い出す。あれで井坂が伝えようとしていた、骨格とは何か。

「あの事件の真実は見せかけだ」

永嶋丈をまっすぐに見つめる。

「おい、渡辺」と五反田正臣が戸惑っている。

「渡辺さん、いったい何を」大石倉之助も声をひっくり返した。

「五年前、永嶋さんは、あの中学校で用務員をしていた。そこに、武器を携帯した犯人たちが乗り込んできた。彼らは、一年生クラスのほぼ全員を殺害したけれど、あなたによってやっつけられた。ですよね」

頭には、少し前に劇場で観た、事件を題材にしたドキュメンタリー映画の映像が過ぎる。そして、それを上書きするかのように、別の映像が被さる。鑑賞した映画、「駅馬車」や「クロウ」の場面だ。

永嶋丈はすぐには答えない。肯定も否定もせず、こちらに目を向けてくるだけだ。

「事件を解決した英雄として、永嶋さんは注目を集めました」

「解決したわけじゃないな。たくさんの生徒や教師が死んだよ」

「そこからのあなたは一気に、有名人になって、議員になった」

「元用務員の素人が政治にタッチするな、とでも言いたいのか」永嶋丈は怒っているのではなく、少しだけ楽しんでいる様子でもある。瞬きもせず、興味津々にこちらを見つめてくる真っ直ぐさに、私は気後れを感じた。

「そうじゃありません。たぶん、あなたは政治家としての力があるんだと思います。嫌な表現ですけど」と断った上で、「カリスマ性があるし」と言ってみる。

「嫌な表現だな」と目を細める永嶋丈は、裏表のない、スポーツに打ち込む好青年にしか見えない。

「だから、永嶋さんが政治家になったことは必然だったと思います」私は喋りつつ、自分で自分がどういう論旨を展開しようとしているのか見失いそうになる。有名人を前にして、浮き足立った気分だった。脈絡のない発言が恥ずかしくて、顔を覆いたいが、両腕は椅子に縛られている。鼻も掻けない。と思うと、鼻が痒くなる。

「君の言いたいことはいったい」永嶋丈が水を向けてくる。

私は息を吸う。

「播磨崎中学校の事件の真相は、世間に公表されているものとは違う。そうですよね？」語尾が少し震えた。

「つまり？」

「あなたは、犯人をやっつけた英雄なんかじゃない。あの事件はでたらめだ」

いいぞ渡辺。どこかで、にやついた井坂好太郎が声を立てる。

永嶋丈がそこで、穏やかに微笑んだ。小さく顎を引いた。「そうだ。俺が行った時には、何もかも終わっていた。俺は英雄として、作り上げられたんだ」

45

国民的な英雄とも言える永嶋丈は、自分が、国民的はおろか、どのような意味でも英雄ではないのだ、と淡々と説明しはじめる。私を見つめ、君が言った通り、播磨崎中学校の事件の真実は別にある、と言い切った。

永嶋丈はソファに座ったまま、脚を少し開くようにし、リラックスしつつもこちらに語りかける姿勢だった。「あの中学校は全寮制で、生徒たちは基本的に自宅へ帰れなかった」とはじめた。「かなり厳しい管理教育が徹底されていた」

「自由な校風だったんじゃなかったんでしたっけ」大石倉之助が疑問を、震える声で口にする。あのドキュメンタリー映画によれば、播磨崎中学校は校則の緩い新設校ということだった。

「大石」と私は言っている。「映画や報道のことは忘れるんだ」

「どういうことですか」

「映画でやっていることが全部本当ならば、俺たちがここに来る必要はなかった。先入観は全部、取り払うべきかもしれない」

そうだな、と永嶋丈が言った。君の言う通りだ、と。「実際はそうじゃなかった。あの中学校は、特別な教育方法を試す、試験的な学校だったんだ」

「特別な教育方法？」

「いいかい。人間は今まで、次の世代の人間を教育することで歴史を続けてきた。人間は教育されなければ、社会を担うことができない」

「そういう側面はあるかもしれませんね」私は曖昧に同意する。

「ただ、どのように教育すれば人間は適切に育つのか、そのことに正解は発見されていない。およそ何百年、千年以上もの間、大人は子供を教育してきたにもかかわらず、ほとんどが場当たり的で、思い付きの教育だった、と言える。たとえば、二十世紀には、教師が強い立場で、生徒たちを頭ごなしに叱り、時には躾けのために殴ることも黙認されていた。無知で、社会についての知識や責任も分からない子供たちに、物を教えるには、生徒を取りまとめるには、威厳が必要だ。そもそも動物は、自分より強い動物にしか従わない」

「俺は賛成だね。厳しい教育に」五反田正臣がうなずく。

「そうだ。それが間違いとは限らない。ただ、一方で、二十一世紀以降は、教師の暴力が問題視されるようになった。なぜかといえば、度を過ぎた暴力の振るい方をする教師がいたからだ。やりすぎる人間はどこにでもいる。結果、乱暴な指導は抑えられるようになった」

「それじゃあ駄目だ。生徒に舐められるだけだ」

「五反田さん、そう決めつけないほうがいいですよ。恐怖とか威圧感がないと教育できない、っていうのもまた極端ですから」

「大石、俺はな昔、学校の同級生たちに目をつけられて酷い目に遭ったことがあるんだ。俺が少しばっかり頭がいいからってな。学校帰りに暴力も振るわれた。けどな、教師たちは何もできないんだよ。『やめなさい』『暴力は駄目です』なんて口で言うだけなんだ。あれで教育できるって言うんだったら、あの教師たちは今すぐ紛争地域に行って、マイクで、『やめなさい』と叫ぶべきだったたな」

五反田正臣の話を聞きながら私は、小学生の自分がプールサイドで教師の釜石に殴られた時のことを思い出した。生意気に口答えをしたとはいえ、もちろん私には生意気さの自覚はなかったのだが、あそこで暴力を振るわれたことは、プラスだったのかマイナスだったのか。少なくとも、ここまで記憶に残っていることを考えれば、自分にとって特別な出来事だったのは間違いあるまい。

「そして、その問題は、学校だけではなく軍隊でも発生する。徴兵で、愛国心を学ばせ、訓練を受けさせるためには、どういったやり方が効果的なのか、効率的な教育について検討する必要があった」永嶋丈の声は低く、床を這い、こちらを小刻みに震わせる。「だから、教育を研究する専門家たちの中で、長い期間、さまざまな方法が研究された。もっといえば、それだけの予算が、国から出ていたわけだ」

「どんな研究なんですか」

「恐怖による躾けと、優しく、穏やかな躾け、どちらが有効か。いや、どちらかを採用する必要はない。併用でいいんだ。スターリン方式とガンジー方式の二本柱といったところだな。そのやり方を研究した」永嶋丈は軽口として言ったのかもしれないが、顔は凜々しく引き締まったままだ。「研究にとって必要なものが何か分かるか？」

「ビーカーとか？」私は単純に思いついたものを口にした。

「しっかりと管理された環境だ。実験を繰り返し、結果を取得するために。だから、まずは、徹底管理を方針とした学校を作り出すことにしたわけだ」

「それが播磨崎中学校ですか」

「そうだ」永嶋丈が顎を引く。よく分かったな、と褒めてはくれない。「あの中学校では、まず、細かいマニュアルが用意された。実験をするには、同じ行為が繰り返されなくてはいけない。実験とは、反復することで確認されるからだ。教師の指導内容、教壇に立つ姿勢からはじまり、さまざまなものにマニュアルが作られた。監視カメラも設置され、時計の音にまで工夫がされた。校舎や教室のデザイン自体、人間の心理を考慮してあった」

「どういうことですか」

「動物は自分より、高い場所にいる人間のほうを優位だと感じるものなんだ。インコにしても、餌箱の位置で上下関係ができる。だからな、教師が、生徒よりも高い位置に見えるように、それは無意識にしか分からない僅かな差だったが、教壇の高さや床の傾斜にも配慮がされた」

「徹底しているんですね」私は、先ほど、永嶋丈が、「先生」という言葉によって上下関係が生まれる、と言っていたことを思い出した。あれもそういった人間心理の話だ。

「親たちは知っていたんですか？　そういう中学校だと」

「知らなかった。全寮制で、厳しい教育方針があることは伝えていたが、それ以上のことは秘密だった。当然だ。実験対象に、『これから実験しますよ』と伝えては、真の結果は分からないからな。生徒や保護者たちは、厳しいながらも普通の学校だと認識していたはずだ。あの学校で、唯一、管理されずにのんびりしていたのは」永嶋丈は言うと、表情を自嘲気味に歪ませた。「用務員の俺だけだった」

「保護者たちは、疑問を覚えたりしなかったんですか。学校のことについて」

「疑問を感じた」

「そうなんですか」

「だから、あの日、その管理方針に疑問を持った親たちが学校に来た」永嶋丈が答える。「それがあの事件のはじまりだよ」


「賊ではないのか」五反田正臣はこだわっていた。「侵入してきたのは賊ではなかったのか。親のふりをした賊ではないのかよ」

永嶋丈が、「違う」と答える。「やってきたのは普通の、子供を心配する親たちだ。彼らは職員室に出向き、子供たちとの面会を要求した。今の君たちと同じように、アポイントメントなしでやってきた。たぶん、事前に予告すると何か隠蔽されると思ったのだろうな。急なことに学校側は驚いた。驚いたが、追い返すわけにはいかない。

別室を用意して、子供たちと面会させることにした」

　私の頭には、白い校舎とそれを覆う壁、門が見える。背広や地味な服装をした保護者達が集まり、校門のところで教師に強い口調で怒っている場面が浮かぶ。

「どうしてなんだ。疚《やま》しいことがないのならば、授業を見せてくれてもいいじゃないか」と父親の一人が文句を言う。

「突然ですから、準備というものが」と怯えながら答える教師は体格が良く、眼鏡をかけている。その教師が、「ここでお待ちください」と職員室へ引き返すと、「構わず、行きましょう」と誰かが言い、校門の柵をよじのぼった。門にはデジタル錠がかかっているが、その保護者は、教師がいじくるのを見て、暗証番号を覚えていた。操作し、内側から門を外す。「強行突破です」

「強行保護者参観ですね」母親が一人、答える。全員がのしのしと昇降口まで続く。高い位置にある太陽から、結晶のような光が伸びていた。

「その時の永嶋さんは、用務員室で掃除をしていたんですか？」あのドキュメンタリー映画では確か、そう発言していた。

「そうだよ。掃除機の埃を取り除いていたんだ」と彼は爽やかに歯を見せた。「そして、親たちは職員室で、校長に掛け合い、結局は子供たちに会うこととなった」

「子供に会えたんですね。でも、どうしてあんな騒動が起きるんです。どうして、生徒が死ぬことになるんですか」私は声を荒くせずにはいられなかった。どうして、クラス全員が死亡する事態になるのだ。

「二つのことが重なったからだ」永嶋丈が言う。指を二本出す。ピース、という例の台詞を思い出した。

「二つのことですか」

「一つは、ある保護者が、生徒になかなか会えなかった」

「もう一つは」

「その保護者が銃を持っていたことだ」

「銃を？」その言葉だけで、室内が一瞬にして物騒な空気に包まれる。「何でですか」

「護身用なのかもしれないな」

「簡単に手に入るんですか」

「最近は、軍隊からこっそり流れてくる銃も増えている。金を払えばどうにか手に入る。ただ、詳しいことはよく分からない。その母親は少し神経が病んでいたんだ」

永嶋丈が話すのは次のような状況だった。

中学校に乗り込んできた親たちの中で、ただ一人、その母親だけは学校側から、「息子さんは体調不良のため寮で休んでいる」と説明された。後ほど車で、寮まで連れて行きますので、そこで息子さんと会ってください、と。母親は自分で意識しているよりも、その一人息子に愛情を注いで生きてきていた。彼女の精神に疲弊が出はじめたのも、息子が寮生活をはじめたことによる寂しさが原因だったのだが、彼女自身は気付いていなかった。

彼女は、ほかの保護者が子供たちと面会しているのを横目に、校内を無断で徘徊した。教師たちも保護者の対応に追われ、彼女の行動を気にする余裕がなかった。

私は、長い廊下を歩く、母親の後ろをついていく感覚になる。廊下の隅々を神経質に観察し、早足で進む母親、その彼女の背中を見ながら、後を追う。彼女の焦燥感が、その靴の踵が鳴らす響きで、伝わってくる。

校舎の別棟まで行ったところで、母親はある教室の中が気にかかった。その部屋の窓にはカーテンがかかり、様子は窺えないものの、物音はした。

「親の第六感というやつかもしれないな」永嶋丈は言った。「教室に飛び込むとそこには、我が息子がいた。ある男性教諭がカウンセリングをしているところだった」

「カウンセリング？」

「個別カウンセリングと呼ばれたそれは」永嶋丈が言う。「そうだな、それは先ほどの言い方で言えば、恐怖によって指導教育をする方法だ」

「あ、渡辺さん、『個別カウンセリング』って言葉、あれじゃないですか。検索で引っかるやつですよ」

大石倉之助に言われ、思い出す。その通りだ。私たちが携わっていた、出会い系サイトのプログラムは、「播磨崎中学校」のほかに、「個別カウンセリング」をキーワードとして検索した人間を調べていた。やはり、播磨崎中学校の事件が、あの検索監視と関係していたのだ、とその思いを強くする。

「その生徒は少し反抗的な性格だった」

「どこにでもいるんだよな、そういう悪ガキは」

「あの中学校では、そういった生徒の場合、ある一定のマイナス評価が累積した時点で、個別カウンセリングが行われることになる。その部屋で、教師による指導が行われるんだ」

「どんな指導なんですか」私は話の流れからすると、いわゆる体罰と呼ばれる、私が徴兵制でも何度か体験した、平手打ちや長いもので尻を叩かれる指導方法を思い浮かべた。

「電気を使う」永嶋丈は低い声で言った。「人間は、軽度の電気ショックの刺激で、痛みと恐怖を覚え、それが従順を生み出すらしい」

「それが決められたやり方なんですか」

「そうだ。教師は生徒と向かい合い、決まった質問と指導の台詞を口にし、電気の強弱を調整する。生徒の苦痛を計測し、スイッチに触れる。そういった手順も全て、決まっているんだ。教師は決して感情的になってはならない。カメラで録画もしている」

「そこを母親が見てしまったんですか？」

「親からすれば愉快なものではない。特にその母親は過剰に反応した。いや、苦痛で歪む子供の顔を見て、過剰に反応しない親がいたら、それは親ではないからな、当たり前の反応と言えるだろう。個別カウンセリングの部屋にはロックがかかっていたんだが、教師は、誰が来たのか、と開けてしまった。そこまではマニュアルがなかったんだ。母親は感情に任せ、飛び込むと、教師にぶつかった。体当たりだ。体格差はあったが、母は強しだ」

「で、どうなったんだよ」五反田正臣は言った。「そんな、教師と保護者の相撲でおしまいってわけじゃないだろ」

「教師は不意をつかれた。そんなところで、母親が飛び込んでくるとは想像もしていなかった。そして、母親が教師に体当たりをした時、銃が落ちたんだ。転がって、床を滑った」

「映画でよくあるような場面だな」五反田正臣が茶化すように言った。私も同じことを感じていた。

倒れる人物とその服やポケットから、拳銃が飛び出し、滑る。

一番銃を手にしてほしくない者の足元に辿り着く。

これが映画であるのならば、銃のそばにいる人間の足のアップが映り、ゆっくりとそれを拾う手が映る。銃を持ち上げるのと同時に、カメラが上へ移動し、そこで顔が分かる。

「生徒が銃を拾った」

「悪ガキかよ」

「興奮していた生徒は銃を、倒れた教師に向けたんだ。銃口を」永嶋丈は言う。感情はこもっていなかった。指で作った鉄砲の先を、私のほうへ突き出す真似をする。

「態度の悪いガキが、そういう道具を手にすると厄介だぞ」五反田正臣が苦々しげに言った。

「教師が今度はぶつかり返した。タックルの仕返しだ。銃を持った生徒の足を蹴って、転ばした。銃を奪い合って、もみくちゃになる」

「それで？」

「生徒を突き飛ばした教師は、銃が自分の手にあることに気付いた。ひったくっていたんだ。そして、興奮に任せ、発砲した」

「生徒を撃ったのか」五反田正臣が鋭く刺すように言う。「悪ガキ制裁か。よくやった」もはや、個人的な鬱憤を晴らすかのような雰囲気でもある。

「いや、母親だ。母親が、子供を庇って、胸を撃たれた」

永嶋丈のその返事とともに、私は自分の意識がひょいと真上から引き抜かれ、別の場所へと移動する感覚に捕らわれた。五年前の播磨崎中学校で、女性が銃で撃ち抜かれたその部屋の、天井に自らが一体化し、ことの次第を見下ろしている気分だ。

床に倒れた母親はぴくりとも動かない。口からは赤い泡のようなものが溢れ、腹から血液が流れている。そのすぐ脇に立つ、スーツ姿の男性教師が自分の持った拳銃を見つめ、忌々しげに眉根を寄せていた。頭から耳にかけ、ヘッドフォンをつけている。電気ショックを与えた際の、生徒の悲鳴を聞こえぬようにするためなのかもしれない。教師は、どうして撃ってしまったのだろうか、と愕然としている。

その時、室内が震えた。私が張り付く天井の、蛍光灯がかたかたと揺れるほどだった。

振動を起こしているのは、生徒と思しき男子だった。中学生にしては背が高い。頭髪は短く、眉が吊り上っている。口を、絶叫する狼さながらに縦に大きく開き、舌を炎のごとく揺らめかすと咆哮した。とてつもない大きな喚き声を出した。その音で、室内がびりびりと震える。

壁の揺れを怪訝そうに眺めていた教師は、ようやく生徒の異変に気づき、目を丸くする。

「そのガキは、何だよ、母親が殺されたことでパニックを起こしたのか」五反田正臣が面倒臭そうに言う。

「俺もその場にいたわけじゃない。何があったのか、正確には分からないが」と永嶋丈はあっさり認めた後で、「カメラが状況を録画していた」と首を縦に振った。「生徒は声を張り上げ、興奮し、教師につかみかかり、有無を言わせぬ速さで、殴りつけた。銃を奪い取るとそれで、教師の眉間を撃った」

ひい、と大石倉之助が泣き声のような息を出す。

永嶋丈の話は続く。播磨崎中学校で、一クラスの生徒全員が死亡するのはこれからなのだ。

46

「その次に何が起きたんですか」

その次に誰が死んだんですか、と言ったほうが相応しいようにも感じたが、さすがにそんな気持ちにはなれなかった。

「教師を殺した生徒は、その状況に動揺した。母親と教師の死体が転がっているんだ。冷静さを失ってもやむを得ない」

生徒は、態度が悪かったとはいえ、新設中学校の一年生であり、少し前までは小学生だったのだ。あどけなさが残る子供と言うべきで、そのような恐ろしい事態で正気を保つほうが無理だったはずだ。

「生徒はどうしたんですか」私は質問する。

永嶋丈は顎を触る。「同級生に、今、起きたことを報告しにいった」

私にはまた、その場面が見える。銃を持ったまま教室に飛び込んだ生徒が、母が死んだ、と叫んだところがだ。生徒は貧血でも起こしているのか、青白い顔をし、身体を震わせている。

いつの間にか同級生たちが席を立ち、生徒を取り囲む。何があったんだよ、おい、と全員がいちように不安そうだった。

「どうした」教壇から教師が、生徒のもとに近づいてくる。

教師の手には銃が握られていた。

永嶋丈の話を聞き、「おいおい、教師も銃を持っていたのかよ」と五反田正臣は呆れた。「それもマニュアルなのか。教育実験をしているその学校では、武装する準備までされているのか」と投げかけたのはもちろん冗談のつもりだったのだろうが、永嶋丈は真顔で、「そうだ」と当然のように答えた。「生徒が銃器を所持して、反抗的態度を取ってきた場合のことも検討されていたんだ。教師側は生徒と同等、もしくはより強い武器を持ち、対応することになっていた。らしい。俺はもちろんそんなことは知らなかったがな」永嶋丈は言い、さらに説明を進める。

「それで混乱は収まるんですか？」

「増した」

私の意識はまた跳躍し、その播磨崎中学校の教室に、端の椅子に腰を下ろし、状況を眺めている。

がやがやと別の人間たちが教室内にやってきた。別室で面会を行っていた保護者と生徒たちだ。「これは何の騒ぎですか」と彼ら大人たちは血相を変え、目を丸くする。生徒の持つ銃に驚き、教師の構える銃に啞然とする。

「あの学校では、生徒たちを管理することに意識的だった。暴力を使い、人間心理を利用し、説得や交渉を使ってな。それだけに、生徒たちの反応に敏感だったんだろう。たぶん、大勢の生徒が興奮状態になった場合、最悪の場合はどうなるか、それについても考えられていた」

「想定していたのか」

「マニュアル通り、教師は非常事態の信号を発した。教壇の非常ボタンを押していたんだ。緊急事態を察し、職員室から武装した教師が駆けつけてくる。つまり、教室内に、武器を持った教師たちと、生徒、保護者が集まったんだ。恐怖と緊張が充満した」

教室内では、生徒たちが悲鳴と雄叫びを上げる。彼ら中学生は、抑え付けられていた欲求が解放されたのか、高揚した目で、何かを喚き、教師たちに立ち向かうことに団結の熱を発散させた。生徒と保護者は、教師たちと向かい合う形になり、教室内は一触即発の穏やかならざる空気に満ちた。息苦しさが伝染し、私もぜいぜいと喘ぎたくなる。

「そして？」

「そして、暴発した」永嶋丈は言った。いつの間にか彼の手には小型のナイフと黄色い果物があった。果物の皮を優雅に剝いている。

「暴発？　銃がですか」大石倉之助が声を震わせた。

「教師たちの恐怖心だ」

「教師たちの恐怖心？」

「教師が、生徒を撃った」永嶋丈は果物を切ったナイフを静かに、テーブルへと置く。

「撃ったんですか」

「あとはもう、しっちゃかめっちゃかだ」と彼は言い、果物を口に含んだ。果肉が潰れ、果汁が弾ける、しゃくっという音が大きく、反響するように聞こえた。「銃声や、悲鳴やら叫び声やら、とにかく大騒ぎだった。用務員室にいた俺もさすがに、異変に気づいたよ。掃除機の掃除どころじゃなかった」と自嘲気味に微笑んだ。「ようやくそこで、俺が登場なんだ」と冗談めかした。「俺は慌てて、用務員室から教室へ行ってみた」

「天井裏の配管スペースを進んで？」確か、ドキュメンタリー映画ではそう描写されていた。地味で実直な用務員に過ぎなかった永嶋丈は、危険を察知し、勇気を振り絞り、薄暗い配管スペースを匍匐《ほふく》前進さながらで進み、そして、未来の国を担う英雄へと変貌を遂げた。そういう流れだ。

「まさか」永嶋丈が肩をすくめる。「廊下を歩いて、階段を使って、ごく普通に、教室へ向かったんだ。配管スペースは脚色だ」

「脚色？」

「教室に着くと、すぐに室内の様子が見えた。俺は立ち竦んだよ」

永嶋丈は当時の自分の不甲斐なさを嘆くよりも、五年経っても忘れることのできないそのおぞましい光景に苦しそうだった。

「教室の中には教師と生徒たちが折り重なって倒れていた。机や椅子があちこちに転がって、床は水浸しだった。よく見れば、水にしては厚みというか光沢というか粘り気があって、血だと分かった」

「それで、それでどうしたんですか」

「それが真相だ」

「え」私は甲高い相槌を打つ。「それが？」

「学校には、どこからか警察と役人が押し寄せてきた。もちろん、中学校にはもう一クラスあったからな、そっちにいる生徒たちも大騒ぎだ。生徒たちを隔離して、現場検証が行われた。その間、俺はただ呆然としていた」

「それがどうして、まったく別の事件になったんだ」五反田正臣が訊ねる。それは単純でありながらも、一番重要な質問だ。「俺たちが知っている播磨崎中学校事件は、侵入者が生徒を殺したって話だった」

「それは、そういう事件だと決めたからだ」

「決めた？」

「あの学校は、さっきも言ったように試験的な教育施設だった。どこかの民間企業が思い付きではじめたものではなく、国が正式に進めていた政策の一環だった。表に出すわけにはいかない」

「そういうものですか」

「そういうものらしい」永嶋丈が苦笑する。「俺もその時までは知らなかったよ。国がそんなに偉くて、面倒なものだとはな。とにかくな、それで、あの事件は隠された。ただ、死んだ人間がいるのは確かだ。まったくなかったことにするのは無理だ」

「だから、でっち上げることにしたんですか」私は少しぼんやりしている。永嶋丈の説明を受け入れながら、自分は別の場所を眺めている感覚だった。室内の天井から釣り下がっているシャンデリアのほうへと意識が昇っていきそうになる。そこから、自分たちを見下ろすべきだと思いはじめていた。

「俺は英雄に仕立てられた」

「どうして政治家になったんですか。それは、なんというか、協力するご褒美みたいなものなんですか」大石倉之助が質問をぶつける。ご褒美という表現は可笑しかったが、言わんとすることは理解できる。

「政治家はご褒美と呼べるほどいいものではない」永嶋丈は白い歯を見せた。「ただ」

「ただ？」

「俺は、その仕事に向いていたんだろう」

室内は、この広々とした立派な部屋は、静まった。誰も言葉を発せず、それぞれが頭の中を整理していたからに違いない。ただ、私はといえば、いったい何をどう考えれば良いのか、そのことも分からない状況だった。

「でも、そこまで簡単に口封じができるものなのか？」少しして五反田正臣がまず、質問をぶつけた。「永嶋議員、教えてくれよ。その事件で一クラス分の生徒や保護者が死んだと言っても、生き残った人間もいるわけだ。ざっくり言って、半分は生きている。誰かが口外したら、おしまいじゃないか」

「そうだ。だから徹底的に説明が行われた」永嶋丈は鋭い目で、こちらを見つめ、顎を引く。

「説明が？」

「口外することは許されない、と。全員が監視されるだろう、と」

「監視というのは」

「おまえたちがここで起きたことを他言したら、先ほど、『真相』として取り決めたこと以外をよそに漏らしたなら、それは必ず露呈する、とそういう説明がされた。管理する役人からだ。表情を持たない、ロボットのような役人は、他言するのはもちろん、関心を持ったとしても、それだけでばれるだろう、と冷たく言い放った」

「関心を持つだけでも？」私は聞き返さずにはいられない。「そんなことまで監視できるんですか？　人の心までも？」

「なるほど、そこで検索というわけか」五反田正臣は察しが良かった。「関心を持てば、人はどうするか。検索するんだ」

「ああ、それがあの」と私もだんだんと分かりはじめる。「あの、プログラムですか。検索した人間を片端から調べ上げる、あの暗号化されたやつですか」

「それがすべてではない。が、ネット検索に網を張るのは比較的、やりやすい方法だからな、当然、それも行われた。あの場にいる生徒たちは、俺も含めて、約束させられた。『ある真相を共有し、ほかの真相は捨てる』という約束をな。そして、約束を守らせるのに一番、効果的な方法を知っているかい」

私はその答えをすでに知っている。体感していると言っても良かった。

「約束を守らなかったら酷い目に遭うことを強調するんだ」永嶋丈は答えを口にした。「約束を守らなかった人間には、つまり、あの事件の真相に近づこうとした人間には、何らかの悪い事が起きる、と脅すことだ。そういう仕組みになっているんだぞ、と教え込む」

「何らかの悪い事！」大石倉之助は声を上げる。自分の身に起きた、濡れ衣による逮捕を考えているのだろう。「僕は、そんな事件と関係ないですよ！　調べるも何もと主張する。「検索しただけです」

永嶋丈は、自分に背中を向ける形で座っている大石倉之助へと首を傾けた。「検索をしたからだ」と哀れむような声をかける。

「そういう仕組みか」五反田正臣はすでにからくりを理解している様子にも思えた。

「でも、検索したからって、事件の真相を調べているとは限らないじゃないですか。僕みたいに」

「いいか、大石、システムのプログラミングのことを思い出せよ。情報を分類して、処理を行う場合、判定の条件は、曖昧なものでは駄目だ。『事件の真相に興味がある人間』なんて判定、どうやるんだよ。心の中は判定できねえよ。それに比べりゃ、『事件に関係するキーワードで検索をした人間』なら機械的に分かる。人の内面はプログラムに組み込みにくいけどな、人が叩いたキーの把握なら可能だ」

「でも、それだと無実の人も間違って分類されちゃいますよ」

「間違ってもいいんだ」永嶋丈は言い切る。「大事なのは、事件の真相に近づく人間を限りなくゼロにすることだ」

「ひどいじゃないですか」と大石倉之助は、永嶋丈を非難する声を上げる。が、永嶋丈がひどいわけではないのだ。彼自身が先ほど、「そういう仕組みになっている」と打ち明けた。これは、永嶋丈が仕組んだことではない。

「でも、『播磨崎中学校事件』と検索する人はたくさんいますよ。それこそ、あの事件のニュースを見た人なら、誰でも検索した。その全員がチェックされたら大変なことじゃないですか」

「たとえば」永嶋丈は言う。「『播磨崎中学校　真相』と検索する人間は、無数にいるだろう。だから、あの時、あの校内にいた者だけが知っているような単語をチェックする必要があるんだ。たとえば、『播磨崎中学校』と『個別カウンセリング』の組み合わせだ」

「ああ」大石倉之助がかすれた声を出す。「そういうことですか」

「安藤商会は！」私はそこで重要なことを聞いていない事実に気付いた。「安藤商会はどう関係しているんですか。プログラムは、『播磨崎中学校』と『安藤商会』の組み合わせ検索をチェックしていました。あの事件と、安藤商会がどう関係しているんですか」

いい質問だぞ渡辺。井坂好太郎が近くで腕を組み、大袈裟にうんうんとうなずいているのではないか、とそんな気持ちになる。

「安藤商会か」永嶋丈の顔がわずかではあるが、今までにない角度で引き攣った。すぐに表情はもとに戻る。「それも知っているか」

「検索しましたから」大石倉之助の声は泣きべそをかくようだった。

永嶋丈は、「あの中学校にいた保護者の一人が」と言う。「混乱の最中に、『安藤商会！』と叫んだんだ」と。

「叫んだんですか」

「その男はたぶん正気を失っていたんだろうが、とにかく、『安藤商会、安藤商会』

と繰り返していた。『この学校は変だ、うすうす変だとは思っていたが、思っていた以上に危険な場所だ、だから安藤商会へ逃げろ』と叫んだ」

「意味不明だな」五反田正臣が言う。

いや、意味不明とは思えなかった。

その男こそ、間壁敏朗ではないか？

私はそう思った。安藤商会のある土地で一時期住んでいた、「間壁のお父さん」と呼ばれた男だ。

「あの言葉は、現場にいた人間しか知らないものだ。『播磨崎中学校』と『安藤商会』を並べて、検索するということはつまり、あの場での出来事を知っているか、もしくは関心を持っていると考えられる。そういうわけだ」永嶋丈が続けるのを聞きながら私は、「おそらく間壁さんは」と想像した。その極限状態の中で、安藤潤也のことや安藤商会での穏やかな生活を思い出し、あそこに早く避難しなくてはならない、と思わずにはいられなかったのではないだろうか。緊張と恐怖で満ちた状況下で、あの安藤商会はただ一つの、安心の地に感じられたのだろう。その気持ちは、私にも理解できる。それほど、あの場所は、安藤詩織たちとのやり取りは、居心地が良かった。

「いいか」永嶋丈が続ける。「検索する人間は、ある情報を知りたくて検索する。ただ、逆に考えれば、検索する人間は、検索されうるということにもなるんだ」

「検索される？　誰に？」

「システム側にだ。『播磨崎中学校』と『安藤商会』という組み合わせで検索する人間は、その二つの言葉のつながりを知っている人間だと推測することができる。検索エンジンの内部に誰か人がいるんだとしてみればいい」

「小人かよ」

「そうだ。それを想像してみろ。検索エンジンの中にいる奴には、自分に投げかけてきた言葉から、『こいつは何を知りたいのか』『こいつは何を知っているのか』が分かる。相手の素性を絞り込むことができるんだよ」

私はそこで、「そんな」と声を上げていた。「そんなことができるんですか？　アクセスした人間の素性なんて、簡単に分かるんですか」

「分かる」永嶋丈は即答した。「だから、俺も調べることはできなかった」

「何をですか」

「安藤商会と事件の関係だ。調べようとすれば、関心を持っていることがばれる。だろ。だから俺は今日まで、安藤商会の詳細を知らないままだ。検索をしたら、おしまいなんだ」

「でも、出会い系サイトのホームページで、検索者の情報を調べるなんて」私にはまだ信じられなかった。

「いや、渡辺、それは意外にできるものだぞ」答えたのは、五反田正臣だった。

「知ってるんですか、五反田さんは」

「一応、解析したからな」

「あれって、接続業者のシステムに情報照会しに行く仕組みでしたよね」大石倉之助が一瞬ではあったが、落ち着きを取り戻し、言った。「だから、そこから、検索者の個人情報は取得できますけど」

ああ、そうか、と私は思い出す。ゴッシュの、出会い系サイトに埋め込まれた、検索語の監視プログラムに気づいたのは、五反田正臣なのだ。そして、大石倉之助も、だ。

「何だよ、おまえも解析したのかよ」

「五反田さんの残してくれたヒントで分かったんです。あの暗号解読のツール」

「あ、おまえたちあれに気づいたのか」

五反田正臣が驚くので、私は、残されたカセットテープを逆回転させて、メッセージを聞き取った経緯について話した。その間だけ、私たちの会話は、高校の部室で雑談を繰り広げる若者の能天気なものに変わった。「何だよ、おまえたちかよ」と五反田正臣はぶつくさ言った。「五反田さん、あのメッセージで、『まだ見ぬ君に』なんて言ってましたよね」「めちゃくちゃ顔見知りじゃねえか」と五反田正臣が嘆いた。

「でも、接続業者のシステムに照会、ってどういうことなんですか」私が訊ねる。

「誰がネットで検索したかその情報を照会できるものなんですか」

「犯罪の捜査で、通信履歴から個人を特定するだろ。それと同じだ。あれはな、警察のシステムが利用する、ミドルウェア、外部パッケージを使っているんだよ。権限IDと承認パスワードをパラメータにして、あとは、対象のURLとかを渡せば、接続業者のログから必要な情報が手に入る。今はもうかなり簡単な仕組みになっている。権限さえあれば、だれでもできる。そのページに、誰が接続したのか分かる仕掛けなんだ」

その話なら、最近、耳にした。私は記憶を遡る。岩手高原で会った、漫画家、手塚聡との会話だった。彼の語った昔話の中に、その、「接続業者の情報」についての話が出てきたのではなかったか。

「そんな、警察が利用するようなプログラムを、どうして、出会い系サイトのプログラムから呼び出せるんですか」私は言うが、答えは自分でも分かっていた。

五反田正臣が、永嶋丈がいる方向に顎を向けた。「国だとかが絡んできたら、何でもアリだろうな。ゴッシュはきっと、腹が立つくらいの権限を持っているんじゃねえか」

永嶋丈が口を開く。「とにかく、あの事件の後、そうやって警告がされたわけだ。監視が行われる、と説明がされ、それによって口止めが徹底された。『今、目撃した事件は忘れろ。事件の事実は別のものだ』とな。もちろん、飴と鞭だ。充分な報酬も支払われた。金に限らず、さまざまな面で、厚い待遇を受けることになる」

「それでも我慢できずに、検索をした場合は」大石倉之助が怯えるように、扉の向こうの闇を覗くように、言う。

「警告書が届く」

「え」

「『約束を守るように』と警告書が郵送されてくる」

「え」私たちは同時に、間の抜けた声を上げる。「警告書？」

「そうだ。そうやって、『監視しているぞ』と念を押す」

「僕のところにそんな警告書なんて、なかったですよ」大石倉之助が喚いた。

「そうだな。書類なんて生易しい、穏やかなやり方じゃなかった」五反田正臣も語調を強める。「いきなり、目薬だ」

「どういうことだ」永嶋丈が怪訝そうに眉をひそめた。

「検索した人間は、警告書なんてもらわず、いきなり酷い目に遭っています。大石は捕まったし、五反田さんは失明した」

「そんなことはない」永嶋丈が言い、「そんなことはあるんだよ」と五反田正臣が怒った。「警告書を読んだくらいで、目が見えなくなるかよ」

永嶋丈は、他者から批判的な言葉を投げかけられることには慣れているのか、その言葉の意味合いを受け止めることもなく、ひょいひょいと卵を避けるかのような、気配だった。「それはおそらく、考えすぎだ。偶然だ」

「考えすぎ?」「偶然?」

あまりに受け入れがたい説明に私たちは、高い悲鳴を発せずにはいられない。理不尽な言い分に憤りを感じ、それは無理難題を押し付けてきた上司に責任逃れをされたような気分となり、あの加藤課長を相手にする苛立たしさを彷彿とさせた。

「君たちを襲った出来事は、確かに不幸なことだったと思う。同情する。ただ、監視システムの結果、それが起きたとは言えない。監視システムは、警告書を送るだけだからだ。おそらく、君たちが検索した時期と、不幸の起きたタイミングが近いがために、しかもそれが何人か重なったために、そう考えたのも無理はないだろうが、ただ、事実とは異なる」

私の意識が、音もなく、浮かぶ。現実には体は椅子に縛られたままだが、頭の芯のような部分がひっぱりあげられ、宙を漂いながら全員を眺めている感覚となる。

壁にかかった時計が目に入る。秒針がゆっくりと、とてもゆっくりと動いている。はじめは、自分の頭が混乱のあまり動きを停止し、物事の観察能力が落ちたのかと思った。が、すぐに、頭の中の思考が回転を速めたからではないか、と思い直した。頭に、いくつものことが同時に流れ込み、その思考の奔流によって、時間が静止したように感じたのかもしれない。

私は、永嶋丈の話を聞き、安藤商会のことを考え、実際に会った安藤詩織たちを思い出していた。そして、間壁敏朗についての会話が蘇り、「間壁のお父さんって、子供いたんだっけ？」と愛原キラリが言ったことが頭を過った。安藤詩織は、「聞いてなかったねえ」と首を捻り、「年だから忘れたかな」と二人で笑った。

間壁敏朗には、子供がいなかったのか？　いや、間壁敏朗は播磨崎中学校の事件に巻き込まれた保護者であったのだから、中学生の子供がいたと考えるべきだろう。どういうことだ。

おい渡辺。

井坂好太郎がやはり、私に話しかけてくる。姿は見えぬが、死んでも鬱陶しい男だ。「俺の傑作は読んだのか」と問いかける。

傑作かどうかは分からぬが、「苺畑さようなら」は読んだぞ、と答えかけたところで、実際には最後まで読んでいなかったなと気付く。

井坂好太郎の不本意そうな表情が浮かんだ。こちらを見下し落胆しつつも、どうして分からないのだ、と嘆くような顔つきだ。最近、その顔を見たぞ、と考え、思い出す。つい数時間前のことだ。井坂好太郎はカプセルに入っていた。確か、映画「デッドライン」は午前二時」の撮影中に子役が死んだ、という話をした際に、その表情を見せたはずだ。「映画の意味が分かったか？」と彼は訊ね、私が、「分からない」と答えたからだ。顔を曇らせ、不甲斐ない相手にがっかりした様子だった。

あの映画にほかに何か意味があったのか？　撮影中に死亡事故が起きたという意味では、「クロウ」と同じだ。何か違うのか？「同じではない。さらにひねりがあるんだよ」井坂好太郎が言う。数時間前に聞いたはずのその声であるのだが、今ここで、耳元に届いた。

ひねりがある、と言われても私には分からない。「クロウ」は撮影中に主役が死亡し、そこにはもしかすると佳代子の推理通りに口止めや謀略があったのかもしれないが、とにかく作品が完成した。それと同じではないのか？

何でも逆にすればどうにかなる。

井坂好太郎の好きな、「逆転の発想」なる言葉が浮かぶ。

逆にすると言っても、どうするのだ。私は苦笑し、半ば自棄の気分で、考えを逆にしてみた。

役者が死んで、作品を完成させた。

それが、「クロウ」だ。

反対に考える。

作品を完成させるために、役者が死んだ。

そういうことか？　「デッドライン は午前二時」という映画に隠された真実はそれなのか。

子役が死んだのは、あの作品が完成するのに必要なことだった。

そういう意味なのか？　私は鼓動が激しくなるのを感じた。興奮が全身を走る。そして、「駄目だなあおまえは」と嘲笑う井坂好太郎が脳裏に浮かんだ。「逆にするにも、そのやり方が間違ってるんだよ」

直後、私の頭に、ばちばちと音が鳴る。記憶と記憶が繋がり、結びついた導線が燃え、思考が飛び散ったかのようだ。

はっとする。視界が元通りの、椅子に縛られた体の位置に戻っている。

永嶋丈が前に見えた。先ほどからの話が依然として続いているのか、それともすでに説明は終わっているのか、もしくはまったく時間が経っていないのか、明確には把握できないのだが、ただ、私は今、思いついたことをぶつけるほかなかった。

「永嶋さん」と呼びかける。

「何だ」

「最初の話に戻ります」

「最初の話？」

「あの事件の真実は見せかけですよね」

「今、話した通りだ。見せかけだ」

「そういう意味じゃないんです」

「どういう意味だ」

「真実というのは、いくらでも作りあげることができます」

「その通りだ。俺はそれについて今、ここで長々と説明したつもりなんだが」

「『デッドライン は午前二時』という映画をご存知ですか？」

「聞いたことはあるかもしれない」と永嶋丈は答え、大石倉之助は、「渡辺さん、こんな時に映画の話ですか」と驚いた。

「あの作品は、撮影中に子役が死んだそうです。それでも完成にこぎつけた大作らしいのですが」

「知らなかったな」

「ただ、もし、それが逆だとしたらどう思いますか」

「逆だとしたら？」永嶋丈は頭が良い。その場ですぐに、「完成させるために、子役が死んだ、ということか」と答えた。私が先ほど思い浮かべた考えと同じだ。が、それは正解ではない。

「いえ、そうじゃないんです」と私は言っている。そうだ、それは間違いだ。そして息を吸うと、口にした。「そもそも映画はなかったのかもしれません」

「映画が？　いや、ありましたよ、渡辺さん。僕、公開時に観ましたから」

「そうじゃないんだ。もともとは、そういう映画はなかった、という意味だ。何かの事情で子供が死んで、そのために、映画を作らなくてはいけなくなった。そういうことかもしれない」

「子供が死んだために、映画を作る？」永嶋丈が訝ってくる。「わざわざ、何のために」

「たとえば、その子供が撮影中に死亡するほうが、メリットがあったのかもしれません。少なくとも、メリットを持つ人間が一人はいた。子供が死んだことが明らかになるのであれば、撮影中に死んだことにしたほうが都合が良かった。だから、逆転の発想をしたわけです」

「どういうことですか」

「子役が死亡してもおかしくない撮影現場を考案し、逆算して脚本を作り、そして映画を完成させたんだ。後から、映画の企画を立てた」

「本当にそんなことが」

「いえ、仮定の話です」私が言った途端、永嶋丈は失笑した。「そうか、仮定の話かい。ただの想像か」

「おまえな、想像なら何でも言えるじゃねえか」五反田正臣も噴き出した。

めげるな渡辺。進め。井坂好太郎の声の後押しで、私はさらに言葉を足す。「そうです。これは仮定の、想像です。ただ、同じように、播磨崎中学校の事件のことも考えてみたんです」

永嶋丈は今、私たちに向かい、事件の裏側を喋った。播磨崎中学校は、管理を徹底した特別な学校で、それが故に、事件をカモフラージュする必要があったのだ、と話した。それはそれなりに筋が通った話に思え、私を含め、五反田正臣と大石倉之助も納得しかけた。

が、本当にそうなのか？　それでいいのだろうか。

「どういうことだ」永嶋丈は瞼を少し閉じ、こちらを見つめた。

「播磨崎中学校なんて、存在していなかったんじゃないですか」そう口にしてから、そういえば井坂好太郎も言っていたではないか、と思い出した。播磨崎中学校は、なかった、と。

「おい、渡辺、どういうことだよ。事件がなかったってことか」

「五反田さん、そうじゃありません。中学校自体がなかった。そう思ったんです」

「何だよそれは」

「播磨崎中学校があって、事件が起きたんじゃない。事件が起きて、播磨崎中学校が作られたんですよ」

根拠はない。ただ、「苺畑さようなら」という小説は、その構造について語っていた作品なのではないか、と私は確信していた。あれは、それを読者に伝えるためのものだ。

「永嶋さん、今の真相はチェンジです。気に入りません」私は言う。

永嶋丈と目が合う。

「真打ちを出してください」

47

私の発した言葉に室内がまた、しんとなる。絨毯が私たちの声どころか鼓動の音まで吸収したかのようだった。背を向き合わせて並べられた椅子に腰を下ろした私たちは、そのまま根を張り、三つ葉の植物と化すのではないか、とそんな怖さすら感じる。

「渡辺さん、何を言ってるんですか。チェンジって何ですか」大石倉之助が少し怒った様子であったのは、これ以上、訳の分からない出来事が起きないでほしい、という拒否反応だったのだろう。声が裏返っている。

「渡辺、おまえ、何を言ってんだよ」五反田正臣のほうも尖った声を発したものの、こちらは少し余裕があった。面白がっている節もあるのかもしれない。

そして肝心の永嶋丈といえば、私から目を逸らし、天井から吊り下がったシャンデリアのあたりをじっと見つめていた。もしや永嶋丈が何らかの力を用い、その照明をこちらの頭上に落下させるのではないか、と想像し、ぞっとした。が、そうはならない。彼の視線は、すっと下降し、私に注がれる。口元がふっと柔らかく、綻んだ。

「あの真相では気に入らなかったのか」とゆったりと、嚙み締めるように言った。「何が気に入らなかったのか」

私はすっと息を吸い、吐く。「人は一度、説明を受けるとそれをありがたい真実だと受け入れるところがあります。その後ろ側に、本当の真実が隠れていることに気付かないものなのです」と言った。これは、「苺畑さようなら」の中で、苺が言う台詞だ。「永嶋さんの話した真実は、『説明用の真実』ではないか、とそう思っただけです」

「説明用の真実か」

「そして、今の永嶋さんの反応を見て、確信しました。たぶん、真実は別にあります。今、話してくれたのは、真実ではなく、真実として話すために用意されたもの。そうですよね」私は断言したが、強い確証は持っていなかった。鎌をかけたのだ。もし相手に隠し事がある場合、こちらが自信満々に、「本当のことを話せ。こちらはすべて分かっているぞ」と詰め寄れば、ボロを出す可能性はある。経験上、私はそれを知っていた。「浮気しているんでしょ。ねえ、それ、浮気の相手でしょ、知ってるのよ」と妻に追及されることがライフワークと化した私には、自明のことなのだ。おそらく、永嶋丈も、野党やマスコミから問い質されたことはあるだろう。が、私の妻より恐ろしい野党や、妻より鋭いマスコミが存在するとは思えない。そういった意味で、私と永嶋丈とでは、重ねてきた経験が違うのだ。

やがて永嶋丈は、「君たちのいるこの部屋の隣に」と口を開いた。座った背後を一瞬、振り返る。「記者がいた。私はここに来る前にそちらの部屋に行き、記者と話をした」

「記者？」

「ネットニュースの記者らしい。君たちと同じ用件だ」

「俺たちと？」五反田正臣が声を低くする。

「君たちと同様、独自に情報を調べ、あの播磨崎中学校の謎に興味を持ち、それで、俺に会いに来たんだ」

「どういうことだよ、それは」五反田正臣の声がまた不安げなものに戻る。

「君たちは君たちの人生を生きている。生活をしている。いわば君たちの視点からすれば、君たちがドラマの主役だ。だから、ここにやってきたのも、君たちからすればある一つの冒険なのかもしれない。ただ」

「ただ？」

「それはあちこちで起きている。さっき、俺が会ってきた記者も彼自身の冒険とドラマを経て、ここに来た。あの事件には裏がある、と確信し、やってきた。こういうことは、特別なことじゃないんだ」

「その記者はどうなったんだ」

「私の説明を聞いた。先ほど、君たちにも話をした内容と同じだ。播磨崎中学校事件の真相を俺は話したんだ」

「管理教育を徹底された、試験的な学校で、保護者の銃がもとでパニックが起きた、という話ですね」私は言う。

「そうだ。あの事件の真相を聞いて、記者は帰ったよ。真相は他言しない、と約束して、だ」

「記者がそんな約束するのかよ」五反田正臣は鼻で笑う。が、おそらく約束はしたのだ、と私には分かった。そうでなければ帰れなかったのではないか。

「君が言った通り」永嶋丈は、私を指差した。「人は説明を受ければそれを受け入れる。苦労して、手に入れたものであればあるほど、それが重要なものだと信じる。記者は、俺に直撃し、脅された恐怖に打ち勝ち、真相を手に入れた。それだけで満足する。他言すれば危険がある、と念を押され、それを受け入れたが、その記者は自分にこう言い訳することはできる。『俺は頑張った。真相を手に入れた。それだけでも十分じゃないか』とな。いいか、個人にとって重要なのは、真実を知ることではない」

「それなら重要なのは何だよ」

「満足することだ」永嶋丈が発する。「行動に満足し、人生に満足する。真実を知っているかどうかとは無関係だ」

「本当の真相は、まだ別にあるんですね」私は言う。「播磨崎中学校なんて、なかったんだ」

「おいおい、渡辺、ないわけないだろう。事実、あったわけだから」

「五反田さん、存在していたかどうかなんて分からないんですよ」あの、井坂好太郎の小説を思い出す。妻の佳代子が言うには、作品の最後で、間壁敏朗という登場人物は実在していなかったことが分かる。戸籍などの情報は捏造され、証言をした会社の同僚も仕立て上げられた偽者だった。あれは、まさにそのまま、事件のことを指し示しているのではないか。「五反田さんは、どうして播磨崎中学校があったと信じているんですか」

「そりゃあ」と五反田正臣は言い、少し悩んで間を空けた。「そりゃあ、記事に出ていたからだ。つまり、記者だって取材をしたはずだ。そこで建物がなかったりしたら、さすがに怪しむじゃねえか」

「それなら、建物を用意したらどうなんですか。教師も、生徒も、そういった情報を全部、後から作り上げたとしたら」

「そ、そんなことが可能なんですか」大石倉之助は口から泡でも噴き出しかけているような声だった。「だって、あのドキュメンタリー映画にも、証言している人が何人もいたじゃないですか。映画を作っている人たちが、でっち上げたって言うんですか」

「そうじゃないと思う。ドキュメンタリー映画を作った人間たちに、捏造の意思はないはずだ。たぶん、あそこに出演した証人たちは、播磨崎中学校の事件が作りだされた時に、証人の役を割り当てられた人間たちなんだ。事故ができあがった瞬間、必要な物や人間も用意された」言った私はそこで、妻の佳代子と結婚した際の披露宴を思い出した。あの時、スピーチをした主賓は本当に存在しているのだろうか、と疑問に感じたことがある。妻が雇った偽者ではないか、と。

「脅されて？」

「脅されたり、報酬をもらったりしたのかもしれない」

「おい、永嶋丈、おまえもまさか、『俺も存在していませんでした』なんて言うんじゃないだろうな」五反田正臣が嫌味めいた言葉をぶつける。

「存在はしていた」永嶋丈は真剣な顔つきで、しかしゆったりと構えた姿勢はそのままに、言う。「あれが起きた時、事務室で掃除機の埃を取り除いていたのは本当だ。ただ、用務員ではなかった。施設の管理人の一人だった」

「施設の？」私が言う。

「管理人？」五反田正臣も続けた。

何の施設だったんですか、と私が訊ねるよりも先に、永嶋丈は話を進めている。

「海底資源だ」

唐突に発せられたその言葉に、私は自分たちの四方が青く、暗い、海の底に沈んだ錯覚に襲われる。ばしゃん、ぶくぶく、と落ちていく。水の揺れに合わせ、ゆらめき、海底に着地するものの、依然として椅子に縛られたままで、前にいる政治家の話を聞くほかに何もできないでいる。自分の髪が上に逆立ち、海藻のようになっている。そういった感覚になる。

「海底に埋まった鉱石、その採掘のための施設がある」

私はそこで、先日、資源の話を聞いたばかりであることを思い出した。「メタン何とかという、あれですか」

引き返すのであれば、ここだろう。私の中でそっと囁く者がいる。背中をくいくいと内側から突き、これ以上、話を進めると戻れなくなるのでは？　と心配をしている。今ここで、水面に浮上しなければ帰れなくなるぞ、と助言してくる。錘を外せ、と。が、ここで退散するわけにはいかない。だいたいが、縛られた状態で、逃げることはできないのだ。

「メタンハイドレートか。違う。それに替わるものだ。日本近海、堆積岩層に埋まっている鉱石だ。ケイ素と酸素原子で籠《かご》状となり、その中に、水素と酸素の分子が閉じ込められている」

「そんなものがあるんですか」

「鉱石なんてものは、しょっちゅう発見されている。ただ、これは中から取り出される分子の量が多く、しかも量が莫大だった。この国の人間が自由に生活しても今後、数十年分のエネルギーは楽に賄える」

「あ、それ」私は声を、はい先生！　と挙手するか如く、発した。「それは犬養が見つけたんじゃないですか」

「犬養？　あの、元首相のか」五反田正臣がすぐに言ってくる。「教科書に載ってるあいつか？　あいつがどうしたんだ」

「二十年くらい前に、東シナ海危機ってあったじゃないですか」私は、先日聞いたばかりの話を喋る。「中国が海中に兵器を配備して、米中が緊迫して」

「ああ、あったな、そんなのが」

「報道されたのはその危機を回避した後でしたけど」

「得てしてそういうものだな」永嶋丈はくっきりとした、太い眉を動かす。

「あれって、犬養が裏で交渉にあたっていたって聞いたんです。緊張した米中の間に入って、うまく解決したらしい、って」

「渡辺、おまえはいつから政治の情報通になったんだよ」

「もしそれが本当なら、犬養がその時に、新たな鉱石を発見したのかもしれません。そう思ったんです。兵器を調べる際に、海中を調査したに違いないですし」おそらくその資金も、安藤商会から出たのだろう。「だからそれ、犬養の作った施設じゃないんですか」

「本当かよ、永嶋丈」

永嶋丈は肩をすくめた。「俺が働いていた時には、犬養はもう関係していなかったはずだ。ただ、施設を管理する役人がいたんだが」

「いつだってどこにだって役人がいるんだよ」

「五反田さん、何にでも噛みつく男になっちゃっています」大石倉之助の指摘が、私は少し可笑しかった。

「緒方という名の役人だ。その緒方は、昔、犬養の側近だったらしい。それを考えれば、犬養とあの施設は関係があるのかもしれない。事業をはじめたのが犬養であっても、おかしくはない。その緒方は今、俺のところにいるが」

「永嶋さんのところ？　どこにですか」

「そういえば、君たちも緒方にはもう会っているはずだ」永嶋丈はさらりとそんなことを言う。

え、と私と大石倉之助は同時に声を発した。「いつ、どこで」

「さっき、空港の駐車場で、だ」

あの、永嶋丈の周囲にいた男たちの一人ということか。

「永嶋さん、その施設では、資源の採掘を実際にやっていたんですか」

「本格的な採掘までは到達していなかった。まだ、採掘技術を開発している段階でな。ただ、さっきも言ったが、俺はあくまでも、その建物の管理室で働いていただけだ。作業員の出入りをチェックしたり、屋内を掃除したり、あとは宅配便を受け取るくらいだ。詳しいことは知らなかった。というよりも、『電磁波を防ぐ作業服』を開発する施設だと知らされていたからな。そして、働く職員たちはその施設内に寝泊りをしていた。家族がいる人間は、小さな社宅のようなものを用意され、そこで暮らしていた」

「家族ごとですか」

「資源採掘は重要で、できるだけ早急に解決すべき問題だ。だから、予算はたっぷり注ぎ込まれ、職員たちの環境はできるだけ良いものに整えられていた。そして何より、秘密裡だ」

「秘密なんですか」

「エネルギー開発は国の政策だ。しかも、海底資源は迂闊にばれると、よその国も狙ってくる。決定的な状態になるまでは、公にはできないんだ。だから、マスコミには、聞こえのいい表向きの説明はするが、必要のないことはすべて隠していた。俺ももちろん、真実なんて知らなかった」

「先ほどの俺たちと同じですね。表向きの真実を聞かされていた。永嶋さんもそうだったんですね」

「俺の場合は、君とは違い、鵜呑みにしていたけどな」永嶋丈は笑う。「それでだ。その、資源採掘の一番のネックは、採掘する手段が限られていることだったんだ。通常の重機ではその鉱石が割れて、中から酸素や水素が漏れてしまう。鉱石が、想像以上に、脆いんだろう。だから、そのためには、人間が直接、工具を用いて作業をしなくてはいけない。そのためのウェットスーツや工具の開発が進められていた」

「知らなかった」大石倉之助が素朴に反応する。

「そりゃそうだ。国民には教えていなかったんだからな。建物の端で掃除機をいじっていた俺にも教えていなかったくらいだ」

「順調だったんですか？　その開発や研究は」

「難しい質問だな。何をもって、順調なのか、という問題はある。ただ、順調には進まなくなりそうな、危険な時があった」

「何があったんですか」

「事故だよ」永嶋丈がはっきりとした声で言う。「ここからが本題だ。開発中に事故が起きたんだ」

「事故ですか」

「一人の作業員が、スーツのテスト最中に酸素不足のせいか、頭が混乱したんだろうな、急に暴れ出した。うわごとのようなことを繰り返し、設備にぶつかり、騒ぎが起きた。管理人室にいる俺も、監視カメラで見た。しかも、その日は運が悪いことにな、職員の家族が見学に来ていたんだ。何家族もがフロアにいた」

「秘密の施設を見学させていいんですか」

「もちろん、家族にも真実は説明されていない。俺と同じく、電磁波についての研究施設と思っていたんだろう。そのつもりで見学に来ていた。そしてそこで、作業員が暴れ出した」

「そんなのすぐに取り押さえればいいだろうが」五反田正臣が茶々を入れる。「国の、大事な研究施設なんだろ？　一人が暴れたくらいで、トラブルと呼ぶようなら、がっかりだよ。暴れる男くらい、すぐにどうにかしろよ。それもできないのに海底資源をどうこうしようなんて、百年早えな」

「その通りだ。体調不良の者への対処や、施設内での騒動への対処、そういったものはきちんと準備されていた。管理人室にいる俺も非常呼び出しに従って、その現場に駆け付けたんだ」永嶋丈はいったん瞼を閉じ、開いた。「その男は叫びながら、物を壊していた。中年の男で、異様な力を発揮していた。人間の力では傷をつけることもできないはずの耐久ガラスが割れ、鉄板を挟んでいた壁が破れた」

「人間の力では？」私は自分の眉間に皺が寄るのが分かる。

「人間の力ではできないはずのことが、人間の力で、できちゃったわけか。何だよそれ。あるのかよ、そんなことが」

永嶋丈の頰がわずかではあるが、痙攣した。その、目撃した場面を思い出し、動揺したのかもしれない。「異様な力」の異常な振る舞いは、今から考えても、おぞましいのだろうか。

「超能力じゃあるまいし」五反田正臣が笑う。

抵抗なく、永嶋丈の話を受け入れる自分がいた。「超能力かもしれませんよ」

「超能力？　渡辺、何言ってんだよ。あるわけねえだろうが」

同意したい気持ちはあったが、安藤商会で聞いた、安藤潤也や愛原キラリの話が念頭にあったからか、「あるかもしれないですよ」とやはり答えてしまう。「永嶋さん、どうだったんですか、それは超能力と呼ばれるものなんですか」

「超能力、とは何とも劇画じみているが」永嶋丈は鼻を触り、顎を撫で、耳たぶを軽く引っ張った。顔はあくまでも凛々しく、無表情に近かった。が、先ほどまでは見られなかった仕草だった。「ただ、アドレナリンの過剰分泌や筋肉への指示系統の異常は考えられる。らしい。俺も後で知らされた。それが、常識的なレベルを遥かに越え、一人の人間を暴れさせた」

よし渡辺、ここまで来たら分かるだろう？　井坂好太郎が唆してくるのが、聞こえた。ほら、答えを口にしろ、と私の耳元で囁く。だから私は、「それが間壁敏朗だ」と言った。「そうじゃないですか？」

「誰だよ、それは」五反田正臣が不満げに言うのが聞こえるが、気にしてはいられない。

「間壁敏朗が正気を失い、暴走した。『安藤商会』とでも叫んだんじゃないですか」

「どうしてそう思うんだ」永嶋丈が投げかけてきた。
「間壁敏朗は、安藤商会に一時期、いたんです。そこに住んでいました」ホルモンの異常分泌で体の器官が制御できなくなり、脳が全開放のような状態になった際、間壁敏朗は恐怖と不安に襲われ、縋るような思いで、「安藤商会」の記憶を引っ張り出したのかもしれない。先ほどの、「表向きの真相」の話の時と同じだ。あの平和な、安藤商会に少しでも早く、戻りたい。間壁敏朗は我を失いつつ、そう願ったのではないか。

永嶋丈は、肯定も否定もしなかったが、私はすでに、それが間壁敏朗であることを疑っていない。もしかすると、彼は、安藤潤也の繋がりから、その施設で働くことになったのではないだろうか。安藤潤也と犬養には交流があった。施設の職員として、仕事の世話をする経路があってもおかしくはない。

もちろん、安藤潤也としては、ただ、仕事を紹介しただけのつもりだったはずだ。まさか、トラブルが起きるとは思ってもいなかったはずであるし、トラブルが起きたことを安藤潤也が知っていたかどうかも定かではない。

とはいえ一つ重要な事実がある。

愛原キラリが言っていたことだ。

間壁敏朗も、安藤潤也の遠縁だったのだ。

つまり、特別な力があっても、おかしくはない。そうならないだろうか。

「それでどうなったんですか。暴れた間壁さんを取り押さえられたんですか」

「簡単にはいかなかった。俺たちは銃を渡されていたし、格闘技の訓練も受けていた。ただ、実戦となると勝手は違う。しかも、相手は常軌を逸した行動と、馬鹿力を見せていたんだ。そのうち、何がどうなったのか、計器が壊れはじめた」

「まずいじゃねえか」

「まずい。その頃にはすでに、関係する役人たちも到着していた。どこかの部屋で会議が開かれていたんだろうな。偉い奴らはいつもそうだ。偉くなる人間に必要なのは、現場の人間が苦労している間にも、コーヒーを飲んで会議を開ける神経だ」

「今は、おまえがその偉い立場なんだろ」

「そうだな」永嶋丈は穏やかに、批判を受け流す。堂々としており、私は感心する。先ほど一瞬、垣間見せた動揺は消えている。「そして、やがて役人が来て、ああ、そうだ、それこそさっきも言ったが、緒方だ。緒方がやってきて、武器を持つ俺たちに指示を出した。『どんな手段を使ってもいいから、早急に男を動かなくしなさい』と」

「動かなくしろ、ってどういう」

「大石、分かるだろ、殺せってことだ」

永嶋丈は困ったように眉を動かした。「簡単にはいかなかった。上に立つ人間は、

『それができれば苦労しないですよ』ってことを、簡単に命令してくるものだ。監督が、選手に、『ホームランを打て』とサインを出すのと同じだな。銃を撃っても、男には当たらない。かわりにほかの機器に当たる始末だ」

どうして銃の弾が当たらなかったのか、について彼は説明しなかった。間壁敏朗の特別な力がそうしたのではないのか。

「そして、だ。そうこうしている間に、遠巻きに見ていた施設の職員の頭が弾けた」とあっさりと言う。

「頭が弾けた？」

ぼん、と火薬の音が、耳の奥、頭の中で聞こえる。人間の頭部が呆気なく炸裂する光景が、私の脳裏に浮かんだ。果実が吹き飛ぶのと似ている。

「誰かの撃った銃の弾が、当たったのか？」五反田正臣が訊ねる。

「俺にはそう見えなかった」永嶋丈は正直に言った。「が、そうなんだろう。人の力で、頭を壊すことはできないからな」

「間壁敏朗が特別な力を使ったんじゃないですか」

永嶋丈はやはり、イエスともノーとも答えず、かわりに、「水を流すホースが暴れる状況を思い浮かべられるか？　強い力で水が流され、人の力では抱えることができないほどに、縦横無尽に動き回るホースだ。あれと同じで」と言った。「あれと同じで、もう誰にも止められなかった。撒き散らかされる水で、あたりはめちゃくちゃだ」

「それは、間壁敏朗の力が制御できなかった、という意味ですか」

「全部だ。あの場の全部が制御できなかった。いいか、そこには職員の家族もいたんだ。別室に逃がしたものの、立ち尽くしている者も多かったからな。一人の頭が潰れた瞬間、誰かが悲鳴を上げて、銃を乱射した。それが家族の誰かに当たった。ほかの人間も続いた。暴れていた男はさらに暴れて、機材を壊そうとする。気付いた時には、死体がいくつもできた。大人も子供も、男も女もいた。血が足元を湿らせた」

「な、何なんですか、それは」大石倉之助は、勘弁してください、と泣きかけている。

「大石、さっきも中学校の生徒が大量に死ぬ話を聞いたばかりだろ。いい加減、慣れろよ」と五反田正臣が、それは少し自棄を起こした風ではあったが、言った。「で、おまえはどうしていたんだ、永嶋丈」

「俺はただ、銃を抱えて、壁際で呆然としていた。たまたま、生き残ったんだ」

「英雄なのに、かよ」

「英雄にされるのは、その後だ」永嶋丈はまた、淡々と話す。「緒方だ。緒方がすぐにプランを発表した。会議の成果なのか、緒方個人のアイディアなのかは分からない。とにもかくにも、こう宣言した。『この事件は表には出せない。別の事件で覆い隠すことになる』とな」

「何で表に出せないんだよ。というか、別の事件になるんだったら結局同じじゃねえか。どっちにしろ話題にはなる」

「同じではない」永嶋丈が言う。

私にもその答えは分かった。「もし、そのまま事件が表に出たら、海底資源の採掘が止まるんですよ、五反田さん」

「どういうことだ、渡辺」

「どんなに重要な国の政策でも、事故が起きればそれで研究は止まる可能性があります。世論が許しません。もともと、大っぴらにしていない資源政策だったんですから余計にまずいですよ」メタンハイドレートの研究開発もやはり事故で止まった、と井坂好太郎が言っていたではないか。

「そういうことだ」永嶋丈が息を鼻から吐き出す。「別の事件にする必要はあった」

「そういう方針が取られたんですね」

「方針が決まれば、あとは、それをやるだけだ。播磨崎中学校を作り出した」

「作り出すことなんてできるのかよ」

「金と権力さえあればな」

「あのな、学校を建てることがすぐできると思うのか？」五反田正臣はもっともな疑問を発した。「仮にできてもな、建設作業に関係した人間の数はかなり多いはずだ。そいつら全部の口を封じたのかよ」

「そうじゃない。建物はなかった。ニュースで読んだことはないか？　あの事件の直後、校舎はすぐに解体された」

「あ、そうだったかもしれない」私は、ドキュメンタリー映画のラストがその、更地のシーンだったのを思い出した。

「もとからなかったんだ。解体したことにしただけだ」

私もさすがに言葉を失う。そこまで、と思わずにはいられなかった。

「生徒や教師はどうしたんだ。証言している奴らはどこから見つけて来た。オーディションかよ」

「研究施設の職員を使った。その職員たちにとっては、自分たちの生活がかかっている。ちょうど中学生ほどの子供たちも多かったからな、役割を決め、対応させた」

「そんなことが可能なのか。全員が役者なのか」

「全員用意する必要はない。死んだ生徒の存在をでっち上げることはできる。顔写真と名前を用意し、戸籍情報を作ればいい。現実には存在しない人間が、播磨崎中学校の事件で死んだことになる」

人間は何でできているのか？　という話を、愛原キラリと交わしたやり取りを、私は思い出さずにはいられない。情報なのか？　血や骨のない人間が、情報で作り出されている。戸籍がでっち上げられ、用意された。

「でも、関係者の口を封じることなんてできるんですか」私は言うが、聞かずとも答えは分かっていた。それについては先ほど、説明を受けていたからだ。「そこの部分は、『表向きの真相』通りなんですね。検索を監視して、関係者の言動をチェックした。チェックで引っかかった者には」

「酷いことが起きるんですよね」大石倉之助が力なく言う。「警告書なんかじゃなくて」

「あ、もしかすると」五反田正臣が少し声を弾ませた。「検索の組み合わせで、被害の酷さも変わってくる。そうなってるんじゃねえか？」と言った。自分の冴えの良さに、興奮しているのかもしれない。

「何ですか、被害の酷さって」私が訊ねる。

「『播磨崎中学校』と『安藤商会』の二つで検索した奴と、『播磨崎中学校』と『安藤商会』と『個別カウンセリング』の三つで検索している奴とでは、警戒のされ方が違うんじゃねえか、ってことだ」

「ランク付けされるってわけですか」

「それくらいのことはやってもおかしくねえだろ」五反田正臣は言う。「重要なキーワードをたくさん知っている人間ほど、厄介だからな」

プログラムの解析、キーワードの暗号の解析はまだ完全には終わっていないはずだった。となれば、検索でチェック対象となる言葉はほかにもあるのだろう。その海底資源の名称、施設名や施設の住所、関係者の人名が含まれている可能性もある。そちらで検索した人間のほうが、おそらく、真実をより知っていることになるはずだ。

永嶋丈は、「さあ」と手を叩いた。「これでおしまいだ。真実を話したぜ。君がさっき言った、真打ちだ。これ以上、『もっと違う真相を』と要求されても何も出ない」

私たちは黙る。

真実を知って、どうなるのか。

永嶋丈が言った通りだった。

個人にとって重要なのは、真実を知ることではない。

ここで播磨崎中学校の真実を説明されたところで、無抵抗で身動き取れない状況に変化は訪れない。

どうすればいいのか、と私は気が遠くなりそうになった。が、そこで、諦めるな、と何者かの声がする。考えろ、考えろ、と頭の中で台詞が反響する。

「永嶋さん、俺たちと逃げないですか？」気付けば私はそう発していた。

さすがに永嶋丈もきょとんとした。

勝算はなかった。ただ、考えた末に唯一、見つけた道筋はそれだけだったのだ。

永嶋丈の立場や思惑は分からない。ただ、こうして接している短い時間でも、彼が何かしらの煩悶や苦悩を抱えているのは伝わってきた。今の状態に満足しているとは言えず、自分の役割から逃げ出したいのではないか、と私はそう思った。だから、説得に乗り出した。

「さっきも言いましたけど、安藤商会のことを俺は知っています。そこに一緒に行きませんか」

行ってどうなる、ということは考えもしなかった。安藤詩織の屈託のない可愛らしさを思い出し、あそこに行けばどうにかなるのではないか、と思っただけだった。間壁敏朗の希望でもあった。

永嶋丈はじっとしている。私の急の申し出に失笑することも怒ることもなく、どちらかといえば、真剣に悩んでいるようでもあった。

これはもしかすると、と私が期待を抱きそうになった矢先、永嶋丈は言った。

「俺はその提案に乗りたい」

「本当ですか」突破口を見つけた興奮で、視界が明るくなる。

「君たちと一緒に逃げる。確かに悪くない」

「そうしましょう」私が言うと、事態を理解していないはずの大石倉之助も、「そうです、そうしましょう」と高らかに言った。

「だが」永嶋丈は天井を見た後で、鼻を触った。「無理なんだ」

「え」

「この部屋は監視されている。カメラもあれば、マイクもある。そのシャンデリアにも設置されている。いいか、全部、筒抜けなんだ。君たちと一緒に俺も逃げ出したい。安藤商会も悪くないだろう。だが、俺は、事件のことを何もかも君たちに全部喋った。説明をした。君たちは説明を聞いた」

「それは」

「だから、もう無理だ」

48

八方ふさがり、打つ手なし、といった状況に目の前が暗くなるのを感じた。自分がいったいどうなるのか、その想像がつかず、恐怖のあまり、意識を遮断すべきにも思えた。

「でもよ、わざわざ事件をでっち上げる必要はなかったんじゃねえか」そこで五反田正臣の声が聞こえ、私は我に返る。

「どういう意味だ」永嶋丈は腰を上げかけていたのだが、また座った。

「そんなに金と力があるんだったら、別の事件なんて作らないで、その施設の事件ごと隠しちまえば良かったじゃねえか。死体がいくらあろうと、どうにかできたかもしれねえだろ」

なるほど確かにそうだ、と私も思った。

「言いたいことは分かる」永嶋丈は言った。分かるが、そうじゃない、と。

「そうじゃない？」私と五反田正臣の声が、気の合う友人同士のように重なった。

「何がそうじゃない」

「播磨崎中学校の事件をでっち上げたきっかけは、施設での事件の隠蔽だった。それがはじまりだったのは確かだ。だが、それとは別の目的もあった。一つは」

「一つは」

「別の不祥事の隠蔽だ」

「別の不祥事？」私はそこで、これ以上話を聞いたらさらに取り返しがつかないのではないか、やめておくべきだ、と思った。にもかかわらず、質問をやめることができない。真実を知りたいからではなかった。もはや、質問以外に何もできないのだ。

「それほど大きなものではないが、政治家にとって不本意な不祥事がいくつか、同時期にマスコミに取り上げられそうだったんだ。浮気や汚職のような、よくあるタイプのだ」

「それから目を逸らすために？」

「そうだ。『侵入者が、中学校に立てこもって、一クラス分を殺害した』となれば、マスコミが興味を持たないわけがない。政治家の不倫よりはよほど盛り上がる」

「どうして中学校にしたんですか」私は思い浮かんだ疑問を発する。事件をでっち上げるのであれば、別の施設でも良かったはずだ。

「ああ、それか」永嶋丈は、とっくに忘れていた地元の店の名前でも耳にしたかのような反応をした。「それも緒方が考えたんだろう。当時、中学生に絡んだ事件が多かったんだ」

「そうだったか？」

「ああ、そうです」私は呻きに似た相槌を打つ。「中学生が通り魔に遭ったり、教師に暴行したり、ですね」

「その通りだ。これは別に、マスコミが悪いわけではないんだがな、ただ、人は、ニュースにもストーリーを求めるものなんだ」

「ストーリー？」

「中学生の事件が続き、『最近の中学生は危険だ』と説明されれば、それで納得する部分はある。事件や事故は、いつだって、偶然に、ランダムに発生するものだが、それを関連付けて報道して、意味づけすることで、ストーリーができあがる。『サメが出現』のニュースが続けば、『今年はサメが異常に多い』と報道される。が、データを調べれば、例年通り、なんてことはよくあるんだ」

「それで、中学校の事件に仕立て上げたんですか？」

「あの頃、中学生や中学校にマスコミや一般の人間は注目していた。そこに、中学校のセンセーショナルな殺人事件を放り込めば、喜んで、飛びついてくる。彼らを満足させることができる」

「やっぱり中学生は危険だった！　と」

「そうだ」

「ほかにも」私は言う。「ほかにも、理由はあるんですか。不祥事から目を逸らす目的以外に」

「そうだな。こちらのほうが、緒方にとっては重要だったはずだ」永嶋丈は背筋を伸ばした。「ある一人の男を、英雄として確立させて、国家の中心に据えるためだ」

その言葉の意味を頭の中で解読するのに少しだけ時間がかかった。そして再び、声を発しようとしたところで、五反田正臣とまた重なった。

「それ、おまえのことじゃねえか」「それは永嶋さんのことですよね」

か？」
「どういうことなんですか。永嶋さんを英雄にでっち上げて、誰が得するんです
か？」
咄嗟に頭に思い描いたのは、何らかの政治組織や思想集団、特定の信仰を持った団
体が、自分たちの理念を実現するために、肝入《きもい》りのメンバーを政界へ送り出すという
構図だった。そのために、英雄を捏造することは十分にありえる話だ。だから私は、
「その緒方という男たちに、あなたは利用されたということですか？」と、半ばこれ
が事の真相だろうと決め付け、ぶつけた。が、永嶋丈の返事は意外にも、「そうじゃ
ない」と先ほどと同じ、あっさりとした否定だった。
「じゃあ、どういうことなんですか」
「うまく説明ができるかどうか自信がないんだが」永嶋丈の物言いは、本当に自信が
なさそうな青年じみていた。「動物の進化を思い出してくれ」
思い出してくれ、と言われても、進化してきた思い出などないのだから困る、と五
反田正臣が言い返した。
「動物はある明快な目的を持って進化してきたわけじゃない。たとえば、キリンは、
首を長くして、高い木の餌を食べようとして、首が長くなったわけじゃない。ある
時、たまたま、首が長い突然変異が登場した。そして、それがたまたま、環境に適応

しやすかったために生き残った。そうだろ？」

「進化のことなんてずっと昔からいろんなことが主張されて、どれが正しいかなんて分からねえよ」五反田正臣は、永嶋丈の断定気味な言い方が気に入らなかったようだった。

「それがどういう関係があるんですか」私が興味を持っているのは、進化の話よりも播磨崎中学校の話だった。

「進化は試行錯誤なんだ。正しい進化の仕方や方向性なんて、明確に存在していない。長い時間をかけて、突然変異と適応による生き残りが繰り返される。その結果、生き延びていく」

「だとしたら？」岩手高原で会った安藤詩織が、いつだって試行錯誤の日々だと語っていたのを思い出す。

「国家と呼ばれるものもそれと似ている」

「国家が？　国家は動物じゃないですよ」

「いや、ある一面で動物に近い」永嶋丈は言い切る。「国家は、機械的で、システマチックなものでは決してない。そう思わないか？　いろんな人間、政治家や官僚のエゴや自尊心、嫉妬や欲望が複雑に絡み合って、予想もしない現象を起こす。動物の行動と同じで、論理的には計算できない」

「論理的に計算できないなんて、国家じゃないですよ」私は言った。「憲法や法律があるじゃないですか。法律を守る、という論理はあるはずです」

「そうじゃない。国家は、憲法や法律よりも当然、長生きをしている。そうだろう？法律なんてものは、始終、変わっているんだ。国家はもっと複雑な欲望のために生きている」

それを聞き、私は、井坂好太郎の言っていた、「国家の目的は、国民の暮らしを守るわけでも、福祉や年金管理のためでもない」という話を思い出していた。国家は自分が存在し続けるために動く。彼も確かにそう断言した。

「よし分かった、国家は動物でいいよ。で、どうなるんだよ」五反田正臣が自棄を起こしたように言い、大石倉之助が、「五反田さん、自棄にならないでくださいよ」と宥める。

「動物というのは絶えず、進化の可能性を探してるんだ。突然変異の試行錯誤を繰り返している。国家や組織も一緒だ。見えない触手を無数に伸ばして、『変化のきっかけ』や『生き残る確率が増す道』を探してる」

「何だよそれは。何の話だよ」

「国家も同じだ。自分が生き残ることだけを考えている、生き物というわけだ」

「待ってください。播磨崎中学校の事件がどう関係するんですか。永嶋さんは、英雄に仕立てられた。国家が生き延びるために、英雄が必要だったということですか？」

「英雄が出現することは、国家の最終目的ではない。ただ、出現することもある。そういう話だ」永嶋丈は言う。「そうやって、国家が動くこともある。たとえば、第二次世界大戦を主導したのは、強い権力を持った、ある個人だ。歴史家のA・J・P・テイラーが言うところの、戦争の指導者だよ」

「どこのテイラーさんだよ」

「たとえば、ヒトラー、たとえば、スターリン、たとえば、ムッソリーニ、ルーズベルト。彼らは何らかの目的を、思惑を抱えていて、そのぶつかり合いやすれ違いが、世界大戦を継続させて、終結させた」

「ここで、戦争の話かよ」

「戦争の話じゃない。もっと大きな話だ。独裁者や指導者は、見方によれば、英雄とも呼べるかもしれない。国家や社会には、周期的にある種の英雄が出現する。戦争に発展することもあった。戦争により、科学や工業が発達することもある」

「戦争のせいで、科学や工業が破壊されることもありますよ」大石倉之助は怯えているにもかかわらず、それだけは指摘したかったようだ。

「それでいいんだ。破壊されれば、また、動き出す。動物や国家にとって一番、回避すべきことは停滞だ。変化がなく、動きがない状態は、死に近い」

「国民や民衆は、指導者の登場を待ち望んでいる、そう言いたいんですか？」

永嶋丈は首を横に、ゆっくりと振った。「違うよ。国家は時に、暴力的な、もしくは無慈悲なシナリオを起動させて、国民に自分の存在を示す。そうなっているという話だ」

「国家が存在を？」

「そうだ。いいか、人間は放っておけば、自分のために生きるようになっている。個人の営み、個人の欲求を維持することに必死になる」

「まあ、そうだろうな」

「それではうまくいかなくなる」永嶋丈が言い、五反田正臣は、「何がうまくいかねえんだよ」と不愉快そうに声を上げたが、私には察することができた。「仕組みだ。人間や国家を超えた、大きな仕組み、そうですね？」

永嶋丈が、私を見る。

「アリは賢くない。けれど、コロニーは賢い」私はその台詞を口に出している。

ザッツライト、と気取った声がどこかで鳴る。

「アリの一匹ずつは賢くない。単純な行動しかできない。ただ、コロニー全体はうまく機能している。そう聞きました。それは人間も同じだと」

「アリと人間は違うぞ、渡辺」

「五反田さん、そうなんです」私は、井坂好太郎に言われたように、言った。「アリのコロニーはずっとうまくいく。今までうまくやってきた。ただ、人間には自我があります。さっき永嶋さんが言ったように、個人の欲望のために生きている。個人の勝手が多くなれば、そのうち、コロニーのための動きがうまくいかなくなるのは間違いないです」

「その通りだ」永嶋丈が言う。

「渡辺、褒められたぞ、良かったな」五反田正臣がからかうように、私に言った。

「だから」永嶋丈が指を立てる。「システムは定期的に、人間の個人的な営みを、国家のために捧げるように、調整を行うんだ」

「国家のために捧げる？　それがヒトラーの登場っていうのか」

「指導者の登場はその一例だ。一人一人の自我が強くなり、自由が蔓延していけばいくほど、システムは機能しなくなる。だから定期的に、個人よりも大きな仕組みがあることを、その存在感を主張しなくてはいけない。国家は、国民に認識されるために、運動を続けるんだ。周期的に、自分の存在を強烈にアピールする」

「ばらばらになりそうになったアリたちを、ぐっとまた、結束させるんですね」

永嶋丈はうなずく。「指導者、独裁者や支配者はある期間を過ぎると消えていく。あくまでも指導者の登場は、国家にとっての運動のひとつに過ぎない。『そうなっている』という、ただそれだけなんだ。経済が動く、政権が入れ替わる、時に暴力的な戦争が起き、時には穏やかな期間がある。周期的に、それが起こるべき時に起きるし、いつだってその変化の機会を探している。個人個人は、自我を肥大させ、個人の欲望に夢中になる。そしてまた、国家のもとで統一される。繰り返しだ」

「賢いコロニーに戻るためにかよ」五反田正臣が言う。

「そうだ。そして、播磨崎中学校の事件は、英雄登場のプロセスを始動させることになった。おそらく、国家が、そういう運動を起こすきっかけを探していたからだ。緒方はそれを敏感に察知した。動物は、国家は、絶えずさまざまな可能性を探っている。トライして、失敗する。それを繰り返す。気が遠くなるほど繰り返すし、いくつもの可能性を追う。単純なルールのもとに、複雑な動きを見せる。そうだな、まさにアリのコロニーと同じだ」

「よく分かんねえな。何だよそれ。もっと、分かりやすく言えよ。誰が首謀者なのか教えろよ」

「首謀者はいない」

「緒方って男じゃねえのかよ」

「緒方は意識的に、俺を英雄に仕立てあげようとした。が、首謀者じゃない。彼も部品だ。自覚的ではあるが、部品でしかないんだ」

「部品？　ロボットみたいに？」私が質問をぶつけると永嶋丈はまた首を振った。

「うまく説明ができない」と少し悩んだ後で、「さっきも言ったが、ヒトラーという戦争の指導者がいた」と例え話をはじめる。「ヒトラーは最初からヒトラーだったわけではない。ヒトラーが権力を握る前、ある国防大臣が邪魔だった時期がある。目の上のたんこぶというやつだったんだ。ただ、ある時、その国防大臣が、売春婦の過去を持つ女性と結婚した。すると、評判が落ち、その国防大臣はフェイドアウトせざるを得なくなる。そして、ヒトラーは国の全権を握りはじめたんだ」

「それが？」

「見方によっては、その結婚は、ヒトラーの登場を手助けしたとも言える。だが、国防大臣もその女性も、自分たちが部品だったとは思っていない。ましてや、首謀者がいて、ヒトラーのために、彼らの結婚を仕組んだわけでもない。彼らが恋愛感情や欲求に従った末に結婚をしただけだ。結果、ヒトラーには道が開けたわけで、ドイツが変わることになった。ドイツが変われば、他の国々にも変化が起きる。イギリスのチャーチルは、自分の生涯唯一の目的は、ヒトラーを倒すことだと言ったらしい。その思いがイギリスの戦争参加を促した可能性はある。ようするに、そんな個人の思惑や欲望で、大勢の人間の状況が絡み合っていくんだ。誰かが詳細なシナリオを描いたわけでもない。ただ、そういうものなんだ」

「そういうもの、って言われても」私は嘆く。

「たとえば、だ。君たちは独自のドラマを経て、ここに来た。先ほども言ったように、今日、やはり独自のドラマを経由して、やってきたニュース記者もいた。さらに、だ。この時期、あの事件についてのドキュメンタリー映画が公開されている」

「それは全部、繋がっているのかよ」

「紐のように繋がっている、とは言いがたい。誰かが仕組んだわけではない。もっと大きな、同じ流れに乗っている、そういうものなんだ」

「偶然というわけですか」

永嶋丈はうなずきながらも、首を横に振るような曖昧な反応を示す。「偶然だが、偶然ではない。そういう流れがあるということだ。記者も、ドキュメンタリー映画を企画した人間も、そして君たちも、それぞれが自分たちの思惑と信念で行動しただけだ。それが同時期に起きた」

思えば私たちが、この事件に巻き込まれたのはあの出会い系サイトの仕事のせいだった。そして、出会い系サイトの仕事がどうして発生したかといえば、国産ブラウザの仕様が変更になり、プログラムの修正が必要になったからだ。つまりは、国産ブラウザの仕様変更がそもそものきっかけとも言える。永嶋丈の言うことを信じれば、その、ブラウザの仕様が変更されたことにも、何らかの理由があるのだろう。探れば、くだらない誰かの事情がきっかけかもしれない。同じ川を流れる、「偶然だが、偶然ではない」出来事がいくつもあるのだろうか。

永嶋丈の喋っていることを考えれば考えるほど、意味が分からなくなった。詐欺師が、人を騙す際に小難しい屁理屈をこね回し、煙に巻こうとしているのに似ていた。というよりも、実際に煙に巻こうとしていたのか。

五反田正臣は、「まあいい」と話を変えた。「とにかくおまえは、英雄になることに乗り気になった。それは確かだろ？　口封じとでっち上げの共犯者だ」

「そうだ」永嶋丈は認めた。「俺は昔から政治に興味があった。学生時代にさまざまな本を読むうちに、自分なりの国家のビジョンを描いてもみた。あえて言うなら、政治家として力を発揮する自信もあった。ただ、コネクション、金、上手な世渡り、そして、根気、そういったものは俺にはなかったからな、諦めていたんだ。そうであるのなら、本を読む時間がたっぷり確保できる、施設の管理人でもやろうかと、そんな気持ちから仕事をしていた」

それもすべて流れの中ではないか。私は思わずにはいられない。

「何だかんだ言って、ようするに、おまえは利用されたってことだな」

「もちろん、それは分かっていたよ。俺も馬鹿じゃない。逆に俺も利用するつもりだった。この機に乗じて、政治家となって」

「英雄となって？」

「自分が、良いと考える国を目指していく。これはたぶん、悪いことじゃない。そう信じていた」

スポーツ選手だっただけあって単純だな、と私は思うのと同時に、スポーツ選手だっただけあって、裏表《うらおもて》がなく気持ちがいいな、と思っていた。

それじゃあ、と永嶋丈が立ち上がる。堂々とした立ち姿はこちらが見惚れてしまうほどだ。「俺はここで退出だ」

「待ってください。どこ行くんですか」大石倉之助が慌てた。

「君たちの知りたいことを、俺は説明した。ここでの俺の役割は終わりなんだ」

「ちょっと待ってください。説明だけではなく、僕たちを解放してくださいよ」大石倉之助がとたんにがたがたと身体を揺らしはじめた。身の危険を感じた羊が、最後の抵抗を示すかのようだ。

永嶋丈はドアに向かって、進めていた歩みを止め、「残念だがな、まだ解放はできない」と通る声で言った。

「俺たちはどうなるんだよ」五反田正臣はあまり、恐怖を覚えている様子でもなかった。

「俺たちは英雄に見捨てられるんですか」

「プロセスはまだ動いている。プログラムと言ってもいいかもしれない。国家という生き物が生み出す、プログラムだ。あとは、賢いシステムの動きに任せるだけだ」

「システムは何を目的にしているんだよ」

「分からない」永嶋丈は即座に答えた。「いや、その時々で目的はあるはずだが、俺たちから見れば、その目的は時の経過とともに、消えていくんだ」

「どういうことですか」

「たとえば、だ」永嶋丈はその鋭い目を、私に向けてくる。「議員の俺たちの前に立ちふさがるのは内閣法や国会法だ。官僚が大昔に作った法律で、俺たち政治家は身動きが取れなくなっている」

「そんなのは勝手な言い分だろうが」

「かもしれないな。では、どうして昔の官僚たちはそんな法律を作ったんだ？　当時の官僚たちは、政治家を自由にするとろくなことにならない、と考えていたからだ。政治家たちの好きにやらせると、社会は腐っていく。だから、法律で歯止めをかけようとした」

「いい話じゃねえか」

「だがな、数十年も経つと、その仕組みが結局、官僚たちに大きな力を与えることになった。魔物を封じ込めたやつが魔物になった、というわけだ。目的は常に変化する。法律の目的一つ取っても、そうだ」

私はそこであることに気づき、呻き声を上げたくなった。

先ほどの会話の中で、ゴッシュは検索を行った人間の個人情報を、接続業者のシステムから取得しているのだ、という話が出た。

その接続業者のシステムは、そもそもはネット犯罪の抑止やネットの悪用者を特定することを目的に、整備された物だったはずだ。

手塚聡の話によれば、安藤潤也がそれに関わっていた。安藤潤也はもちろん、社会の役に立つために、ネット悪用者を少しでも減らすために、その支援を行ったはずだ。

が、今やそのシステムが、特定の検索を行った人間を甚振《いたぶ》るためにも利用されている。

安藤潤也の信念や期待、システムの本来の使用目的は徐々に変容していき、人々のためになると思ったものが、人々を苦しめているわけだ。まさに今、永嶋丈が言った通り、目的はつねに変質していく。

「おい、俺たちをどうするつもりだ」五反田正臣が繰り返す。

「そこは俺の役割の範疇じゃない。ただ、これだけは言える」

「何だよ」

「口封じを有効にするのは、恐怖と苦痛だ」

ドアがノックされる音が響いた。

私の胸がきゅっと締まる。これから、酷いことが起きる、その合図だと分かったからだ。

永嶋丈がドアに向かっていこうとする。大石倉之助が甲高い悲鳴を上げた。身体を揺すり、わあわあと騒ぐ。おい大石、おい大石、とさすがに五反田正臣も慌てるほどの、悲鳴だった。

ピッという軽やかな音がした。私の背後にあるテレビモニターの電源が入ったらしく、音が聞こえた。

「テレビでも見て、落ち着いてくれ。何か面白い番組でもやっているかもしれない」

永嶋丈は言い残し、入り口へと向かう。

『ようこそ国際パートナーホテルへ』モニターはまず、ホテルのインフォメーション画面が表示される仕組みらしく、愛想のいい女性の声が流れてきた。『非常時における、こちら、部屋番号一一二九の避難経路を表示します』とさらにアナウンスは続く。

非常時といえば、今がまさにその非常時だ、と私は顔をしかめる。避難したいのはやまやまだが、縛られて避難経路に行けない場合はどうすればいいのでしょうか、と訊ねたい。

『ご不明なこと、お困りのことがありましたらフロント○番を呼び出してください』モニターが能天気に続けた。

五反田正臣は、「おい、大石、フロントに電話して、ご不明なこととお困りのことばっかりです、って伝えろよ」と軽口を叩く。

永嶋丈はこちらを振り返らず、ドアを開けると、外に立っている誰かと言葉を交わしていた。永嶋丈が部屋を出て行くと、入れ代わりで、二人がやってきた。

私は瞬きができなかった。足元がすっと冷たくなる。床から恐怖が染み込んでくるようだった。自らの小便が漏れたのではないか、と思いそうだった。

二人のうち後ろからやってきたほうは、大きな、兎そっくりの面を被り、手には巨大な鋏を持っていた。岡本猛を拷問していたのと、おそらくは同一の人物に違いなかった。

49

拷問をはじめる。部屋に入ってきた男がそう宣言した。せっかく永嶋丈が立ち去り際につけてくれたテレビの電源を、あっさりと消した。部屋の中はまた、静まり返る。

「おい、誰が入ってきた？　どんな奴だよ、渡辺」隣にいる五反田正臣が言ってくる。私たち三人はホテルの広い部屋で一人がけのソファにそれぞれ縛られていた。お互いが背中を合わせるような配置で並べられ、大石倉之助はドアから逆方向を向いていたし、五反田正臣は視力を失っている。だから、私だけがその男たちをまともに見ることができた。「男が二人」と説明する。もちろん、その当の二人にも、私たちのやり取りは聞こえているが、いまさらこそこそと密談する意味もなかった。

「一人は兎の面を被っています」私は言う。

「兎？　何だよそれ。着ぐるみかよ」

「着ぐるみというより、もっと精巧で、でも大きくて」その面は、本物の剝製をもとにしたのではないかと疑いたくなるほど、毛から何からよくできていた。ただ、その巨大さから考えれば、本物のはずがない。「不気味です」

「うさちゃんか。お伽の世界みたいだな」

「そんなに可愛らしい感じじゃないです」私はその兎の男が、岡本猛の手足の指を切断していた人物だと分かっていたので、彼の手にある大きな鋏から目が離せない。鼓動が早くなる。自分の手の指から血の気が引くような、血液が体内の奥へ奥へと逃げ込むような、冷たさを感じる。

「もう一人は？」と訊ねられ、私は、「拷問をはじめる」と宣言した男に目をやる。

「兎男の飼育係かよ？」

兎の男の横に立つ男は、細身のキックボクサーのような体格だったが、顔をよく見れば、皺が多く、短い髪は白く、老人と呼んだほうが近かった。背筋の伸びた、しっかりとした立ち姿と、その年齢とのアンバランスさが不気味だ。

私はすぐに気づいた。今、永嶋丈が話をしたばかりではないか。「あれですよ、空港の駐車場で俺たちに向かって手を伸ばしていた人です」と言った。

「押し潰してきた奴か？」

駐車場で私たちが永嶋丈に近づこうとした時、他のボディガードたちと一緒にいたこの男は遠くで、手を動かした。その直後、私たちは床にへばりついた。手を触れられたわけでもないのに、見えない力で圧迫されるようになり、その場でうつ伏せのまま、身動きが取れなくなった。

「あれは」と私は呟いてしまう。「あれは、特別な力ですか？　超能力では」

「超能力だと？」前に立つ高齢の男が口を動かした。縁《ふち》なしの眼鏡に触れる。額や頬には皺がたくさんあったが、眉間にひときわ深い皺ができる。

「あの地下駐車場のところで、俺たちは身動きが取れなくなった。おまえがやったんじゃねえのか」五反田正臣は相手が誰であろうと、傍若無人で、敬語を使わない。

「なるほど、おまえたちはあの駐車場で、動けなくなった。それは、俺が超能力を使ったからだと言うのか」

「違うんですか」私は、超能力なるものを肯定しているような発言をしている自分が少し恥ずかしくもあったが、確認せずにはいられなかった。

「たとえば」男は言う。「あの空港の地下駐車場には、何らかのスイッチで、風が出ることになっていたとしたらどうだ。天井から、風の塊を噴出させることができる。人間がその圧迫で、床に押し付けられるくらいの風圧だとしたら」

「え」私は思ってもいない解説を受けて、戸惑った。「そんな設備があそこに」

「もしそうだとしたら、おまえたちが見えない力で動けなくなった理由も説明できる。そうだろう？　超能力じゃなくてもいい」

兎面の男が、私のもとに歩み寄ってきた。甚振られるのだ、と思い、足元から、背中へと寒気が走った。岡本猛の指が切断された場面が、頭の中で残酷さを増幅させたものとして蘇った。つまり、切れた途端に岡本猛が絶叫を上げ、落ちた指がその場で腐り、血がホースから流れる水のように勢いよく出る、そんな場面が見えたのだ。

顎を触られ、顔を上げると前に兎の赤い目があり、しかもその目があまりに巨大に見えたために、戦慄した。意識を失いそうになる。

兎面の男は、私の顎をくいっと持ち上げ、眺めた。次に食べる料理を決めかね、一品一品、匂いを確認しに来た風でもあった。私から離れると今度は、五反田正臣のところへ行き、同じように顎を触り、顔を近づけている。五反田正臣はそこで鼻を上向きにし、くんくんと匂いを嗅ぐ仕草をした。「品定めかよ。うさちゃん、俺は人参じゃねえぞ」

大石倉之助は、兎面の男が寄っていっただけで喚いた。「何これ、五反田さん、渡辺さん、何ですかこれ。何で、兎なんですか」

兎面の男が、私たち三人の周囲をまわっている間、高齢の男はまっすぐ立ったまま、それこそ、年齢を考えれば椅子にでも座ったほうが良いようにも思えたがそうするそぶりもない。

兎面の男がもとの位置に戻る。高齢の男と顔を見合わせると、無言でうなずいた。何かを決定した様子で、いったい何を決めたのか、と気が気ではない。

「誰なんだよ、おまえは。うさちゃんの飼い主か」五反田正臣が言う。

「誰でもいいだろう」と高齢の男が答える。

「緒方さんじゃないですか」私は、これはもう当てずっぽうに過ぎなかったのだが、言った。永嶋丈がさきほど、空港で私たちは緒方と会っている、と言っていたからだ。

「おお、あの有名な緒方ちゃんか」五反田正臣が大袈裟にはしゃぐ。おそらく彼も恐怖を抱いており、その恐怖を消したかったのではないか。「事件をでっち上げた、シナリオライターだろ」

「もう一人、いたな」高齢の男は、私の頭の中ではすでに緒方だと決定していたが、その緒方がぼそっと言った。私や五反田正臣の言葉を聞き流している。

「もう一人？」いったい誰のことか、と私は出口に視線をやる。もう一人、動物の面を被った男でもやってくるのか、もしくは立ち去った永嶋丈のことを言っているのか。

「空港で、おまえたちを捕まえる時に、もう一人いた。逃げた奴が」

佳代子のことだ。空港で逃げた彼女がその後、どうなったのか、分からないままだった。ここに連れてこられてから、永嶋丈の話を聞き、理解しようとするのに精一杯で、彼女を心配する余裕もなかった。急に、彼女の身について不安になる。

「あれは誰だ」緒方が訊ねてきた。

答える必要がない、という理由で私は黙った。答えないほうがいい、とも思った。すると兎面の男が動いた。私のところへ来るので、身体を強張らせたが、気づけば彼は脇を通り過ぎ、背後に回り、大石倉之助の前にしゃがんだ。大石倉之助は無様な悲鳴を上げた。

「あの逃げた奴は誰だ？　言え」高齢の男は、私の前で、質問を続ける。

と同時に後ろで、金物がこすれるような音がした。鋏だ、と分かる。兎面の男が鋏を開いたのだ。

「渡辺さん、渡辺さん」と大石倉之助が泣いている。「これ、指、切られるんですか？」

「おい、大石に何してんだよ。一番弱そうな奴を苛めるってのはどうなんだよ。そんなんで楽しいのか？」五反田正臣は目が見えないとはいえ、起きていることを把握している。

「こんな物騒なことをしないでも、知りたいことがあれば普通に質問してください」私は喋る速度が自然と早くなる。「あの、空港で逃げたのは俺の妻です。危険だから逃げた。それだけですよ」

「そうか」

「ええ、妻です」息が上がった。恐怖と焦りで、あっという間に呼吸が乱れていた。

「女か」緒方の声の調子が少し、弱いものとなった。逃げたのが女性だと判明し、警戒のレベルを下げたのかもしれない。

「なあ、俺たちにこんなことして、何になるんだよ」五反田正臣は苛立ちを露わにした。「さっさと家に帰してくれよ。いいか、俺たちがとてつもない秘密を握っていたり、特別な任務についていたりするんだったら、こうやって脅しつける意味も分かる。口を割らせるために、乱暴するのもきっと効果的だろうな。だけど、俺たちは普通の会社員だ。秘密を握っているわけでもねえし、物騒な計画を立てているわけでもない。ただ、永嶋丈と喋りたかっただけだ。無害もいいところじゃねえか。せいぜい、鬱陶しい蠅ってところだ」

「鬱陶しい蠅」男は意味ありげに、その言葉を、低い声で繰り返した。

「蠅をむきになって追いかけるなよ」

「まさにそれだな」

「どういう意味だよ」

「鬱陶しい蠅には、なるべく近寄ってほしくない。どうにか、遠ざけたい。誰だってそう思うはずだ。その場合、どうすべきかと言えば、一つには、全部を殺すことだ。殺虫剤を使うのでも、叩くのでもいい。とにかく、寄ってくる蠅を片端から殺して、処分する。これも一つのやり方だ。違うか？　ただ、効率的ではない。どこまでもどこまでも、最後の一匹まで追い続けて、始末しなくてはいけないんだからな、大変だ。だから、そうではない方法を取る」

「どういう方法？」

「寄ってきた蠅のうち数匹を徹底的に痛めつけ、そして、戻す」

「殺さずにですか」私は、羽の破けた傷だらけの蠅を思い浮かべるが、どうにも同情できない。

「そうだ。恐怖を与えるだけで、殺さない。そして、その蝿を戻す。そうすると、他の蝿が寄ってこなくなる」

「まさか」五反田正臣が失笑を漏らす。「ありえねえよ。聞いたことねえよ」

「科学的には証明されていない。ただ、そうなることを俺は知っている」

「それは」私は頭を回転させる。「その蝿が、あそこに行ったら危険だ、と仲間に教えるから？」

「それもある。が、教えなくても、伝わるんだ。巨大な恐怖や痛みは、自然と伝わるからだ。負の感情やエネルギーは伝播するからだ」

「伝播する？」私は同じ言葉を繰り返す。

「ねえよ、そんな理屈は」

「アリはもっと分かりやすい。どこかで危険な目に遭えば、『ここは危険だ』と知らせるフェロモンを残す。それを感知した仲間は寄ってこない。そうなっているんだ。フェロモンにしろ、何にしろ、その群れの中に共通のムードが広がる。人間も同じだ」

「蝿にムードなんてないですよ」私は咄嗟に言う。

「ムードや空気というものは、誰かの抱いた憎悪や恐怖や不安が、他の人間に拡散したものだ。集団が揃って攻撃的になったり、揃って臆病になったりする。人間の場合はそれを、新聞やテレビ、何よりネットが支援する。ムードの蔓延を後押しする。だから」緒方が軽く手を上げ、後ろで兎男がうなずくのが見える。「俺たちは、おまえたちを痛めつける。恐怖を与える。だが、殺すようなことはしない。ただ、そうすることで、恐怖は自然と他の人間に伝わる」

私はそこでまたしても、井坂好太郎の話を思い出した。彼は自分の本の感想をネットで書き、ほかの人間を誘導する、と言った。「人はな、他人が何を正しいと考えているのか、それをもとに判断をする」「他人の行動を参考にするんだ」と断言した。あれもムードの話なのか。

「『播磨崎中学校の事件や永嶋丈のことに首を突っ込んだら、怖いですね』なんて、みんなが思うっていうのかよ。無意識に？　ねえよ、そんなこと」

「いや、そういうことになっているんだ」男は言う。「分かりやすい話に変えれば、仮に誰かが、この事件のことを調べはじめたとする。そうした時に、痛めつけられた人間を見つける可能性はある。そして気づくわけだ。『あいつは、あの事件に首を突っ込んだからあんな酷い目に遭った。まさに、あれは、未来の俺ではないか』と」

そういうことになっている、と私はまた、心の中で唱える。そればっかりだ。すべては、システムになっている、と誰も彼もが言う。播磨崎中学校の事件の真相を調べようとした人間は痛めつけられる。そういうシステムなのか。

悲鳴が上がった。「渡辺さん！」と大石倉之助が言う。

私は必死に、縛られたまま身体を揺する。どうしたどうした、と首を振るが、何が行われているのかは把握できない。

「鋏が、指に」と呻いている。

「おい、やめてくれ」私は、もはや丁寧に喋りかけるのをやめた。「緒方さん、やめてくれ」

足元が湿ってきたことに気づいた。最初は影が伸びてきたのかと思った。が、そうではない。背後の大石倉之助が失禁し、その小便がだらだらと流れてきたのだ。涙まじりの、日本語とは思えない情けない声で、大石倉之助が何かを言ったが、聞き取れない。

「大石、落ち着け」と私は無力であるにもかかわらず、励ました。「落ち着け」おまえは、あの赤穂浪士を率いた大石内蔵助と同じ名前を持つ男だ、大丈夫に決まっているではないか、とも言いかけたが、そんなことは何の慰めにもならないと察し、やめた。

「大石、大丈夫だ。酷い目には遭わねえよ」五反田正臣は、大石倉之助が小便を漏らしたことは分かっていないが、危険は察知しているのだろう、どこか慌てた様子で、声をかけている。「安心しろ。ここは日本だぜ、法治国家だぜ、酷いことにはならねえよ。日本でござる、法治国家でござる」と言うが、声には焦燥感が溢れていた。私はといえば、混乱と焦りで、どうすべきか分からないでいた。考えないといけない、考えないといけない、と念じるが、頭の中に、砂嵐が発生したかのようで、その、「考えないと」という思い自体がすぐに掻き消される。大石倉之助をどうにかしないといけない、と思いつつ、どうすることもできない。

ふと、背中のほうで微かな笑い声が聞こえた。くぐもってはいたものの、嘲りに満ちた声だった。兎面の男が発したのだと分かる。「漏らしちまって、汚ねえな」と呟いた。本当に小さな声だったはずだろうに、どういうわけか私には、はっきりと聞き取ることができた。

胸の内側がぎゅっとつかまれた。内臓の管をぐしゃっとやられたようだった。頭に血液がいっせいに流れてくる感覚を覚える。

思考を掻き乱していた砂嵐が途絶えた。頭の中がさっと明るくなった。騒々しいノイズが消え、静寂が訪れる。そこに、浮かんだのは、見たこともない男女だった。ベッドに腰をかけ、女性のほうは入院着のまま赤ん坊を抱き、出産の疲れが残っているのか少し目に隈を作りながらも、優しい笑みをたたえていた。隣に腰を下ろす男は、古臭い髪型をし、やはりくたびれた表情ではあったが、それでも目を細め、あたたかい暖炉を前にするかのように、赤ん坊を見下ろしている。その乳白色の空気に包まれる、柔らかい幸福感に覆われた場面がいったい何であるのか、と私は一瞬、戸惑うが、それが大石倉之助の生まれた時の光景である、とすぐに直感していた。分かったのだ。白い産着《うぶぎ》の中にいる赤ん坊が、大石倉之助だ、と。

どうしてそんなものが頭に映し出されたのか。考える間もなく、その光景がぐらっと歪み、現在の大石倉之助の姿で塗り潰される。私のすぐ後ろにいる、泣き、恐怖し、失禁した大石倉之助だ。途端、私の目の前が暗くなった。ぶつんと管が、太い糸が切断される音がした。今度は溶岩でも流れ込んできたかのように、頭の中が熱くなる。

怒っているのだ、となかなか気づかなかった。私は怒っていることを自覚できぬほど、怒りで滾《たぎ》っていた。

兎面の男の漏らした、人を小馬鹿にした笑いと言葉に憤ったのだ。

「俺をやれよ」と声を上げている。「大石は放っておけよ。指を切るなら、俺をやれ」

室内が一瞬だけ、しんとなる。

「渡辺」五反田正臣が心配そうに言った。

「俺をやれよ！」すでに感情が抑えきれない。

「心配しないでも、おまえにも恐怖は与える。そういうことになっている」緒方は冷静かなまま、むしろ、私を哀れむようだったが、私はそのことを理解した上で声を張り上げずにはいられない。

「そういうことになっているだと。ふざけるな。システムだ、部品だ、仕事だと言ったところで、おまえたちはこれを楽しんでいる。そうだろ？　なんだかんだ、お題目を唱えたところで、おまえたちは単に、人を痛めつけることを楽しんでるんじゃねえか！」自分の人生の中で、使ったこともないような口調で、私は言葉を相手にぶつけていた。「人の自尊心をもてあそぶなよ」

興奮で息が切れる。呼吸を整えるために、胸を大きく上下させる。

「いいか、他人をもてあそぶな」

気づくと、私の前に、兎の面があった。

巨大な赤い目が、無感情ではあるものの、私を睨んでくる。

中にいる男の声が聞こえてくるようだった。「偉そうなことを言ってくれるじゃないか。ご要望通り、おまえから痛めつけてやるよ」と鼻息荒く、言っているようにも思える。

いつの間にか私の右手が引っ張り出され、そこに鋏が当てられていた。

「切れ」緒方が言う。

私は怖かった。が、頭の中はすでに憤怒《ふんぬ》で溢れんばかりであったから、恐怖が入る隙間もない。一瞬、手を引き抜きかけたが、すぐに思い直す。「こうしたほうが切りやすいんじゃないですか？」と指を鋏の刃に当てやすくしてみた。

兎面が少しだけ、私の顔を見直した。

この兎面の男に拷問されていた岡本猛の映像を思い出していた。「どうせ、手の指切った後は足の指、それでもって次は俺の性器だろ。ありきたりだな」と彼の台詞を真似して言った。恐怖はあったが、それに構っているほど冷静でもいられない。

「おい、渡辺、どうしたんだよ」五反田正臣は、私が精神的に壊れたと思ったのかもしれない。

勇気はあるか？　いるはずのない岡本猛が耳元で囁いてくる。

あなたには特別な力があるのよ。いるはずのない妻の佳代子が、反対側の耳に言った。

頭のどこか、芯のあたりが、光る。

50

「佳代子！」妻の名前が飛び出し、私は驚いた。その声を発したのが、五反田正臣だったからだ。

鋏を指に当てられてはいたが沸き上がった憎悪で煮え滾り、目を瞑ってたまるかと思っていた。が、やはり顔を背けずにはいられず、右に逸らした。すると、五反田正臣の横顔が目に入った。いよいよ、刃が当たる、と覚悟した瞬間、意識が遠のきそうになった。頭が重みを増し、圧縮されるような窮屈さを覚える。何も考えられなくなる。コールタールじみた粘り気のある黒々としたものが、思考の歯車に絡み付いている。恐怖と怒りのコールタールだ。焦りが全身を襲う。が、その焦りすら、粘り気で鈍くなっていく。その時、佳代子の姿が過ぎった。

私は、彼女の名前を呼ばずにはいられなかった。

「佳代子！」と叫んだ。叫んだつもりだった。が、そこで実際に、「佳代子！」と声を発したのは五反田正臣だった。

突然の大声に、私の指をつかんでいた兎面の男も動作を止めた。私と兎男は、五反田正臣に目をやる。どうして彼が、私の妻の名前を大声で叫んだのか、まったく分からなかった。

「五反田さん、どうして」と私は混乱をそのまま、口にする。その瞬間。怒りや興奮が消えていた。

五反田正臣は返事をしなかった。サングラスのまま、うな垂れるようにしていた。

「五反田さん」ともう一度、強く名前を呼ぶ。ようやく反応があった。今まで眠っていたかのような、顔つきだった。「どうした、渡辺」

「どうしたじゃないですよ。何で、俺の妻の名前」

「おまえの奥さん？　名前、何だっけか。この状況でどうしてそんな話なんだ」

「今、叫んでましたよね」

「俺が？　叫んでねえよ」

「いや、叫んでましたよ」私は思わず、目の前にいる兎面の拷問者に、「ねえ？」と訊ねてしまう。「佳代子って言ってましたよね」

大きな鋏を持ち、私の右手人差し指を切ろうとしていた兎男は、その赤く不気味な目を向けるとこくりと顎を引いた。

「俺がどうして、おまえの奥さんを呼ぶんだよ。大石、どうなんだ。俺がそんなこと叫んだか？」

大石倉之助は精神的にかなり疲弊していただろうが、弱々しい声で返事をした。

「五反田さん、言ってましたよ。『佳代子』って」

「佳代子って誰だよ」五反田正臣が喚く。

「なるほど」そこで一人、冷静に言葉を発したのは緒方だった。私たちのやり取りをじっと、見つめ、呆れることも、怒ることもない。観察者の顔つきだ。緒方は、私をじっと見て、「おまえが」と言った。「おまえがやったんだな」

「俺が、何を？」

「たぶん、おまえは自分で、配偶者の名前を念じたんだろう。そして、それが隣のその男の口から飛び出した。そういうことだな」

配偶者という言葉の堅苦しさに辟易しながらも私は、緒方の説明の先が気になる。

「ずいぶん昔、似たような芸当ができる奴に会ったことがある」緒方には懐かしむ様子はなかったが、口元が少し緩んだのは見えた。

「似た芸当？」私は訊ねる。

「腹話術の変形とでも言ったほうがいいのかもしれない。とにかく、自分の言葉を相手に話させる力だ。人形ではなく、人間に対して行う腹話術だ」

腹話術、と小声で呟いてみる。小さな手品にも似たこぢんまりとした響きに、滑稽さを感じた。

「何だよそれは。相手に、思ったことを喋らせるってのは」五反田正臣の声は大きいままだ。

「特殊な能力だ。どうして、この男にそんなことができたのかは分からないがな、そういう芸当をやった可能性はある。現に今、おまえは、この男の配偶者の名前を呼んだ。そうだろう？」

どうして俺にそんなことができるのか？　緒方は分からないと言ったが、私には見当がついていた。盛岡で会った安藤詩織や愛原キラリのことが頭にはあったし、井坂好太郎が言っていた台詞のこともあった。

私には、安藤潤也と血のつながりがある。たぶん、それが理由だ。

盛岡で読んだ、手塚聡の漫画のこともあった。安藤潤也の兄がモデルだという、その漫画の中の男は、まさに腹話術によって、敵と闘おうとした。

「緒方さん、あなたが知ってるその、腹話術を使う男は、死んだんじゃないのか」と言ってみる。漫画では、安藤詩織の見た夢によれば、そうだった。すでに私の口調は、親しい友人に向けるものよりも乱暴になっている。遠慮や気遣いなど、とうに吹き飛んでいた。「その男は、政治家の演説を聞きに行って、そこで死んだんだ」

「どうして知っている」緒方の目が細くなる。こちらの表情の変化や嘘を見逃すまいとしている。

「政治家、犬養の演説だったはずだ」と私は言う。

緒方は瞼を閉じた。「犬養舜二とは、昔、一緒に仕事をした」と彼は言う。目を見開く。有名人と面識があると自慢するような気配はなく、過去の時間を懐かしんでいるようだった。

犬養舜二という政治家がいかに、国民の支持を集めていたのか、いかに強固な信念とビジョンを持っていたのかを喋りはじめた。国民がその犬養に魅了され、引き寄せられ、時代がダイナミックに動いていくのは横から見ていても、興奮した、と話す。淡々と、感情を抑えた緒方に、湖面に風による波が小さく立つ程度ではあったが、高揚が見えた。冷静沈着の権化のような緒方の心を波立たせるほどの力が、犬養舜二にはあるということなのか。

「犬養もやっぱりシステムに組み込まれているだけだったんだ」と私は言っていた。安藤詩織の言葉も過ぎる。彼女が言うには、犬養自身が、「結局、自分はシステムの一部に過ぎない」と洩らしていたのだ。「犬養は自分が利用されていることに気づいて、だから逃げたんだ」

「おい、渡辺、利用されてるって誰にだよ」

「誰とかじゃないんですよ。永嶋丈も言っていたじゃないですか。これは、国家とかそういう大きなシステムの話なんです」

「またシステムかよ」五反田正臣はげんなりした声を出す。「何でもかんでもシステムのせいじゃねえか。俺たちがシステムエンジニアだからかよ」

「いえ、これには設計者はいません。仕様書や設計図なしのシステムです」

永嶋丈の話に出てきた、ヒトラーやムッソリーニの名前を頭に並べる。彼らは世論を味方につけながら頭角を現わし、指導者として君臨し、国家を動かし、さらには世界に影響を与えた。そして、最終的には、没落し、死んだ。

出汁《だし》を取るために、鍋に入れられた肉のことを考えた。

高価で、貴重な肉だ。ぐつぐつと煮立った鍋の中で、旨味を充分に出し、料理に貢献するが、最後の最後は抜け殻の味気ない塊となるだけで、捨て去られる。その肉がなければ料理は完成しないが、料理には入らない。周期的に出現する指導者や英雄は、まさにその、出汁のための肉ではないか？　国家が生き長らえるために、力を発揮するがそれだけ、そういう存在ではないのか？　犬養はそのことを直感的に感じたのかもしれない。だから、政治の舞台から去った。そして、違う形で、国家や国民を支えることができないかを模索し、それが資源開発に繋がった。そうではないか。安藤潤也とともに行動したのはその試行錯誤の一環だったのではないか。

「永嶋丈も、犬養と同じだ」私は指摘する。「英雄として利用されて、いずれ捨てられる」

緒方は否定しなかった。「まあ、永嶋丈と犬養舜二ではずいぶん役者が違う」と生徒を評価する教師のようでもあった。役者が違う、とは優劣を意味するのか、それとも種類が違うだけという意味なのか分からない。「とにかく、今はその話はいい」

「じゃあ何の話だよ」私は今までの人生でなったことがないほどに、喧嘩腰だ。

「おまえの力の話だ。その腹話術だ」緒方は、「残念だったな」と同情するように言う。

「残念？」

「おまえは追い込まれて、特別な能力を発揮した。だが、そのせっかく出た力が、そんな腹話術に過ぎないとは」緒方はますます、私を哀れむ。「残念だったな」

何を馬鹿な、と言い返すこともできない。彼の言葉は実際、その通りに思えた。ようやく飛び出した特殊な能力が、腹話術とはいったい何の喜劇なのだ。

緒方は自らの腕時計を見た後で、「痛めつけろ」と兎面の男に言い放った。兎面の男が、私に向き直り、鋏を鳴らす。その面のせいで彼の表情は分からないが、おそらくは、人を痛めつける快楽を前に、品のない笑みを浮かべているのだとは想像できた。憎しみと怒りが私の身体を巡る。

電話が鳴ったのはその時だ。私の尻ポケットから、「君が代」のメロディが軽やかに聞こえた。室内にいる全員が、そのメロディに気を取られる。兎面の男が手を伸ばし、携帯電話を引き抜いた。拷問を中断されることが心底、苛立たしいようだった。

手渡された緒方はその携帯電話を開くと、「さっきの名前だ」と言う。

「佳代子？」

「おまえの配偶者か」

佳代子の姿を想像する。今、どこにいるのか。電話をかけてきたということは、逃げ切れたということだろうか。無事なのか？「妻が無事かどうか」と私は思わず、言っている。「確認してくれないか」

緒方が携帯電話を握ったまま、私をじっと見る。

「妻は無関係だから」

世の中で一番つらいのは、お別れだよ。そう言った佳代子の声が耳元でする。彼女を失うことが恐ろしくて仕方がない。

緒方がそこで、電話を耳に当てた。私たちは指示を出されたわけでもないのに、静まり返る。

「今、おまえの旦那は、ここにいる。そうだ。三人ともだ。三人ともここにいる」

「佳代子、逃げろ」私は、彼女を巻き込みたくはなかった。大声で、携帯電話の向こう側にいる妻に届くように声を張り上げた。が、すぐに口を覆われた。兎面の男がその手袋をした手で、私の口を塞いだ。本物の兎さながらの、生臭い匂いがした。

「そうだ。国際パートナーホテルの一一二九号室だ」

緒方がこの場所を説明した。妻の佳代子についてもここに呼び、痛めつけようとしているのだ。「そういうことになっている」からだろうか。緒方がちらっと視線を向けてきた。冷たい目ではあったが、絶望する私の表情を確認したがっているようにも見えた。悔しさで、頭に火がつく。脳の中の回線がぷつりぷつりと音を立て、切れていく。切断され、さらに繋がる。回線がほぐれ、次々と新しい接続をはじめる。目の前が暗くなりそうなのを、ぐっと堪える。頭の重さに耐える。私は、携帯電話を持つ緒方を凝視し、気づくと心の中で台詞を唱えている。

「佳代子、来たら駄目だ。来るな」私は念じた。そして、緒方の口から同じ言葉が飛び出した。五反田正臣が、え、という具合に姿勢を正し、兎面の男もまた振り返った。

緒方は何事もなかったかのように、電話を切り、私のその携帯電話を落とした。床に衝突し、転がる様は、なされるがままに暴力を振るわれる惨めな私たちの暗喩だと思えた。

「おまえには悪いが、おまえの配偶者にも来てもらう」

「渡辺さん」私の背中側にいる大石倉之助がささやくように言ってきた。「今の」とためらいながら、「腹話術なんですか」と訊ねた。私は返事ができなかった。ただ、信じはじめていた。私の思った言葉を、緒方が口にした。それは間違いない。そして、当の緒方はそのことに気づいていない。

「そう遅くないうちにここに来るはずだ」緒方は言った。

兎面の男が立ち上がった。先ほどの電話の最後に緒方が、「来たら駄目だ」と発言したことについて確認したかったのかもしれない。私に躊躇はなかった。緒方を再び、見つめる。要領は分からなかったが、悩んでいる暇もない。

「慌てるな。問題はない」と私は思った。

「慌てるな。問題はない」緒方が言った。

兎面の男はその言葉に顎を引くと、しゃがみ、鋏を構え直した。咄嗟に私は閃いた。先ほど、緒方が喋ったことを逆手《さかて》に取ろうと思いついた。「このまま、しばらく待て。配偶者が来るまで待つ」と緒方に言わせたのだ。

兎面の男が首肯する。拷問のお預けに、不満そうでもあったが、動作を止めた。

静まり返った時間が少しの間、過ぎた。緒方はおそらく、佳代子がやってくるのを待っていたのだろうし、兎面の男は、緒方からの指示を待っていた。いつ、緒方が、「どうして痛めつけないんだ」と兎面の男に言い出すのかと私はびくびくする。

できる限り時間を稼ぎたかったが、稼いだ結果、どうやってこの場を切り抜けるのか、そのアイディアは一つもなかった。むしろ、佳代子が来てしまったら、元も子もない。そう気づくまでにまた、時間がかかった。

しばらくして私は、「おまえたちのやっていることは、権力をかさに着た暴力だ」と緒方に向かい、言わずにはいられなかった。

「違う。これはもっと大きな目的のためだ」

「人間は大きな目的のために生きているんじゃない」私はすぐに言い返す。自分自身も誰かに言わされているのではないか、と思うほど、突然の台詞だった。「もっと小さな目的のために生きている」

「違う」緒方はすぐに言う。はじめて、嘲笑のようなものも浮かべた。「社会や世の中の複雑さを知らない、子供のたわごとだ」

「違う」私は同じ言葉で言い返す。「複雑にできているのは知っている。ただ、大きな目的を言い訳にするのは卑怯だというだけだ」

社会はそんなに単純ではないのだよ、という言葉は、青臭い若者に対し、「大人になれよ」と教え諭すかのような優越感に満ちていて、私を不快にする。が、不快とともに、無力感を覚えるのも事実だ。「どちらにせよ、今、俺たちは自由を奪われている。立場の差は歴然だ」

「そうだ。これが現実だ」緒方が言う。

そうだ、これが現実だ、大人になれよ渡辺、と私は自分に言いたくなる。井坂好太郎の呼びかけのようでもある。

「渡辺、宇宙の力を考えろ」と脈絡もなく、唐突に言ったのは、五反田正臣だった。

「寝ぼけているんですか？」私は聞いた。

「寝ぼけてねえよ。チャップリンの映画だよ」五反田正臣はかすかに笑っていた。

「『ライムライト』の話を前にしたろ。あれでよ、チャップリンが、女に言うんだよ」

どうしてここでチャップリンが登場するのか、分からなかった。

「『宇宙の力を考えろ。宇宙の力で、地球は動き、樹木は育つ』」五反田正臣ははっきりした声で言った。「そして、チャップリンはこう続ける」

「どう続けるんですか」

「『その宇宙の力は、君の中にもある』とな。そう言うんだよ」

宇宙の力は、君の中にもある。

その言葉の心強さに、私は感激し、迂闊にも涙ぐみそうになった。俺の？　と思った。俺の中にもあるのか？　宇宙の力が。

緒方は、五反田正臣のたわごとなど興味もなさそうだった。「おい、どうした？　何をもたもたしているんだ？　さっさと指を切れ」と、何もしようとしない兎面の男に気づいた。

兎面の男がまた、立ち上がる。私はすぐに緒方を睨む。喋れ、と念じる。

「そうだ、フロントに電話をしろ。ルームサービスをまず頼め」と言わせる。ルームサービス？　と兎面の男が首を傾げた。

「別の工具を持ってきてもらえ。何か痛めつける工具でも」

兎面の男は違和感を覚えながらも、こくりとうなずいた。私には勝算もなければ、見通しもなかった。どうにか誰かをこの部屋に呼び込めないか、と思っただけだった。ホテルの従業員でも良いから、誰かがこの室内に来たら、突破口にならないか？

もし、何者かがやってきたら、そこで大声を上げるなり、腹話術を使うなりすれば、ここで行われている物騒な出来事を知らせることができるかもしれない。そう期待しただけだった。

ドアがノックされる音が聞こえたのは、そこでだ。

緒方が部屋のドアに目をやった。

え、と私は思った。まだ、フロントに電話をかけたわけでもない。なのに、誰が来たのだ？

緒方も警戒心を浮かべ、兎面の男と私たちを眺める。

ドアがまた、ノックされた。続けて、チャイムも鳴らされる。室内についたインターフォンモニターに緒方が近づき、確認すると、「ルームサービスです」と廊下で発せられた声が聞こえてきた。

すぐに分かった。私の妻の声だ。

51

急に訪れたルームサービスに、正確にはそれはルームサービスのふりをした佳代子だったのだが、その呼び出しに緒方は眉をひそめていた。部屋についたモニターを見ながら、「そんなものは頼んでいない」とむげに言っている。

私は咄嗟に、緒方を睨む。目に力を込める。

「鍵を開けて、ルームサービスを中に入れろ」と私は念じる。

「鍵を開けて、ルームサービスを中に入れろ」緒方が言った。

それを自分への命令だと解釈した兎面の男は、「本当にいいのか？」と言わんばかりに肩をすくめた。私はすぐさま、「早くしろ」と緒方の口で言わせる。

兎面の男は逆らうつもりはないらしく、首を傾げながらも入り口まで歩いていく。

腹話術の力がどういうものなのか、私自身も理解していなかった。ただ、喋らせている間、その本人は意識が飛んでいるのかもしれない。緒方は、どうして兎面の男がドアを開けにいったのか理解できないようだった。

ドアが開いた。

「ルームサービスです。お待たせしました」と軽やかな佳代子の声がした。嬉々とした様子すらあり、ルームサービスのワゴンを押しながら、部屋の中にどんどん入ってくる。

「おい、おまえは」と緒方が指を向けた。「誰だ」

「フランクリン・ルーズベルトの知り合いの、フランクリン・ルームサービスです」

佳代子は、ワゴンから離れると手ぶらであることを示すためなのか、両手をひらひらとさせた。

私はそこで、「佳代子」と声を発していた。そうすることが得策なのかどうか、彼女の正体をばらして良いのかどうか、考えていなかった。彼女が無事であることに安堵し、再会できたことが嬉しいがあまり名前を呼んでいた。呼んでから不安に襲われる。

「おまえの配偶者か」緒方はふっと強張りを解いた。兎面の男に目配せをした。うなずいた兎面の男はその大きな、生々しさを備えた兎の顔で、佳代子に近づいていく。手には鋏を持っていた。

「夫婦揃って、大人しくしてくれれば、すぐに終わる」緒方の口ぶりには余裕があった。それはそうだろう。堂々たる体軀の、武器を装備した男がやってきたのならまだしも、ごく普通の、華奢な外見の人妻が丸腰でやってきたのだから、警戒する必要は感じないはずだ。

「あ、その声は」佳代子は、緒方に指を向けた。「さっきの電話の」と言う。彼女の瞳がぎゅっと照準を絞るように色を変えた。「さっきの電話で、わたしの名前、呼び捨てにしたでしょ。佳代子って」

私が腹話術の能力を使った時の台詞のことを言っているのだ。記憶のない緒方は眉をひそめる。

「偉そうに、あなた、何なの？　腹立ったから急いで来たんだけど」妻の声にはあまり抑揚がない。私はぞっとする。こういう喋り方をする時はたいがい、怒っているのだ。私の浮気を疑って、確かめるように喋りかけてくる時と一緒だ。

「危ない」と私は言った。

兎面の男が、佳代子につかみかかろうとしていた。

あ、と思った時には佳代子の身体が動いている。右回りに身体を反転させ、兎面の男の伸ばしてきた手を避けた。そして、横に回ると、社交ダンスのパートナーとなったかのように兎面の男の横に並んだ。え、と急に寄り添われたことに男がきょとんとした様子を見せる。佳代子は左腕と右腕を同時に突き出し、男の右腕を捻る。ちょんと触れたようにしか見えない、優しい動作だった。男の肘関節があっさりと曲がり、手につかんでいたはずの鋏が落ちる。佳代子は、床についた鋏を靴で踏んだ。拾わずに、蹴る。部屋の隅へと大きな鋏が滑っていく。鋏を放してしまった自分の手を、男は不思議そうに眺めている。佳代子は動きを止めない。後ろに回り左脚を振り、男の左脚の膝に当てた。かくんと膝が曲がり、男はひざまずく。どうして自分が絨毯に手をついたのか、そのこと自体が把握できていないのだろう、兎男は顔を左右に振った。彼の反応の一つ一つがすべて、後手に回っている。俯き気味に、首が前に出た。そうなることを見透かしていたのか、佳代子の右脚が動いている。その兎の顔面を下から思い切り、蹴り上げた。

兎面の男が仰向けに倒れる。ほとんど大の字と言っていい。テーブルに衝突する。載っていた果物の皮が落ちた。

佳代子はすぐに腰を曲げ、兎面の男のベルトに手をやる。腰に挟まっているナイフのようなものを引っ張り出した。何事もなかったように、縛られた私の前に来ると、「危ない、って教えてくれてありがとう」と微笑んだ。

まさか、「君ではなくて、君にやられる男に向かって叫んでいたのだ」とも言えない。

妻はまず、私の背後にいる大石倉之助のロープを切りはじめた。どさっと音がする。大石倉之助が椅子から離れ、その場に倒れこんだ。水溜りを踏むような音がしたがそれは、彼の小便で絨毯が湿っていたからだろう。途切れ途切れに何かを喋っているが、はっきりとは聞こえない。

私の前に立つ緒方が声を発した。「おまえは、何なんだ」

右手には銃を持っていた。黒く、筒の長い拳銃がどこから出てきたのか分からない。オートマチックのもののようだった。構え方は堂に入っていて、人を撃つことには慣れているように見える。

私の身体が引き締まる。体毛が逆立ち、汗や小便が一斉に噴き出すような恐怖に襲われる。

「どうかした？」佳代子は私の横まで歩いてくると、「夫を連れて帰るだけよ」と平然と言う。

「おい、佳代子、撃たれるぞ」私は警告せずにはいられない。緒方の行動は、脅しやはったりではない。彼は、有能な秘書であり、有能な兵士であるように見えた。やるべきことを、やるべき時に、きっちりとやるタイプの人間だ。

「そうね、撃つね、このおじいちゃん」佳代子は、私の肩に手を置いた。奇妙なことにその途端、左の肩から全身に、あたたかさが広がった。緊張と恐怖で縮こまった内臓が、彼女の手が触れただけで、弛緩するようだ。安心感が広がってくる。彼女の手の上に、自分の手を重ねたい衝動に駆られる。そのために縛られた腕を自由にしてもらいたかった。逃げるためではなく、彼女の手を握るためにロープを解いてほしいと思う自分がいた。

「動くな。おまえがそれなりにやることは分かった」緒方は言いながら、仰向けに寝る兎面の男をちらっと窺う。

「ええ、それなりにやるわよ、わたしは。部屋の外にいた男も動かなくしておいたし」

「撃たれたくなかったら、それ以上、動くな」銃口が語りかけてくるようでもあった。

「佳代子、動かないほうがいい」私は言っている。

「あなたの優しいところが好きなのよ」

「本気で言ってるんだ」

「あなたが本気でわたしを心配してくれてるのは、知ってるって」佳代子は言いながらも、顔は緒方を向いたままだった。笑みを浮かべつつも、鋭い目をしていた。緒方も同様だ。

「撃つぞ」

「よけるわよ」

その受け答えに、私はぎょっとし、それから笑いそうになる。妻は本気で避けるつもりなのだ。

「よけるわよ、ってのはすごいはったりだな。渡辺、おまえの奥さんはすげえな」五反田正臣が言う。

「しっかり狙って、頭を狙ったほうがいいわよ。耳とか足とか手とかだったら、わたし動けるから。横に飛ぶし、止まってないから、しっかりと」佳代子が言っている。余裕のある言い回しだったが、余裕はないのだと私にも分かる。妻は落ち着いているる。が、必死でもある。緒方のわずかな動きも見逃すまいとしている。試合に臨む、格闘家の集中力だ。つまり、彼女は本気で、銃を持った男と素手で闘おうとしているということだ。

本当に銃弾をよける気なのだ。

私は、緒方を見る。彼の表情には変化がないが、その身体には緊張感が滲んでいる。引き金を今にも引こうとしていた。

撃つのか。

私は思い、それから、気づいた。手を縛られ、身動きが取れない自分でも妻の手助けができるではないか、と。腹話術だ。私が念じ、言葉を無理やり喋らせた相手は、その間は意識が止まる。確証があるわけではないが、そういう雰囲気はあった。だから、今ここで腹話術を使えば、緒方には隙ができるはずだ。私はその閃きを即座に実行しようとした。緒方をじっと見つめた。

直後、身体がひっくり返った。

私の身体が、だ。

天井のシャンデリアが見えた。どうして？　と思った時には後ろに倒れていた。縛り付けられたソファの椅子ごとだ。絨毯があるとはいえ、衝撃は大きい。一方で、短く、大きな音も聞こえた。銃で撃たれたのだとはすぐに気づかなかったが、物が割れる音が後ろで響いた。花瓶かもしれない。

佳代子が、椅子と私をひっくり返したのだ。目の端に、佳代子が柔道の足技を使うかのような動きをするのが見えた。椅子の脚に靴を引っ掛け、私の肩に置いた手に力を込め、梃子の原理じみたやり方で椅子ごと倒した。

「あなた、ごめんね。弾が飛んできたから」と彼女は何事もないように言った。

天井を見たまま身動きが取れない私のところに、大石倉之助が這って、寄ってくる。「大丈夫ですか」

大石倉之助がナイフで、ロープを切った。椅子から抜け出すように絨毯を這い、身体を起こし、大石倉之助に礼を言おうと口を開きかけたが、その彼が別の方向を見て、ぽかんとしているので、私も彼の視線を追った。

そこには、緒方と至近距離で向き合う、佳代子の姿があった。細い足が宙を切るように、動いていた。緒方が肩で受ける。佳代子の拳が飛ぶ。緒方は腕でそれを受け止めた。脛を狙い、佳代子の脚がまた蹴り出される。緒方は膝を折り、脚を上げ、避ける。また睨み合う。映画の格闘シーンのような、矢継ぎ早の攻防ではなく、どちらかの手が一つ出ると、それに合わせて、二つ三つと動作が続き、一つ出るとまた動きがある、というような、動いては止まり、動いては止まり、を繰り返す状況だった。将棋のように一手ずつ、攻撃を繰り返す。緒方の手にあったはずの拳銃がいつの間にか消えていた。佳代子が叩き落としたのだろうか、絨毯に転がっているのが目に入る。

でも、いつ落ちたのだ？　見えなかった。

「渡辺、何がどうなってんだよ」縛られた五反田正臣が顔を左右に振り、私の位置を確認している。大石倉之助がナイフで、五反田正臣のロープも切りはじめた。

どん、とひときわ大きい音が響いた。室内が揺れた。見れば、佳代子が、両手で緒方を思い切り、左側へと突き飛ばしていた。カーテンの閉められた窓に背中から衝突した緒方はそのまま外へと飛び出すような勢いだった。ぶつかった衝撃で、ぐらっと意識が揺れているのが見て取れる。

「おじいちゃんだからって容赦しないから」佳代子は真面目な口調だった。「わたしの大事な夫をいじめて、ただで済むと思わないで」

私はなかなか立ち上がることができず、四つん這いのできそこないに似た恰好をしていた。横に大石倉之助が、五反田正臣を引っ張るような形で、近づいてくる。大の男が三人、身を隠すように縮こまって寄り集まっているのは情けなかったが、どうすることもできない。

「渡辺さんの奥さん、何なんですか」大石倉之助が茫然自失となりつつ、言ってきた。「強すぎじゃないですか」

俺の苦労が分かるだろ、と口を突きそうになった。

「おい、俺たちも加勢しなくていいのかよ」目の見えない五反田正臣は状況が分からないながらも、佳代子を気にかける。

加勢しなくては、と私も思った。膝を立て、力を込め、ぐっと立ち上がる。

「痛い」と佳代子の声がした。大きな声ではなかったが、鋭く響くものだった。彼女は急に動きを止め、頭を抱えるようにしている。

窓際に背をつけた緒方が右手を伸ばし、佳代子に向けていた。

「佳代子、大丈夫か？」私は、妻がそんな風に苦痛の表情を浮かべるのを見たことがないため、とても驚き、そして狼狽えた。

「来ないほうがいい」佳代子が左腕を伸ばし、手のひらをこちらに出し、堰き止める壁を作るようにした。それ以上は言葉が出ないようだった。

緒方が真剣な表情で、手を突き出している。

「渡辺さん、あれ、超能力なんじゃないですか？　やっぱり」大石倉之助がささやいてくる。「空港で僕たちがやられたのと同じで」

かもしれない。今、佳代子は頭に痛みを感じている。緒方がそれを引き起こしているのではないか。

私は目に力を込め、緒方を見つめた。彼に、何らかの言葉を言わせて、動きを止めるべきだと考えたのだ。彼の体の中に、自らの意識を滑り込ませ、言葉を念じる。

と思ったが、そこで私の頭の中で、「いい気になるんじゃない」と声が響いた。驚きで、息を吐き出す。潜水に失敗し、慌てて水面に顔を出した感覚だった。水飛沫を散らし、あっぷあっぷと呼吸を乱し、「いったい何が起きたんだ」と周囲を窺ってしまう。

「無駄なんだ」と私の頭で、誰かの声が響く。緒方の声か、と遅れて気づく。「よけいなことをするんじゃない」

どうして緒方の声がこんなに近くで聞こえるのだ、と疑問に感じたのも束の間、身体が上から圧迫された。「う」と腹を突然、殴られたように、息ができなくなる。絨毯に膝をつく。身体が重く、うつ伏せに、へばりつくしかない。横にいた、大石倉之助と五反田正臣も同様だった。呻きつつ、絨毯に寝そべっている。「何だよ、またかよ」五反田正臣が発した舌打ちまでもが、絨毯にぎゅっと捻じ込まれるように思えた。

「わたしの夫に何してるのよ」佳代子が声を上げる。

「大人しくすれば、やめる」緒方の声には感情がほとんどない。

私の身体はもう、これ以上は押し付けようがない、というほどに絨毯に押し付けられている。このまま、床にめり込むほかないようにも思える。潰れてしまうのか、と怖くもなった。そうなったら私の内臓や血液はどこにこぼれるのか。

「宇宙の力」五反田正臣が絨毯にくっついた顔を横にし、言葉を洩らした。歯を食いしばり、身体の筋肉を必死に使い、どうにか喋ったのだろう、息が荒い。

先ほど、私に言った、チャップリンの映画の台詞だ。宇宙の力で、地球は動く。宇宙の力は、君の中にもある。

「宇宙の力」私も頭で反芻する。抵抗もできず、無力丸出しの私にも、私たちにも、宇宙の力はあるのか？　あるのですか？　と誰かに訊ねたい。

私は筋力トレーニングの限界に挑む思いで、両腕を踏ん張り、身体を起こそうとする。上から圧力が加わってくる。重力の強さに、絶望を覚える。

「ちょっと、痛いって」佳代子がとうとう、しゃがみ込み、両手でこめかみを押さえている。

私は憎悪にも似た、怒りを感じた。妻の苦しそうな姿を目の当たりにし、自分が八つ裂きにされるかのような痛みを感じる。ここで動かなくてどうするのだ。目を必死に動かす。少し離れた場所に銃が落ちているのは分かった。緒方が持っていたものだ。格闘中に彼の手から放れ、転がったのだろう。あれをつかめないか？　が、とてもではないが、上からの圧力が強すぎ、動くことができなかった。私は屈辱と諦めでその場にぺしゃんこになりそうだった。

天井が落ちてきたのは、その時だ。正確には、天井にはめ込まれていた換気口の、正方形の格子だ。それが落下してきた。

一瞬のことだ。私たちが座っていたソファの椅子に格子はぶつかり、その後で、男が飛び降りてきた。やはり、椅子に衝突し、がらがらと倒れた。あまりにも突然で、あまりにも乱暴な着地だった。

私はその、天井から登場した人物の正体を確認するより先に、絨毯を這っていた。緒方の注意が逸れたのか、身体が動いたのだ。

落ちている銃を手に取る。迷うこともなく構える。緒方に向かい、突き出した。引き金に指をかける。どこをどう撃つのかも考えていなかった。すぐにでも発砲するつもりだったのだが、それよりも佳代子の動きのほうが速かった。彼女も頭痛から解放されたらしい。稲妻がまたたくような短い間に、佳代子は、緒方の隣に移動していた。そして、手を鋭く振った。顎がかくんと斜めに揺れたかと思うと、緒方はその場に倒れ込んだ。

「佳代子」と私は、妻を呼ぶ。「無事か」

「まあね」彼女は肩をすくめた後で、天井から落下してきた男に眼差しを向けた。

背広姿でありながらも、埃だらけとなった永嶋丈は、落下の衝撃で打った腕の部分をさすっていたが、照れ臭そうに歯を見せると、指を二本、突き出した。

「ピース」と言う。

ピース、平和。いい言葉だな、と私は思った。

52

本当の英雄になってみたかったんだ、と永嶋丈は笑った。はにかみつつも、屈託のないその表情は、国会議員のものというよりは、アメフト選手のものにしか見えなかった。

「天井裏の配管スペースを通ってですか？」私は握ったままの拳銃を落とす。ぼうっとしている。今、永嶋丈が落ちてきた、その換気口を見た。

「実際にやってみると窮屈だし、暗いし、きついな。配管スペースを通ってくるのは」

佳代子が笑った。「あなた、面白いわね」と言いながら、倒れている緒方の腕をロープで縛りはじめている。足首を縛っているのは大石倉之助だ。いつ、怪物が目覚めるかとびくびくしているからなのか、慎重ながらも慌ただしく、縛っている。穿いている綿のパンツは洩らした小便で湿っているが、それを気にする様子もない。

「どうして助けに来たんだよ」私の背後にいる五反田正臣が言った。「というより助けに来るなら、最初から、置いていくなってんだよ」と永嶋丈の居場所が分かっているかのように、指を出している。

「俺は下の階にいた」

「俺たちが拷問されそうだってのに、ベッドで寝転んでいたのかよ。優雅なものだな」五反田正臣は喧嘩腰だった。そうじゃない、と否定する永嶋丈の言葉にも耳を貸さない。

「でもまあ、そういうものよ」佳代子がロープをくいくい引っ張りながら、口を挟む。「世界のどこかでは飢餓に苦しんでいる子供たちがいるのに、わたしたちはケーキを食べたりしてるし、どこかで誰かが暴力を加えられている夜に、ホテルでいちゃついてる恋人たちがいるの。そういうものじゃない。そういうことになってるのよ」

「またた」私は嫌な気分になる。「『そういうことになっている』という話ばっかりだ。やめてほしい」誰も彼もが物事をそう説明してくる。これはそういうシステムになっているのだ、そういうことなのだ、と言う。説明のようでいて、それは説明ではない。

「でも、本当にどうして、急に助けに来てくれたんですか」大石倉之助がそこで、質問をぶつけた。政治家に対して、問いかけることが怖いのか、及び腰な様子だった。

「今の話とも関係するんだが」永嶋丈は顎を少し上げ、空中を眺める。

「どの話ですか」

「世の中は、システムでできあがっている、というやつだ」

勘弁してください、と私は露骨にげんなりしてみせた。

「俺たちの生きている社会は、誰それのせいだと名指しできるような、分かりやすい構造にはなっていない。さまざまな欲望と損得勘定、人間の関係が絡み合って、動き合っているんだ。諸悪の原因なんて、分からない。俺はその考え方は正しいと思う。図式のはっきりした勧善懲悪は、作り話でしか成り立たないんだ」

「まあ、そうかもね」佳代子が同意している。

「ただ、そう考えていくと、最終的に辿り着くのは」永嶋丈は首をぐるっと回した。運動選手の準備運動にも見える。

「辿り着くのは？」大石倉之助は、緒方から離れ、身体を震わせながら椅子に寄りかかった。

「虚無だ」永嶋丈が言い切る。

「虚無？」使い慣れない大仰な言葉に、私は聞き返してしまう。

「虚無？」佳代子と大石倉之助も同様だった。

「アンクル虚無」五反田正臣だけが語呂を楽しむように、駄洒落にもなっていない台詞を吐き、笑った。

「何をやっても同じってことになる。違うか？　不安や恐怖があっても、原因は分からない。自分はシステムの一部だと認識する。そうなれば、虚無的になるしかない」

永嶋丈は続け、まさにこの男こそが虚無の塊だ、と言わんばかりに縛られた緒方を見下ろした。

「でも、国家が生き延びるにはそれが正しい在り方なんだろ。おまえがさっき、散々そう言ってたじゃねえか。アリのコロニーを維持するためには必要なことだ」

「そうだ。俺はたとえ、個人が虚無に到達しようと、それでいいと思っていた。『そういうことになっている』と自分に言い聞かせていたんだ」永嶋丈は認めた。「ただ、さっきの君の言葉で、はっとした」

「俺の？」私は急に指名され、どぎまぎとする。「何か言いましたか」

「この部屋には監視カメラがついている。マイクもある。下の階にそれを傍受している部屋があって、俺はそこにいた」

私は飛び上がりそうになる。「今もここを観られているってことですか。佳代子が暴れたのも？」

そうなれば、誰かがどこかに通報している恐れもあった。

「それは、大丈夫だ」永嶋丈は落ち着き払っていた。

「大丈夫ってどういうことですか」

「俺が止めさせた」

「止めさせた？」

「監視を中断させたんだ」永嶋丈は背広の肩を手で叩き、汚れを落としている。「部屋には、俺のほかに監視作業者が一人、秘書が一人いるだけだった。俺は電話に連絡が入ったふりをして、『監視はここまででいい』と言って、二人を部屋から出した。別部署から、緊急の指示が入ったふりをした」

「ふり？　あなた、演技できるの？」佳代子が挑発気味に言った。「いくら、政治家は国民を欺くって言っても、嘘をつくのが得意には見えないけど」

「演技なら慣れてる。英雄のふりを五年間、やってきてるくらいだ」

「英雄のふりって何のこと」佳代子は、永嶋丈の説明を聞いていなかったから事情を知らないのだ。

「監視している部屋で、ここの会話を俺は聞いていた。映像も見ていた。君たちは痛い目に遭うはずだった。だが、そこで君の言葉が聞こえた」

私は目をしばたたき、口を開け、呆けた気分になる。

「君は、緒方に向かって、こう言っていたじゃないか。『人間は大きな目的のために生きているんじゃない』」

ああ、と私は思い出す。意図があったわけではないが、口走った。「もっと小さな目的のために生きている」と確か、そう言った。

「はっとしたよ」永嶋丈の背筋は綺麗に伸びていて、堂々たる胸板は貫禄があった。

ためらいや照れの消えた眼差しには、人を惹き込む力がある。政治家なのに、と私は思ってしまう。政治家にはあるまじき、青臭さが溢れている。眩しいほどだった。

「どういうことですか」

「さっきも言ったように、システムのことを考えると虚しくなるだけなんだ。大きな目的を意識すると、無力感に悩まされるほかない。たとえば、『不特定多数の、漠然とした誰かを救え』と言われたら、途方に暮れるだろ？　政治家とはそういうものだから、仕方がないが、自分が誰のために生きているのか、誰と闘うべきなのか、それが曖昧としていればいるほど、眼の前には虚無が広がる」

「まあ、おまえの場合は、ただの政治家じゃなくて、英雄のふりをする政治家だったから、余計に大変だよな」

「五反田さん、嫌味が過ぎますよ」

「大石、俺の喋っているのは嫌味じゃない」

「じゃあ、何なんですか」

「遠まわしに、意地わるく、弱点をついているんだ」

「同じじゃないですか」

五反田正臣と大石倉之助のやり取りに、永嶋丈は少しだけ表情を緩めた。「ただ、その虚無から抜け出す方法に、俺は気づいた。君の言葉で、だ」

「どうやるんですか」

「小さなことのために動くんだ」永嶋丈ははっきりとした声を出す。「そう考えたら、視界が晴れた。そういえば、思い出したんだよ。『目の前で困っている奴を救え、細かいことは考えるな』ってな、昔、アメフトの監督がよく言ってたんだ。倒れている選手がいたら、敵だろうが味方だろうが、駆け寄って、引っ張ってやれってな」

「そういう良心的な奴ってのは、たいがい、騙されて、身包み全部剝がされちまうんだけどな」

「五反田さん、ただの揚げ足取りみたいになってますよ」大石倉之助がまた、心配する。

「俺もそう思っていた。目先の小さいことに一喜一憂して、目の前で困っている人間を助けていたら、こっちが馬鹿を見るだろう、と。だけど、それもまた、開き直りだ。俺はとりあえず、小さなことのために動いてみることにしたんだ」永嶋丈は息を吸う。胸がふわっと膨らむ。「目の前にいる君たちを助けたかった」

「渡辺の台詞を聞いてか」

「そうだ」永嶋丈が、私をまっすぐに見る。

「でも、配管スペースをわざわざ通らなくても良かったんじゃないですか」私は訊ねる。ホテル内にいるのなら、ごく普通にエレベーターを使い、廊下を歩いてくれば良かったのだ。

彼は照れ臭そうに視線を下にやった。「あの事件を現実にしたかったんだ」

「現実に？」

永嶋丈はそれ以上は答えなかった。詳しく説明するつもりはないらしい。ただ、「本当の英雄になってみたかったんだよ」と表情を緩めた。

部屋が静まり返った。全員が全員、自分の発言の番ではないと思い決め、口を閉ざした。私は、永嶋丈が落ちてきた天井の換気口を見上げる。すると釣られたのか、佳代子もそこを見て、あとの大石倉之助と永嶋丈も視線を寄越した。天井に開いた四角い穴を見る。

不意にそこで、井坂好太郎のことを、彼が死の間際に、「小説で世界なんて変えられねえ。ただ、一人くらいに、届くかもしれねえ」と自嘲まじりにこぼしたことを思い出した。彼もやはり、大きな目的に挫折し、小さな目的に照準を合わせたのかもしれない。大きな人間を相手にしようと考えた時、あの傲慢な井坂好太郎ですら無力を感じたのだ。

さらに記憶の中から飛び出してきたのは、若い夫婦の姿だった。莫大な金を持ち、その有効な使い道を探しながら、全国を巡っていた二人だ。彼らも同じ、無力さを覚えたのではないか。

巨大な兎がぴくんと動いた。テーブルに仰向けの恰好で衝突し、気を失っていた男だ。誰よりも先に、五反田正臣が、「おい、起きたんじゃねえか」と気づいた。音で分かったらしい。

「あら」と佳代子が近寄った。「ちょうど良かったわ、目が覚めた？」

上半身を起こした兎面の男は、最初は状況が飲み込めないようだったが、私たちの身体が自由になっていることに気づき、びくっと震えた。

「大石君、ちょっと手伝って。この兎、椅子に縛り付けるから」佳代子は当然のように、兎面の男の脇に寄った。え、と大石倉之助が不安そうに応えた。

「おい、何するんだよ、佳代子」

「お仕置きするに決まってるじゃない」

「お仕置き？」私は思わず、永嶋丈を見やってしまう。彼も眉を曇らせた。

兎男もこちらのやり取りを察知したからだろう、怯えるように手をばたばたと振った。降参の合図に見えた。

「その男は何も知らない。ただ、どこからか出された指示に従って、やっているだけだ」永嶋丈が言う。「責任者でもなければ、諸悪の原因でもない」

すると佳代子が快活な声を出した。「それは間違ってるって」と微笑んだ。

え、と私は意表を突かれた気分だった。「間違っている?」

「そう。あのね、世の中は訳の分からない仕組みで出来上がってる。さっきからそんな話をしていたでしょ。それはそう。わたしも認める。だから、末端にいる人は、たとえばわたしたちは、何が正しいのかも分からないけど、請け負った仕事をこなしている。みんな、仕事だからそれをやっている。でしょ」

君の仕事が何なのかはさっぱり分からないのだけれど、と私は内心で応じつつも、「そうだね」と返事をする。

以前、井坂好太郎と岡本猛と交わした会話のことが思い出された。ドイツのユダヤ人虐殺の話だ。虐殺にかかわった、アドルフ・アイヒマンは、あくまでも、「仕事だからやったのだ」と主張していたのだという。そして、井坂好太郎は、「仕事が細分化されれば、人間から『良心』が消える」と言った。仕事だから、という理由で人は罪悪感を覚えずに済むのかもしれない。

「でもね、それは言い訳なんだよ」佳代子は、兎面の男を椅子に座らせた。兎面の男も何が何だか分からないのか抵抗も示さず、あっという間に縛り付けられている。

「仕事だから仕方がなくてやりました、なんてね言い訳にすぎないの」

「でも、実際そういうものだろ」私はなぜか、兎面の男を擁護するような立場になっている。「仕事なんだ。やるしかないこともある」

「仕事だからやらざるをえない、それは分かる」佳代子の目は怒っているようではなく、これからバーゲンセールにでも出かけるかのような喜びに満ちていた。「だけどね、開き直ったらおしまいなのよ。仕事でやったとしても、悪いことをしたら、しっぺ返しがくる。というより、誰かを傷つけたら、それなりに自分も傷つかないと駄目だと思うの。仕事でつらいことをやらないといけない人間は、悶え苦しんでやらないと」

「悶え苦しんで？」永嶋丈が訊ねる。

「そう。くよくよ悩んで、だけど仕事だからやる、それなら分かるけど、ただ、何も考えずに人を傷つけて、きゃっきゃっと騒いでるのは駄目だね」佳代子は言って、兎面の男を見た。「あなた、あのお兄さんを拷問する時も楽しそうだったでしょ。悩みもしなかったでしょ？」

岡本猛を拷問した時のことを指しているのだろう。確かに、兎面の男はあの映像の中でも、そして私たちを痛めつけようとした時も、嫌々こなすというよりも、嬉々として実行する気配があった。だから私も、言いようのない怒りを覚え、彼らを許したくない、と思ったのだ。兎面の男が首をぶんぶんと左右に振った。

横で縛られている緒方がそこで目をうっすら開けた。意識が戻ったらしい。私はその場で、がたっと後ろに飛んでしまう。老いてはいたが、この緒方という男は普通の男でないことは確かだった。佳代子と対等に格闘した上に、得体の知れない力を発揮した。佳代子は頭が痛くなり、私たちは部屋の床に押し潰されそうになった。私の頭の中では、「よけいなことをするんじゃない」と緒方の声としか思えない、警告のメッセージが響いた。あれは超能力ではなかったのか？　緒方には特殊な力があるのではないか？　目を開けた彼がまた、恐ろしい力を発揮するのではないか。怯えずにはいられない。

が、佳代子の動きは素早かった。緒方が状況を把握するより先に、さっと右手を動かし、緒方の顎のあたりを突いた。いや、突くというよりは撫でただけなのかもしれない。とにかく、緒方はすぐにまた、目を閉じ、動かなくなった。

私は息を吐き出し、再度、意識を失った緒方を見下ろす。

佳代子は何事もなかったように、続けた。「わたしはね、誰もが善人であるべきとは思わないし、悪いことをするのもアリだと思うけど、思い悩まない人が一番嫌いなの」といつの間にか、兎面の男が持っていたはずの大型の鋏を持っている。

「どうせ悩むくらいなら最初からやらなければいいのに、という主張もあるかもしれない」私は一応、反論してみた。以前、観たネット放送で、ある詐欺師が涙を浮かべて、「本当は人を騙したくないんだ」と訴えていた場面を思い出した。

佳代子はすぐにかぶりを振った。「悩みながらやってるほうがマシだよ」と言い、兎面の男に対し、口を尖らせた。「安心していいわよ。あなたがやったことを、わたしがしてあげるだけだから。ギブアンドテイクよ」

おい佳代子、と私はさすがに妻を制しようとした。ギブアンドテイクの意味合いがまるで違っている。

五反田正臣までもが心配そうに、「渡辺、おまえの奥さん大丈夫か」と私の肩を叩いた。永嶋丈も呆然としている。

「止めても無理よ。世の中に、一番悪い奴なんていないけどね、悪いことをした奴に少しずつ仕返ししていくやり方はあるの」

その佳代子の言い方はとてもはっきりとした、明瞭なものだった。

「あなたたちは部屋から出ててよ。物騒なのは嫌いでしょ？　すぐに終わるから。それとも見てる？」

兎面の男が喚き声を上げた。永嶋丈が、「おい、やめろ」と佳代子に声をかける。

渡辺さん、と大石倉之助も助けを求めるように私を呼んだ。

が、こうなった以上、佳代子を制止することはできない。たぶん、世界中の誰よりも、私がそのことを一番よく知っていた。彼女がここまで言い切った以上は、やるのだ。そして一方では、彼女の言葉に納得しそうになっている自分もいた。兎面の男がやったことはそのままで許されることとも思えなかった。気づくと私は、「出ましょう」と部屋の外へと歩きはじめていた。佳代子の迫力に飲まれていたのか、もしくは、誰もが佳代子の説明を受け入れてしまったのか、結局、全員が部屋の外に出た。ドアのところには、背広の男が一人、うずくまるように倒れている。警備のために立っていたのかもしれないが、先ほど佳代子がやってきた時に伸されたのだろう。

「おまえの奥さん、何なんだよ」五反田正臣が廊下に出て、洩らした。

ホテルの部屋は防音設備が整っているに違いないから、中の物音が外に漏れることはないのだろうが、気を抜くと、兎面の男の発する悲鳴が聞こえてきそうで、怖かった。ほかの三人も同じ気持ちだったのかもしれない。黙りつつも、耳を塞ぎたがっている。

「永嶋さん」私は、静寂が怖かったこともあり、言っていた。「ゴッシュの場所を教えてください」

53

「ゴッシュ？」聞き返してきた永嶋丈には白を切るような様子はまるでなかった。本当に知らないのだ。

ホテルの部屋を出た通路に、私たちは立っている。踏むのが気がひけるほどの、心地良い弾力の絨毯が敷かれていた。

大石倉之助が爪先立ちになっている。どうやら、洩らした小便を気にしているようだった。

「永嶋丈、おまえが言ったんじゃねえか、効果的に口封じするための仕組みのことだよ。ネット検索に網を張っているってな。で、そのためのサイトを作ってる会社の名前が、ゴッシュだ」五反田正臣は指を向けたが、永嶋丈のいる場所とは少しずれた。

「それがどこにあるのか教えてください」私は自分で認識している以上に、切羽詰った声を出している。

「場所を知って、どうするんだ」

「そりゃ、乗り込むに決まってんだろ」五反田正臣は威勢の良い声を出した。

「乗り込んでどうする」永嶋丈は、私たちの誰よりも堂々としている。体格はもちろんのこと、精神的にも頼りがいがあるように見えた。五反田正臣も同じ感想を抱いたのか、「おまえだけ事情が分かっているからって偉そうな言い方をするなよ。高い場所にいて、見晴らしがいい奴はこれだから嫌なんだよ」と怒った。

「確かに、俺は、君たちよりは知っている事柄が多い。だが、さっきから喋っているようにそんな俺でもほとんどのことは分からないんだ。山頂に登ってはいるものの、霧で景色がまるで見えやしない。そんなものだ」

彼の言葉に嘘がないのは、伝わった。あ、と大石倉之助がそこで顔を青くした。

「どうしたんだよ」五反田正臣が不快そうに、訊ねる。

「今、部屋の中から悲鳴が聞こえたような」と大石倉之助は血の気の引いた顔をした。

「おい、おまえ、拷問を中止させないでいいのかよ」五反田正臣が言った。

私は、永嶋丈の顔を窺う。今、ドアの向こう側、スイートルームで私の妻の佳代子に暴力を振るわれているのは、緒方と兎面を被った男だ。二人とも、永嶋丈の仲間、少なくとも彼の知り合いには違いなかったから、彼はこんなところで悠長に、友人と雑談をするように私たちと喋っている場合ではなく、むしろ私たちを取り押さえるか、もしくは、しかるべき部隊を呼び寄せるべきにも思えた。

だが永嶋丈は、五反田正臣の言葉に返事をしなかった。聞こえなかったわけではないだろう。明らかに意図的に無視をしていた。かわりに、「ゴッシュという会社の場所はたぶん、分かる」と言う。

「教えてください」私は飛びつくように、詰め寄った。

「おいおい、拷問を見て見ぬふりするのかよ、いいのかよ。渡辺のカミさんが、おまえの仲間を痛い目に遭わせてるんだぞ」五反田正臣はしつこく言った。「国会議員のくせに」

永嶋丈は少し腰を折り、五反田正臣の耳元に顔を近づけると、「そうだ。見て見ぬふりだ」と言った。照れ臭さや弁解めいたものの一切ない、覚悟のこもった口調だった。見て見ぬふりをすることも政治家の仕事の一つ、と思っているのかもしれない。

大石倉之助の身体が、突然開いたドアにぶつかり、横に飛んだ。よろめき、跪き、泡を食ったのか弱々しい呻き声を上げる。

「お待たせ」と妻の佳代子が開けたドアのところに立っていた。目を猫さながらに細め、唇を横に広げ、「着ていく洋服を選んでいたの」と遅刻を詫びるかのような可愛らしさがあった。「あの、おじいちゃんのほうも痛めつけていたから、遅くなっちゃった」

趣味の悪い軽口にも感じられるが、というよりも、趣味の悪い軽口だと思いたかったが、彼女の着ているニットの襟元や袖口には返り血としか思えない染みが付着しており、私の顔は引き攣る。

「中でいったい何をやったんですか」よろよろと立ち上がる大石倉之助が訊く。

「何をって」佳代子は、月曜日の次は何曜日だと質問された様子だった。ごく当たり前の顔つきで、「そりゃ、手の指とか」と自分の人差し指を振った。「足の」と言いかける。私は慌てて、「詳細はいいよ。詳細は」と遮った。「でも、死んではいないんだよな？」

「あの二人はあなたを痛めつけようとしたのよ。悲鳴を上げさせて、身体を破壊して、恐ろしいことをしようとしたでしょ。別に庇うことないじゃない。死んだって、仕方がないのよ」

「死んだのか？」

「死んでないわよ」佳代子は両手の平をこちらに見せた。「無実だって、わたし」

まじまじと彼女の笑顔を見つめた。服についた血の痕に視線をやる。ドアは開いたままだったから、室内の様子が見えた。か細い悲鳴が、床を滑るように、こちらに届いてくる。「無実」の概念が、私たちと彼女とではかなり違っているのは間違いない。佳代子の長閑さと、部屋の奥で流血し、倒れているだろう男たちの姿が結びつかず、私はくらくらとした。

その私の眩暈など構わず、ドアを閉めた佳代子は目を輝かせていた。「いよいよ、乗り込むのね。敵の本拠地へ」

横で聞いた私は、そうかこれから敵のボスと対決するのか、と勇ましい高揚感に包まれる。

が、永嶋丈は、「意味がない」と即座に断定した。

「どうしてですか。ゴッシュを倒しても意味がない？　システムだからですか」

「そうだ。ゴッシュという会社の場所なら、携帯電話で俺が問い合わせればすぐに分かる。ただ、行ったところで何も変わらないはずだ」

「たとえば、監視システムの正体も分からない、ってのかよ」

「正体も何も、謎や秘密はすでにないんだ。仕組みがあるだけだ。たとえば、そうだな、自分の身体が虫になってしまった、ドイツの小説を読んだことがあるか」当然、読んだことがあるよな、という雰囲気で彼は言ってくる。「あれと一緒だ。虫に変身した事実を受け入れるしかない。虫になった原因を探ったところで意味がないんだ。なぜなら」

　そういうことになっているからだ。私が答える。「虫になってしまったのは事実だ。そういうこと？」

　彼はうなずく。「とにかく、ゴッシュという会社に乗り込んでも、何も解決しない」

「悪い奴らはいないのかよ、そこに」

「悪い奴はどこにもいない」永嶋丈は目を伏せた。「会社なんだ。考えてみろ、働いてる社員がいるだけだ」

「つまり、仕事をしているだけ」ユダヤ人虐殺を行っていたアイヒマンと同じだ。真面目に仕事をこなしている。

　佳代子が急に会話の輪から外れ、耳を触っているのが目に入った。あれ、と首を傾け、右手で耳の裏側を掻いている。「あれ、何だろこれ」と私たちのところに手のひらを出した。小さな、正方形の絆創膏のようなものがあった。「耳の後ろに貼ってあったけど」

「自分で貼ったんじゃなくて？」

「知らないわよ、これ。湿布？」

「それは」と説明したのは永嶋丈だ。冷めた目で、「受信装置だ。ある一定の音を受け取ることができる」と言う。

「音？　いったい」

「この部屋にはいろいろな準備がされている。監視装置もついているし、いくつかの隠れた機械がついてもいる。たとえば、ボタン一つで、人には聞こえない周波数の音を放射することもできる。部屋全体に放つことも、そうじゃなくて、この受信装置にだけ流すこともできる。たぶん、君と格闘した時に、緒方がこれを付けたんだ」

「わたしの耳に？　気づかなかったけど」

「それくらいのことは緒方ならやる」

うそ、あのおじいちゃん、意外に凄いね、と佳代子は対戦相手を称えた。「あ、じゃあ、さっきの、あのおじいちゃんが手を向けたら、頭が凄く痛かったのは、これのせい？」

私は思い出す。先ほど、佳代子と対峙した緒方は手を伸ばし、まるで特殊な力を指から発散させているように見えた。あれは音の周波数や大きさを調整する装置を構えていたのか？

「超能力じゃなかったんですか？」私は、永嶋丈に訊ねてしまう。緒方の用いた力の正体は何なのだ。

「超能力であるかもしれないし、特別な周波数の音かもしれない。俺から言わせればそこに大きな差はない。頭が痛くなった事実に変わりはない。信じられるほうを信じればいい」

「グレゴール・ザムザが虫になった事実に変わりがないのと同じか」五反田正臣がぼそぼそ言う。

「それなら、俺たちが床に押し潰されたのは」私は言ってから、自分で答えの見当がついた。「あ、空港と同じ？」

永嶋丈が顎を引く。「この部屋にも、天井の特定のエリアから風が出て、人を圧迫する仕組みがある。圧力によっては、身動きが取れなくなる」

「その仕組みを使ったのか」五反田正臣が訊ねる。

「もしくは超能力？」

「信じられるほうを信じればいい」永嶋丈はそう言うだけだった。

佳代子が運転する車で、私たちは国道をひた走る。ホテルの中でどれだけの時間が経っていたのか分からず、もしかすると夜中になっているのではないかと、なぜなら自分の気持ちが陰鬱さで真っ暗になっていたから外も同じように明るさを失っているのではないかと感じていたのだが、意外にもまだ、「日中」と呼べる時間帯だった。乗っているのは、白いワゴン車だ。佳代子がホテルまで乗ってきた車だったが、どこから調達してきたのか分からなかった。私もそのことについて質問はしなかった。助手席に私、後ろの座席には五反田正臣がいる。大石倉之助とはホテルの出口で別れた。

「僕も行きます」と彼は最初、言った。スイートルームの通路にいる時だ。

「いや、もうついてこなくても平気だよ」私は首を振った。「ねえ、五反田さん。いいですよね。大石はもう充分、頑張りましたよ」

大石倉之助をここまで引っ張ってきた五反田正臣もさすがに、「そうだな」と認めた。「おまえはよく来たよ。でも、ゴッシュに行くのは俺と渡辺だけでいい」

わたしも行くわよ、と佳代子が身を乗り出した。

永嶋丈は携帯電話を使い、五分とかからないうちに、「ゴッシュ」の住所を調べ上げた。私たちがどうやっても見つけることができなかった情報を、彼はあっけなく手に入れたのだ。特に腹も立たなければ、がっかりもしなかった。政治家とはそういうものであるし、情報とは、手に入る人間にとっては笑ってしまうくらいに簡単に手に入るものだ。井坂好太郎も言っていた。知っている人間から聞くほうがよっぽど楽で、近道だ、と。

「いや、行きます」大石倉之助はまっすぐに、私を見た。

「大丈夫だって。この永嶋丈が言っただろ。ゴッシュはただの会社だ。対決にはならない。おまえは充分、闘った」

「ここまで来たら、僕も行きます」

大石倉之助の目は真剣で、勇ましさに満ちていた。そうか、と私は小さく感動する。彼も腹を決めた。逃げることなく、自分の存在する世界に、真正面から向き合うつもりなのだ。「そうか、それなら」

ところが、五反田正臣はきっぱりとした口調で言った。「大石、おまえは連れて行かない。帰れ」

「え」

「いいんだ。おまえはここまででいい」

「五反田さん、大石がここまで言うなら」小便を漏らし、まだ靴やズボンが濡れているだろうに、大石倉之助はへこたれていなかった。その心意気を買ってやってもいいのではないか、と思った。

「嫌だ」五反田正臣の口調が急に、子供が発するものになった。「嫌だっての。俺はな、嫌がる後輩を無理やり、どこかに連れて行くのは好きだけどな、『連れて行ってください』なんて頼まれて、連れて行くのは趣味じゃねえんだよ」

「五反田さん、何ですかそれは」呆気に取られるしかない。大石倉之助も目を丸くし、困惑していた。佳代子が笑い、永嶋丈は苦笑している。


最後まで永嶋丈は、「ゴッシュに行っても、意味がない」と言い続けた。

「意味がないわけがない」と私は主張した。「永嶋さんは、ゴッシュに行ったことがあるんですか？」

いや、と彼はかぶりを振る。「だけど、想像することはできる。そこに行っても何も変わらない」

「世界が変わらない？」佳代子が訊ねる。

「君たちの人生も、だ」

あまりの強い断定の仕方にさすがの五反田正臣も気圧されたのか、すぐには反論しない。

「いいんです」と私は言った。「人生が大きく変わらなくても。たとえ、自伝や年表に載るような大きな出来事が起きなくても、小さな行動や会話の一つ一つが、人生の大事な部分なんです」

　人生は要約できない、と言った井坂好太郎の言葉が身体の中で響く。そして、「俺の言うことは的を射てるんだ、いいこと言うだろ」と自慢げに鼻の穴を膨らませている彼の顔が想像でき、不快になった。

「そうか」永嶋丈は納得したのか、諦めたのか、それ以上は引き留めない。

「じゃあ、行ってくるからよ。捜さないでください」五反田正臣が冗談めかして、通路を進もうと杖を動かした。

「捜されるんじゃないの？」佳代子が口を挟んできた。「わたしたち、こんなに物騒なことをやったのよ。暴力を振るって、指とか切っちゃって。無事に済むわけないじゃない。警察とか、誰かが、捜しにくるんじゃない？」

　彼女は閉まったドアをちらっと見やる。

「それは」五反田正臣がさすがに困惑した声を出す。

「君がやっただけじゃないか」私が続ける。「俺たちを共犯にしないでほしい」

「安心してくれ」永嶋丈の声は決して大きくはなかったが、明瞭で、私の背中を叩くようだった。「このことについては俺がどうにかする。おまえたちが追われないように、俺がどうにかしよう。緒方と口裏を合わせよう」

「いったいどうすんだよ」

「あ、もしかすると」私は意識するより先に言った。「また、やるんですか？　また、播磨崎中学校の時と同じことをやるんですか？」と。実際に起きた出来事を隠蔽し、別の真相をでっち上げようとしているのではないか？

永嶋丈はうなずき、照れ臭そうに微笑んだ。「そうだな」

「おい、それでいいのかよ」五反田正臣がサングラスを触る。「おまえさ、何だかんだ言って、操り人形だぜ。英雄の役割を与えられて、そのうちポイ捨てだ」

永嶋丈はうっすらと笑みを湛える。「そういう役割だ。コロニーが正しく動くためには、俺みたいなのが必要なんだ」

私たちは黙って、永嶋丈を眺めた。彼は強がっているわけでもなく、力みもなく、そこに立っていた。「おまえたちは、ゴッシュに行けばいい。ここは引き受ける。おまえたちがこれ以上、この件で、物騒なことに巻き込まれることはない。約束する」

「ほんとかよ」五反田正臣は慎重に、この話の裏を読み取ろうとしている。

「もし」佳代子が人差し指を出した。「あの緒方っていうおじいちゃんと段取りを打ち合わせしたいなら、早くしたほうがいいかも。今はまだ生きてるけど」とあっけらかんと言う。「放っておくと死んじゃうから」

勘弁してくださいそんな怖いこと言わないで、と大石倉之助が泣き声を出す。

私たちは、誰から言い出したわけでもないが通路を歩きはじめた。

「俺はシステムの一部だ」永嶋丈の声が背中にぶつかった。立ち止まり、振り返る。

「ただ、君たちのことは救った」

私の隣にいた佳代子がそこで満面の笑みを浮かべ、大きく手を振る。「永嶋さん、いい男だね。悪くないよ。政治家にでもなったらどう?」などと言う。「一票入れるわよ」

そして私たちはゴッシュに向かい、国道を南へと車を走らせた。

54

おい起きろ、と右の肩を突かれ、私は目を覚ました。眠っていたこと自体に気づいていなかった。中途半端に眠っていたせいか朦朧としており、自分が椅子に縛り付けられているのだとぼんやり分かる。うっすらと周囲が把握できた。

「おい起きろ。拷問中に眠るなんて、いい度胸じゃないか」そう言ってくるのは髭を生やした若い男で、ペンチのようなものをつかみ、私の指の先に食い込ませていた。

「まだ爪の一枚も剝いでいないぞ」

私は、自分の身体が宙に浮かんだまま逆さに回転させられるような、不安定な感覚に襲われる。

「ここは」と見渡す。自宅マンションのダイニングだった。部屋の中心で、椅子に縛り付けられて私は背中を丸めている。

「おまえは、奥さんに浮気を疑われている。それで、俺が、あんたの浮気相手を聞き出しに来たんじゃねえか」男は肩をすくめた。

あ、と私は思う。今まで私が見ていたものは、経験していたものは、拷問中に意識が逃げ込んでいた夢だったのか？　痛みと恐怖から、自分で架空の物語をでっち上げ、つまりはゴッシュであるとか、出会い系サイトであるとか、安藤商会であるとか、井坂好太郎の死であるとか、そういう話を勝手に作り上げていたのか。脱力感に襲われ、同時に、安堵も浮かぶ。ただ、目の前の拷問者への恐怖にはっとする。まだこの場面なのか？　この時点なのか。今まで生きてきた半生を小学生の頃からやり直せ、と指示されるような虚しさを覚えた。

あんた、浮気をしたのかよ、と髭の男が囁いてくる。

もうやめてくれ、と私は喚く。

「ねえ、着いたよ」

身体が激しく、揺れた。右から肩を押されたのだ。目を開いた。一度目覚めた上に、さらに無理やり瞼を開けたような気分だった。目をこすれば、私が座っているのは車の助手席で、縛り付けられているのはシートベルトによってだった。運転席の佳代子が、「起きて。着いたわよ」と言った。

「渡辺、昼寝とは余裕があるな」後部座席にいる五反田正臣がシートの後ろを叩いてきた。「頼りがいがある」

「夢を見てました」

「どんな夢だよ？」

「今までのが全部、夢だった、って夢です」

五反田正臣は嬉しそうに、「ややこしいな」と笑う。「現実逃避だろ、それは。どっちが良かった？　これが現実だったのと、夢だったのと」

「どっちもどっちです」私が言うと、五反田正臣は満足げに、「だよな」と言った。

佳代子が停車したのは広い、地下駐車場だった。五十階以上はある、新しい外観の、縦長のビル、そこの地下二階だ、と佳代子から現在の場所の説明を受ける。裏側の入り口からくねくねと曲がった通路を通り、地面に点灯する案内表示に従っているうちに到着したらしい。

駐車場は薄暗く、どれほどの敷地が地下に広がっているのか、奥行きの深さがつかめない。四方どこを見ても延々と、通路が続いているかのようだ。車を降りた後、歩行者用の電光表示に従い、進んでいくと楽々と建物の中に入ることができた。エレベーターがずらり、十台ほど横に並んでいるだけの空間だった。壁はすべて黒く、間接照明なのかぼんやりとした明るさがある。

「立派なビルね」佳代子がエレベーターの前で伸びをした。

「株式会社ゴッシュがここに」

「永嶋丈が言うにはただの会社らしいけどな」五反田正臣は犬型の歩行補助用の杖に触れながら、口元をゆがめる。

「二十五階って言ってたよね」佳代子は上昇用ボタンを押す。待ってましたと発声するかのように、斜め前方のエレベーターの扉が開いた。

乗り込み、二十五階へと勢い良く昇りはじめるエレベーターの箱の中で、私たちは無言で階数表示を見つめる。永嶋丈の、「行っても無駄だ」という声が思い出される。「行ったところで、会社には、会社員がいるだけだ」

が、依然として、期待をしている自分もいる。

二十五階に到着し、扉が開けば、そこには、「株式会社ゴッシュ」という厳しい看板があり、頑丈そうな、中を覗くことのできないドアがある。恰幅のいい門番が立っていて、私たちをじろりと睨み、「何しに来た」と恫喝してくる。そのドアの向こう側、奥の部屋には、豪華な椅子でくつろぐ、数人の男たちがいる。自己の利益に敏感で、他人に対しては冷淡な、強い権限を持つ男たちで、保身と金儲けのために相談をしている。

そんな状況が待ち受けているのではないか、と想像していた。

そうであれば、これほど分かりやすいことはない。厳重な警備はあるだろうし、それなりに暴力的な抵抗は覚悟せざるを得ないが、どうにかそれらを乗り越え、奥の部屋でくつろぐ悪の親玉たちを退治すれば、物事が解決する。それはまさに、昔話の鬼退治の理屈で、とてもシンプルな構造だった。鬼さえ倒せば、めでたしめでたしとなる。

そうあってほしい。

「祈っても無駄よ」エレベーターが到着する直前、隣にいる佳代子が言った。

「え」

「あなた、何かお祈りしてたでしょ」

どうして分かったのだ。彼女の顔をまじまじと見つめる。

「だいたい分かっちゃうのよ、あなたのことは」

五反田正臣が、街中の恋人同士をからかうように、口笛を吹いた。「おまえが浮気したらすぐにばれるな、こりゃ」

「何のご用件でしょうか」エレベーターから降り、通路を進み、ゴッシュの社内に足を踏み入れる。ごく普通の、しかもずいぶんしっかりとした会社だった。言うまでもないが、敵のアジトであるとか、悪の結社であるとかそういった場所の対極にある雰囲気に満ちていた。

ただの、会社だ。

フロアはガラス張りで、通路から社内は丸見えだった。仕切りはなく、大勢の人間が机に向かい、キーボードを叩いている。各人それぞれの机は広々としており、さまざまな角度でゆったりと配置されているため、大量生産の工場で働くような雰囲気は皆無だった。優雅ともいえる、知的な場所だ。

「どうだ」五反田正臣が訊ねてくる。「やたら、キーを打つ音が聞こえるけどどんな場所なんだ」

目の見えない彼はサングラスをかけたまま、犬が匂いを追うかのように、宙を窺っている。

「これは何だか、立派な」私は答えるしかない。「ご立派な会社ですね」と受付に立つ女性に感想を口にする。

「ありがとうございます。ところで、ご用件は」彼女の表情には警戒心がなく、丁寧だった。「お約束などはありますか」

「お約束は」私はそこで口ごもる。

「あるようなないような」五反田正臣も応対に困っていた。

佳代子が隣でもぞもぞと身体を震わせた。彼女はまどろこしいことが嫌いである し、可愛らしく丁寧な若い女性もあまり好きではなかった。だから、七面倒な説明に 嫌気が差し、実力行使で中に入っていくのではないか、と私は恐れた。実際、彼女は 足を踏み出し、拳をぎゅっと握った。まずい、と思ったが、ちょうどそのタイミング で受付の女性が、「あ、失礼しました」と言った。「永嶋先生のお知り合いの方です ね」

「永嶋丈？」佳代子が動きかけていた体をぴたっと止めた。

「お知り合い」五反田正臣がつぶやく。

「つい先ほど、広報から連絡がありました。永嶋丈先生のご紹介で、みなさんが社内 見学で、訪問されると。失礼いたしました。こちらへどうぞ」

こちらへどうぞ、の言葉に甘え、中に入っていく彼女についていく。

私は佳代子と顔を見合わせた。「あの人、いろいろ気を遣ってくれてるのね」と彼 女は肩をすくめた。

いったい、永嶋丈はどういうつもりで、連絡を入れたのだろうか。最初は、これは 偽装かもしれない、と私は疑った。私たちを、ゴッシュに見せかけたダミーの会社に 案内し、あしらおうとしたのではないか、と。またしても、「表向きの説明」でお茶を濁すつもりではないか、と。ただ、別れ際に見た永嶋丈の覚悟に満ちた顔を思い出すと、彼がそうまでする理由もないように感じられた。彼はたぶん、隠すことなく、ゴッシュのすべてを見せ、私たちが自分たちの目で、「ゴッシュとはただの会社だ」と理解することを望んでいたのかもしれない。

なぜか。

確認したかったからではないか。

思い出したのは、つい先ほど、ここへ来る車中で、自分が見た夢だった。夢を見ていたという夢、あれだ。目を覚ました瞬間、私は、自分が体験しているすべてが、はかない幻としか思えない、そんな心もとなさを感じた。

もしかすると、永嶋丈も同じ頼りなさを感じているのではないか。

彼はシステムについて、語った。すべてのことは、「そうなっているのだ」と説明した。が、やはり、その彼にも全貌は把握できていない。システムの中に、彼自身が組み込まれている。もしかすると、彼が、「知っている」ことはあくまでも、自分がそう信じているだけの虚しいものかもしれず、彼はそのことを疑っているのではないか。だから彼は、自分の代わりに、私たちに確認してもらいたかったのではないだろうか。彼は、ゴッシュに行ったところで意味がない、と知っていた。が、本当にそうなのかどうか、確認したわけではない。システムがそこにあり、そして、ゴッシュを訪れたところで、「本当に意味がない」ことを、私たちという他者に確かめてほしかったのではないか。

「先生って呼ばれると人間は腐るらしいぞ」五反田正臣は、受付の女性にわざと聞こえるように言っていたが、彼女は反応しなかった。

フロアに入るとその清潔感と、贅沢な空気が満ちた仕事場に、私は茫然とした。たいていの人たちはパソコンのディスプレイに向かい、キーを叩いている。もしくは、曲線的な椅子にもたれかかり、足を組み、携帯電話でどこかと話をしている。

その背後を、まるで博覧会の会場を回るかのように、私たちは巡っていく。受付の女性がここでの仕事を解説してくれるが、耳には入ってこなかった。

「どんな感じだ」目の見えない五反田正臣は当然、その景色が分からないのだろうが、それでも異質な気配は感じ取っているのかもしれない。「俺たちが働いている作業場とは、空気が違うじゃねえか」などと言っている。

「まさに」私もすぐに答える。「俺たちが働いている場所に比べると、ここは、貴族の職場ですよ」私たちのいつもの作業場が、立ち食い蕎麦屋だとすれば、こちらはコース料理を食すレストランだ。

「たぶん、酸素の量も多いんじゃねえか」

「可能性はありますよ」ケーキを食べながら働くような優雅さがありますよ、と言おうとしていると本当に、ショートケーキをフォークで突き刺しつつ、画面を見つめている男性もいたから、絶句した。

「さっきの話だと、ここはシステムを運用しているという話だったけどな」五反田正臣が訊ねる。

受付の女性は足を止めた。「ええ、そうですね。それも仕事の一部です」笑みは自然で、感じが良かった。

「何のシステムですか」私は質問した。

「それはお教えできないのですが、いくつものシステムを管理しています」

私はそこで、あなたも理解はしてないでしょうね、と言いたいところをぐっと堪えた。もちろん彼女は、その指摘を誤解し、そうですねわたしはシステムのすべてを把握している立場にいませんから、と答えてくるだろう。が、私が言いたいのはそういう話ではない。「運営管理者かもしくは、ここのシステム設計にたずさわった人の話は聞けますか」と言いかけたが、それも、やめた。管理者という肩書きの人間はいるに違いない。が、彼らもすべては把握できていないに違いないのだ。政治家という役割の人間が、恐ろしいほど大勢いるにもかかわらず、世の中で起きている軋轢や馴れ合いの事情のすべては把握できていないのと同じだ。全部を管理する人間はいない。分担されているわけでもない。誰も彼もが全体を知らず、ただ、複雑に絡み合っているだけだ。

「実は、うちの会社が、ゴッシュからの下請けの仕事をしていまして」

私はそこから説明をしようとした。電話をかけてもまったく連絡が取れませんでしたよ、と愚痴めいたこともぶつけようかと思った。

背後で電話をかけている男の声が耳に飛び込んでくる。「依頼を引き受けていただいて感謝しております。では、先方の氏名や住所などパーソナルデータにつきましては、すぐに転送しますね」と丁寧に喋っているのがこちらまで漏れてきた。「セキュリティコードを打ち込んで、資料をダウンロードしてください」

なるほど、ここから別の業者に仕事の依頼でもしているのだろう。必要な情報をダウンロードしてもらっているのだな、と最初はそう思った。が、すぐに、「たとえばこれが」と閃いた。たとえばこれが、「ある検索を行ってきた何者かの口封じを行うために、物騒な男たちに何かを依頼している電話」とは考えられないか？

私の前に現われた物騒な男たちも、大石倉之助を陥れるために電車での婦女暴行事件をでっち上げた何者かたちも、五反田正臣の視力を奪うために目薬に細工をした人間も、仕事として依頼されたために、それを実行した。そういった依頼の一つが、今、後ろで交わされた電話によって発信された可能性はないか？

依頼された人間がさらに、別の人間に連絡をし、その人間がまた違う人間に依頼をする。仕事が次々に引き継がれ、作業は細分化される。効率化が図られ、最終的には、「良心」や「罪悪感」は、「昔はそんなものがあったんですよね」と憂える人間すらいなくなるほど綺麗さっぱりと、消える。そういうことになっている。そういうことになっているのではないか？

アリは賢くないが、コロニーは賢い。あの言葉を思い出す。こうも言える。人には良心があるが、人のコロニーには良心はない。

私はすでに、受付の女性の言葉が聞こえていなかった。キーボードを叩く軽やかな音、ディスプレイに映るネット上の画面、テキスト情報がスクロールされる作業画面、携帯電話に向かって発せられる丁寧な言葉、コンピューターが自らを冷却するために回転させているファンの音、それらが、広大なフロアのあちらこちらにあり、私を取り囲んでくる。

次第にそれが人や物や音ではなく、すべてが混ざり合った液状のものとなり、うねうねと部屋の中で蠢くように感じた。どろどろになりつつも、渦を巻き、私たちを撫でながら、流動する。流れる速度が増し、粘り気が減り、川の流れさながらになる。

世の中は、仕事で出来上がっている。

利益を追求し、効率化を目指したあらゆる仕事が、川のように自分たちのまわりを流れている。私はただ川の氾濫の中で、立ち尽くすだけだ。こうしている間も、どこかで何者かがパソコンに向かい、ある検索を行い、監視するシステムにこっそりと捕獲されているのかもしれない。そして、その何者かに対して今まさに、口を封じるための対処が指示されているのかもしれない。

悪者がいない。そのことははっきりとしていた。受付の女性をちらっと見やる。彼女にしたところで、そして、ここでパソコンを叩く誰かにしたところで、自分たちが悪事に加担しているとは自覚していないだろう。ここで彼らが行った作業が直接的に、誰かを痛めつけるわけではない。ここから何段階もの、「仕事のリレー」を経て、誰かに危害が及ぶかもしれないというだけだ。この場所の上流にもまた、「仕事のリレー」が連なっている。そもそも、私にも、これが悪事なのかどうか把握できていない。

五反田正臣も同じことを感じているのではないか、隣にいる彼のひそめた眉を見て、そう思った。彼も途方に暮れているのだ。

「どうしたの」佳代子が訊ねてくる。彼女だけがいつもと変わらぬ調子だ。そのことがとてつもない救いに思えた。

ここに来る前に彼女が国際パートナーホテルで言っていた台詞を思い出す。「仕事だから仕方がなくてやりました、なんてね言い訳にすぎないの」彼女はそう言っていた。仕事であっても、自分のやることにはそれなりの覚悟が必要で、悪いことをするなら悶え苦しむべきだ、と主張した。今、このフロアにいる人間は、何も知らず、ただ仕事を遂行しているだけだ。悶え苦しんでもいない。「彼らは全体を把握していないから、仕方がないんだ」

「何を言ってるの？」

「佳代子」私は言う。「悪いことが起きている時、俺たちは、知らなかったと言って、許されるのかな」

「悪いことって何」

「何か悪いこと。世の中にとって」

佳代子はそこで、「いい？　だいたい、悪いことっていうのは、別の人にとっては良いことだったりするのよ」と笑う。「何が正しいことかなんて、あんまり分からない」

「だけど」と言う私は言葉を続けられない。

なあ渡辺、と五反田正臣が声をかけてきた。

「何ですか」

「たぶん、このゴッシュみたいな会社がたくさんあるんだろうな、あちこちに」

「そんな気がします」これはあくまでも、ネット検索を監視するシステムを司る場所の一つに過ぎないはずだ。ここで働く人間はおそらく、「ネット検索の監視」という目的自体を認識していない。

「永嶋丈の言った通りだな。ここに来ても、何も変わらない」

「何、しょんぼりしてるのよ」佳代子が口を開いた。「あなたが言ったじゃない。人間は大きな目的のために生きてるんじゃないの。小さな目的のために、行動したら？」

彼女の言葉は力強かった。まさにその通りだ、と私は顎を引いた。諦め気味の自分をどうにか奮い立たせる思いで、受付の女性と向き合う。

「サーバのある場所を見せていただいてもいいですか」と頼んだ。

たとえここのシステムを司っているサーバ室に足を踏み入れたところで何一つ変わらない。それくらいは、分かっていた。が、小さなことはやり遂げられるのではないか。

55

サーバ室は、エレベーターで昇った一つ上の階にあった。先ほど訪れたオフィスも広漠としたフロアに見えたが、階上のこのサーバ室はそれ以上の、果てのない場所に感じられた。隅から隅まで、ロッカーにも似た形のコンピューターが並んでいる。パイロットランプがちかちかと点滅し、ところどころに置かれた薄型のディスプレイには、さまざまな画面が映っている。心電図の波長のようなものから、英語のメッセージ、日本語の文章もあった。浮かんでは、消える。

サーバ室に案内してほしい、と頼んだのは私だったが、実際に連れてきてもらえると確信があったわけではなかった。普通であれば、どこの誰とも分からない訪問者に、会社の基幹ともいえるコンピューターのサーバ部分を見せることは絶対にない。そもそも、社員ですら、その部屋には立ち入れないのが常であるし、そこで、「はい、分かりました。ご案内します」などと言い出す会社があるのだとすれば、ろくなものではない。が、私はもしかすると案内してもらえるのではないか、と期待していたし、受付の女性も、「はい、分かりました。ご案内します」と答えた。

永嶋丈のおかげだ。現役国会議員の彼が、事前に電話をし、私たちに対してはすべてを見せるように、と指示を出していたのだろう。もちろん、この民間企業が、国会議員の一言に、ただで何もかも従うわけがないから、そこにはまた、絡み合った利害関係が存在しているのかもしれない。

「実はわたしもここに入るのは二度目なんです」受付の女性は申し訳なさそうに、けれど高揚も浮かべ、言った。無人の室内で、ひたすら計算処理を続けるコンピューターに圧倒された。

「これ、何をやってる場所なわけ？」佳代子がぼそっと言うが、私はただ、立って、そのサーバの隊列を見つめるしかできない。

ここも仕事で溢れている。

各端末はそれぞれプログラミングされた処理を行っているに過ぎない。入力されたデータを判定し、演算し、出力する。それぞれが作業を分担し、自分の仕事をこなしているだけだ。それらが組み合わさり、ある結果を作り出している。

一つ下のオフィスでは人間が、ここではコンピューターが、ただひたすら、仕事をこなしている。まさにアリのコロニーそのものに思えた。

「どうですか。もうよろしいでしょうか」受付の女性は言った。いい加減、このへんでいいでしょう、と苛立ちを見せても問題はないように思えたが、彼女は強い忍耐力を備えているのか、プロ意識があるのか、穏やかな、嫌味のない口ぶりだった。

「五反田さん」私は、職場で上司に相談する感覚で、隣の五反田正臣に訊ねる。彼に、サーバの配置やその数の莫大なことを告げる。

「すげえシステムだな。見えなくても、分かるよ」

「これが、張本人？」佳代子だけが状況に怯んでいなかった。「この機械が悪さしてたってわけ？」

「そうとも言えるし、そうじゃないとも言えるんだ」

「何よそれ。悪いのは誰なわけ」

誰が悪い、とは言えないのだ。そう答えるのが精一杯だった。言ってから、そうか彼女はいつも、浮気をした男であるとか、自分に危害を加えてきた相手であるとか、そういった目の前の悪人をやっつけてきたから、すべてのものがそういう構図になっているのだと思い込んでいるのだ、と察した。実際、彼女はそこで、「わたしはね、悪者をさっさとやっつけて万歳！　って話が大好きなのよ」と言い出す。

「俺だってそうだ」私だって、勧善懲悪のドラマが好きだ。が、現実はそうなっていない。

「あなたは難しく考えすぎてるのよ」佳代子は言うと、つかつかと歩みはじめ、目の前にあるサーバ端末の一つの前に立つと、私や受付の女性が制止するより早く、脚を回転させた。

壊す気なのだ。そう分かった。分かった瞬間には、ああそうか、と目が覚めるような清々しさに心を打たれた。物事の構造に眩暈を感じ、途方に暮れるよりは、とりあえずは目下の問題に、眼前に立つその相手に立ち向かえばそれでいいのではないか。

ゴッシュという会社には、悪は存在しない。ただ、このサーバが生み出すあるシステムが、何らかの恐ろしい事態を引き起こすのなら、たとえ根本的な解決とならずとも、シンプルな回し蹴りを食らわすことに意味はあるのではないか、と気がついた。

佳代子の右脚は美しい弧を描き、宙を飛び、端末を破壊した。ように見えた。が、実際には、プラスチックが凹むような音がしただけだった。コンピューターは、透明の薄い防御壁のようなもので囲まれている。佳代子の脚はそこに跳ね返っただけだった。

「何をされるんですか」受付の女性もさすがに動揺と怒りを浮かべた。「ちょっと、やめてください」

いいじゃない、と佳代子は平気な表情だった。

「渡辺」と五反田正臣が顔を寄せてくる。「どうなってるんだ」

「妻がサーバを壊そうとして、失敗しました」私は、不名誉な報告をしょんぼりしながら行う。「透明の壁で守られているんですよ」

まあ、だろうな、五反田正臣はうなずき、顎を触った。思案顔になり、少ししてから、「どうにか、コンソールを使えないか？」と囁いた。

コンソールとは、サーバなどを制御するための入出力機器のある部分だ。巨大で、保護の行き届いたコンピューターとはいえ、メンテナンスなどの作業は不可欠だ。その際に、処理を実行するための操作端末が、用意されているはずだった。

何をするつもりなんですか、と私は、五反田正臣に聞き返さず、「申し訳ないです。管理者を呼び出してくれませんか」と受付の女性に頼んだ。

「はい？」

「今、妻が機械を蹴ろうとしたことを謝罪したほうがいいと思うんです」

「はい？」

「謝る必要ないじゃない」佳代子はむくれたが、私はそれを聞き流し、「どうしてこうなったのか、状況を説明したいんです。管理者を呼んでいただけますか」とあくまでも丁寧に、お願いをした。

ほどなく彼女は携帯電話を取り出し、どこかへ連絡をし、それを終えると、「今すぐに、システム管理者が来ますので」と言った。私たちの誰とも視線を合わせようとしなかった。

システム管理者の登場は驚くほど、早かった。気づくとそこに出現していたから、生身の人間というよりは、映写された立体画像のように思えた。

「わたしが、システム管理者の田中です」と名乗った彼は脚を少し引き摺るようにしていた。最近の流行にしたがっているのか、きっちりと髪を分けた、いわゆる七三分けで、襟の大きめのシャツにネクタイを締めている。「何か問題でもありましたか」

「実はこちらの方たちを、サーバ室に案内したのですが」受付の女性が言うと、田中は、「どうして」と眉間に皺を作った。

「実は、広報からそういう話が」

「広報から？　どうしてそんなことを」

「永嶋先生が関係しているようなんです」

田中は大袈裟に肩をすくめ、わざとなのか、はっきりとした溜息を吐く。「どういう目的が？」と私を窺った。

「実は、このサーバの設定を調査しているんです。つきましてはコンソール端末を開放していただいてもよろしいですか？」私が言うと、当たり前のことながら田中は表情を険しくした。突然の訪問者が、「あなたの預金残高を調べに来ました。通帳を見せてくださいね」と言い出すのと同じだ。

受付の女性が呆気に取られている。

「仕事なんです」私はその言葉を、かなりの思い入れを持って、発音する。世の中の大半のことは、「仕事」が理由になるのだ。

すぐさま私は、田中の姿を見つめた。瞳を見つめるというよりは、彼の身体全体を目で捉え、その彼の体内に、自らを滑り込ませるようなイメージを浮かべる。

いいでしょう。コンソール端末に案内しなさい。私は内心でそう言う。

「いいでしょう。コンソール端末に案内しなさい」と田中が口に出した。

え、と受付の女性はきょとんとする。

「いいから早くしなさい」私は、間髪入れずに田中にそう発言させた。

はい、と答えたものの、受付の女性は不可解な様子だった。「いえ、でも、わたしはそこまでは知りませんので」とぼそぼそと答える。彼女はさすがに、サーバ室には詳しくないらしかった。そうかそうだよな、と私は思う。やり方を間違えた。

今度は、受付の女性に、腹話術の力を使う。ずいぶん慣れてきたのか、あまり時間はかからず、彼女は、「実は、広報から連絡があったんです。至急、この人たちに処理をさせるように、と」と言う。私が言わせたのだ。

「何だって？」

「重大な故障が起きるそうで、緊急らしいんです。できるだけ早くお願いします」

受付の女性の言葉に、田中は一瞬、黙った。

「一刻を争います」私はできるだけ真剣な顔を作り、田中を見た。

「俺たちもこんなことはやりたくないんだが」五反田正臣も言った。「仕事なんだ、仕方がない」

コンソール端末を前にした五反田正臣は急に、生き生きとした。目が見えないために作業自体は、私がするほかなかったが、それでもてきぱきと指示を出してくる。水を得た魚ならぬ、パソコンを前にしたエンジニア、という具合だった。これを差し込め、と小さなチップディスクを寄越してきた。その中身について私は確認しなかった。すぐに、ディスプレイ脇の穴にチップを入れた。

　画面に、小さなウィンドウが開く。

「何か出ましたよ」

「キーを押せ。何でもいい」五反田正臣が言う。

私はその時にはすでに、五反田正臣がやろうとしていることの見当がついていた。彼がずいぶん昔に作った、というツールだろう。凝った仕掛けは何もなく、ただ、ディスクの中身を削除するだけ、というシンプルで、破壊的なツール、「お陀仏君」だ。

　ネット経由で操作をするのであればセキュリティの壁が立ち塞がるが、こうして、直接、端末をいじくるのであれば、基本的には大半のことが行えるはずだ。しかも、権限を持ったアカウントでログインをしている。必要なのは、思い切りだけだ。

「何をしているんだ」田中が背後で、心配そうに見てくる。

「いいんですか？」と受付の女性も不安げに、田中を見やる。自由にさせていいんですか、という意味だろう。

「いいも何も、そういう広報からの連絡なんだろう？」田中は田中で、私が腹話術で言わせた女性の台詞をまだ、信じている。

　私は画面をじっと見つめる。せめて、このシステムだけでも破壊する、と五反田正臣はそう思ったに違いない。ようするに、妻の佳代子の回し蹴りと発想は同じだ。一矢報いたい、それだけだ。

「画面に何か表示されているか」五反田正臣が訊ねてくる。

「削除中って書いてありますよ」削除中、とはずいぶんストレートなメッセージだな、と私は笑いそうになる。

「なあ、馬鹿でかい野原が広がっているとするだろ」五反田正臣が小声で言った。え、と私は聞き返す。

「野原が広がって、雑草があちこちに生えてるとするじゃねえか。で、とてもじゃねえが、全部の草木は引っこ抜けない。そうだろ。一人の能力には限界がある。その時にできることは」

「できることなんてあるんですか」

「一つは諦めることだ。全部の草むしりなんて不可能なんだから、何もやらないほうが利口じゃねえか。そういう考え方だ。な、賢明だ。で、もう一つは、あれだ」

「何です」

「せいぜい、自分のできる範囲で、身近なところだけでも草をむしっておこうか、って考えだ」

「まさにそれが」私は自分の前に表示されている、「削除中」の文字を眺める。

「そうだ。俺たちが今やっている、これだ。根本的解決にはなっていない。だけどな、目の前のシステムくらいは壊してやる」

　私はうなずいた。大きな目的の前では無力な私たちも、眼前の小さな目的のためには行動できるのだ、と信じたかった。

「危険思想とは、常識を実行に移そうとする思想である」と五反田正臣がぼそっと溢すのが、聞こえた。以前も彼が引用した、芥川龍之介の言葉だ。

「自分の常識が世界の常識」と妄信していることへの戒めなのか、それとも、常識的なことほど疎まれるという意味合いなのか、はっきりしない。五反田正臣は続けて、

「何が常識かなんて、分からねえよな」と言った。

　ディスプレイの真ん中に、新たなメッセージウィンドウが現われたのは、数分した後だった。

　横長のメッセージで、『登録外のアプリケーションを検索しました。強制的に処理を中断します』と表示されている。

　五反田正臣は、私が息を呑む気配を察したのか、どうかしたのか、と囁いた。

「メッセージが出ました」

「何て書いてある」

　私が小声で説明すると、彼は舌打ちした。「本当かよ。直接、繋いでいるんだぜ？　俺のプログラムでも動かないのかよ。ずいぶん神経質なセキュリティだな」

「みたいです」どうやら、システム側が、私たちの実行したプログラムに気づき、その処理を自動的に停止させたようだ。五反田正臣はその後も、指示を出してきた。別画面を出し、システム内のファイルを検索し、いくつかのサービスを停止させた上で、ツールを実行しようと試みた。

が、どれもうまく行かなかった。

「これも無理なのかよ」

みたいです。声を落とし、私は答える。

後ろにいる田中が、「おい、大丈夫か、おい」と言ってくる。

私は肩から力が抜け、自分がいかに緊張していたのかを理解した。五反田正臣も息を吐き、落胆してはいるのだろうが、唇の両端を少し吊り上げていた。

「自分のまわりの雑草も抜くな、ってことかよ」

「かもしれません」

私と五反田正臣はショックを受けたが、強敵に完膚なきまでに倒されたかのような爽快感に覆われていたのも事実だった。

「手強い」私はそう声を出す。

すると、新しいメッセージが表示された。サーバ側から表示されたものだ。

『見るべきものは見ましたか？』

そう書いてあった。私たちを監視する誰かが発しているような文章にも読める。そのメッセージを私から聞いた五反田正臣ははじめは黙ったが、すぐに、「平家物語みたいなこと言ってんじゃねえよ」と笑った。私にはその意味が分からなかった。「おい、君たち」田中がさすがに怪しんできて、私たちの肩をつかんだ。「いったい、何をしているんだ」

「黙ってて」

佳代子が咄嗟に動いていた。あっという間に、田中の腕を蹴飛ばしていた。受付の女性が悲鳴を上げ、誰が作動させたのか非常ベルのようなものが室内に響いた。

私は、五反田正臣を抱え、駆けた。


ゴッシュのセキュリティ装置は、ビル全体を封鎖することまでやってのけるのではないか、と心配が過ぎったが、幸いなことにエレベーターは稼動した。これだけの高層ビルとなれば、ゴッシュの権限ですべてを停止させることも難しいのだろうか。私たちはエレベーターに飛び込み、地下二階へと向かう。

「おい、そろそろ下ろしてくれていいぞ」

私は自分でも気づかぬうちに、五反田正臣を背負っていたようで、はっと気づいて、彼を下ろした。自分のどこにそんな体力があるのか。

「結局、何もできずに逃げるだけか」五反田正臣が、私の肩をつかみながら言う。システム一つ壊せず、おめおめと帰ってきた。それが、私たちだ。

「ですね」その場に座り込みそうだ。このまま目を閉じれば、まったく違うところで目を覚ますのではないか、と期待してもいた。夢から醒めたら、はい、平和な日常ですよ、という具合にならないだろうか、と。

横にいた佳代子が無言で私の右手を握ってくる。不思議なことに、手を通じ、彼女からあたたかい空気が、私の身体に入り込んでくるのが分かった。虚しさに侵食されていた私は、そのおかげでどうにか立ち続けていられる。

「あなたには特別な力があるんだから」

「それは」私はようやく、彼女に聞ける。下降していくエレベーターの速度が増したようにも感じる。「俺のあの、超能力のことなのか？」

「超能力？」

腹話術というべきか、あの、奇妙な特殊な能力のことだった。「君は、俺の超能力を覚醒させるために、いろいろと物騒なことを仕掛けてきたんじゃないのか？」

彼女は眼を見開いた。私をじっと見つめ、その大きな眼でこちらを包んでくる。そのうちに例によって目を細め、「何言ってるの。超能力なんてあるわけないじゃない」と笑った。

「この世にそんなのないって」

「俺にあるわけない？」

「この世によ。この世にそんなのないって」

「でも、君は、俺に特別な力があるって」

「それはそういうんじゃなくて、普通に特別な力だって」彼女の言う、普通に特別、という言葉が滑稽な響きを持っていた。「たとえばさ、妻を幸せにする、とかそういう力よ」

五反田正臣が噴き出し、そりゃあ、特別な力だ、と言う。「普通はできねえよ」

私は、妻がどこまで本当のことを喋っているのか判断できず、しばらくきょとんとしてしまった。

彼女がもう一度、力強く、私の手を握る。エレベーターは他の階に止まらず、地下二階へ向かった。到着する寸前、私は、隣の妻の横顔をじっと眺めた。

彼女の手を握り返す。

その途端、目の前のエレベーターの壁や天井、床がばらばらと崩れ出す幻覚に襲われる。皮膚がめくれるかのように、四方の壁が剝がれ、ロープやレールが切れた血管のように揺らめく。底の抜けた場所に、私は足をじたばたさせ、落下に怯え、その恐怖で小便を漏らしそうにもなるが、その時、自らの手の先にいる妻の、微動だにせず立つ姿を目にし、我に返った。

彼女は幻覚ではない。

当然ではあるが、そのことに安堵する。それから、ふと、佳代子が傷だらけとなる姿が頭に浮かんだ。破られたドレスさながらに、身体に傷を負い、息も絶え絶えの彼女が、「わたしも似たようなことをやってるんだから、まあ、やられても文句は言えないよね」と呟いている。いったいそれが何の場面なのか、当然ながら私には分からず、とにかく彼女を抱き寄せるが、するとその血を流した彼女は砂のように崩れてしまう。誰かを傷つける人間は、それが自分に跳ね返ってくることも覚悟しなければいけない。佳代子自身のその考えが、実際、彼女に降りかかる姿を私は思い浮かべていた。

岩手高原で出会った、愛原キラリの言葉が甦る。あの時、人間は情報ではできていない、と言われた私が、「じゃあ、人間は何でできてるんですか」と訊ねると、彼女はごく当然の表情で、「そりゃあ、血とか筋肉とか骨じゃない?」と答えた。

播磨崎中学校は存在していなかった。建物も生徒もでっち上げられ、つまりは書類や情報だけによって構築された、架空のものだった。血や骨のない、透明の物体でしかなかった。

が、本来、人間は、人間の社会はそれとは異なるものだ。血や骨でできているはずだ。

「大丈夫？」佳代子が何事もないような面持ちで、訊ねてきた。

私はその問いかけに、うなずくことで答えた。そして、何をどう血迷ったのか、今まで発したこともない台詞を口に出しそうになる。それを言ってしまったらすべてが、陳腐な作り事になるように感じ、どうにか飲み込んだ。

それとほぼ同時だ。正面の液晶画面に表示されている階数をじっと眺めていた佳代子が、そちらを見たまま、独り言を洩らすかのように言った。「愛してる」

腹話術が発揮されたのかどうか、はたまた彼女がただ、自分の意思で発したのかどうか、私には分からなかった。

56

遠くの峠が紅葉で色を変えはじめている。北海道に来てから一年だ。

頭上を見上げた。青と白のまざった、薄ぼんやりとした空が広がっている。涼しい風が頬に当たる。双眼鏡を目に当てたまま、首を傾けた。

鳥の姿が見える。すぐ先にある防風林を棲処《すみか》としているオオタカだ。平地に一人で双眼鏡を構えている私に興味でも持ったのか、まっすぐに飛んできて、そして私の真上のあたりで、旋回をはじめた。明るい空を背景に、羽根を広げ、ゆるやかに弧を描く。羽根の鷹斑がはっきりと見え、美しかった。ちょこんとついた足の黄色が靴下を履くようで、可愛らしい。

ぼうっと眺めていると、次第にその姿が小さくなっていく。オオタカと一緒に、自分も旋回上昇するような、心地良い揺れを感じる。

双眼鏡は、岩手高原に住む、愛原キラリから送られてきたものだった。数ヵ月前、突然、北海道に送られてきたのだ。私は、妻と二人で北海道に行くことを、北海道で暮らすことを、彼女にだけは伝えてあった。「詩織ちゃんからのプレゼント。潤也君が昔、使っていたものらしいよ。北海道にはタカがよくいるらしいから、使ってみてよ」と手紙にあった。

使い方など分からなかったが、外に出て、試行錯誤をしながら観察をしているうちに私は、オオタカを眺める喜びを知った。時折、旋回するオオタカから話しかけられる錯覚を抱くこともある。

店に戻ると、カウンターに立ち、皿を洗っている佳代子が、「おかえり」と微笑んだ。店内には丸いテーブルが五つあり、それぞれに四つずつ椅子が置いてあるが、今は客もいない。

経営のノウハウなどなく、土地勘も皆無の北海道で、どうして喫茶店をはじめてしまったのか自分でも理由が分からない。が、それでもこの一年はどうにか暮らすことができた。会社員時代の貯蓄を切り崩してはいるものの、大きな赤字に悩まされてもいない。

私は空いているテーブルの一つに座り、壁にかかっている薄型ディスプレイを見つめた。電源が入っていた。いつもは映画を観る時にしか使わないのだが、珍しく、ニュースの画面が映っていた。

「どうして、ニュースなんて」社会の情報は切り離す。それが私たちの生活の、唯一ともいえる方針のはずだった。

「この人から電話があったのよ。今朝」佳代子はディスプレイを指差す。そこには、永嶋丈の姿があった。「今日の、ニュースを観てくれって」

「永嶋丈から？」

画面の中の永嶋丈は、一年前に別れた時と変わらない、若々しくも、勇ましい顔つきで、マイクの前で喋っていた。格式ばった会場で、演説をぶっている。国会ではなさそうだったが、何らかの公的な会議なのか。永嶋丈は、私の聞いたことのない名前の、政党に属しているようだった。いつの間にか新党を結成していたのか、そんなことも知らなかった。

一年前、国際パートナーホテルで、佳代子が、兎面の男や緒方を痛めつけた出来事は、「ホテルに宿泊していた永嶋丈と秘書の緒方に、兎の面を被った男が襲いかかった」と報道された。さらには、「永嶋丈がその男を撃退し、秘書の命をかろうじて救った」と騒がれ、永嶋丈は再び、注目を浴びた。

私たちがゴッシュに乗り込み、システムを破壊しようとしたことも、小さな事件として報道されたのみだった。「社内の監視カメラによって撮影された犯人の顔写真」が公表されたが、それは私たちと似ても似つかない外見のものだった。

永嶋丈が、私たちを救うために、正確に言えば見逃すために、情報の加工を行ってくれたのだろう。あの時、彼自身が認めたように、それは結局、播磨崎中学校の事件と同じなのかもしれなかった。真実を隠し、別のシナリオを起動させる。永嶋丈は操り人形の英雄を自覚的に演じ、何らかの方向へ国を導こうとしている。

「これは何の話題なんだろう」とディスプレイを指差す。

「さあ。わたしに政治のことを聞かないでよ」

「君は何でも知っているような気がするんだ」

「何も知らないわよ。とにかくね、あの永嶋先生から、頑張っているところをテレビで見てくれ、って言われただけ」

「子供が親に、学芸会での活躍を見に来てね、って言ってるようなもんじゃないか」

私は苦笑する。

リモコンを使い、ディスプレイの電源を切った。店内がしんとする。世の中がどうなっているのか、この国がどうなっているのか、私は知りたくもなかった。

「おまえは見て見ぬふりをしようって言うんだな」一年前のあの時、ゴッシュから逃げ出した後、車の後部座席から五反田正臣は、助手席の私に言ってきた。

私はその時にはすでに、会社を辞め、どこか遠い見知らぬ土地で、情報を限りなく遮断して生きていこう、と決意していた。

「いいか、あのゴッシュの社員は、自分たちの仕事がどういう結果に繋がるのか、知らなかった。そうだろ。知らないで、仕事をこなしていた。まあ、それは、俺たち自身もそうだ。自分たちの仕事や生活がいったい何に影響を与えるかなんて、知らないで生きている」

「ですね」

「で、おまえはその逆を行くわけだ？　事の真相を知っているくせに、遠くに逃げて、知らないふりをして生きていくつもりなんだな」

「前に、五反田さんが言っていたじゃないですか。『見て見ぬふりも勇気だ』って」

五反田正臣は悪びれもせず、わざとなのか助手席の背を後ろから蹴った。「見て見ぬふりは良くないよ、渡辺君」

「そうなんですけど、俺はどこか遠くで、ひっそり生きていきますよ」

「隠れていたって、巻き込まれるぞ」

「それでもいいんです。それに、五反田さんはどうするつもりなんですか」

俺はな、と彼もすでに決意を固めた声を出した。「俺はな、ちょっと考える」

「考えるって何をですか」

「見て見ぬふりしないで、立ち向かう方法だよ」

「ゴッシュに？」

「ゴッシュは枝葉だろうが。そうじゃなくて、システム全体だよ。『そういうことになっている』っていう仕組みのせいで、不幸になっている人間がいるなら、どうにか救ってやりたいんだよ」彼の口から、他人を救いたいという宣言が出たことにびっくりした。

「本気なんですか」

「まあな」と彼は軽やかに言う。

「そんなこと、できるんですか」

「分からねえよ。ただ、俺たちはここに残って、踏ん張って、もう少し頑張ってみる」

「俺たち、って誰と誰ですか」

「俺と大石だよ。気長にやるさ」

欠席裁判もいいところだった。大石倉之助が巻き込まれていることに、私は大笑いをした。とりあえず、「五反田さん、たぶん、これからはマッチョの時代が来ますよ」と言ってみた。

「何だよそれ。マッチョって、闘う男って意味なのかよ」

私はそこで思い出し、「加藤課長が自殺したのを知っていますか」と訊ねた。するとと、五反田正臣は絶句した。嘘だろ、とぼんやり、うなされるように呟き、しばらくの間、口を開けたままだった。やがて、この数年で一番びっくりした、ゴッシュのことなんかよりもよっぽど驚いた、と言い、「ちょっと寂しいな」と息を吐いた。「あいつがこの世の諸悪の根源だと思っていた頃もあったのにな」

私もそれを聞き、寂しくなった。

それ以降、五反田正臣とは連絡を取っていなかった。だから、彼が今、どこで何の仕事をしているのかもはっきりしない。


北海道に来る直前に一度だけ、ネット環境に接続したことがあった。検索画面を使い、「播磨崎中学校　安藤商会」とキーワードを打ち込み、思い切って、検索を行ってみたのだ。検索結果は表示されなかった。以前であれば、少なくとも、例の出会い系サイトは出るはずであったが、それもないような状況だった。

それから私は、何を思い立ったのか、「国際パートナーホテル　渡辺拓海」とキーワードを指定し、検索を試みた。

あの時のホテルでの出来事と私たちを結びつけるような情報が、ネット上に出ていないか気になったからだ。世間的には隠蔽されているはずだが、誰かそのことを知らないだろうか、と。

検索結果は一件きりだった。ページタイトルを見る限りでは、化粧品の通信販売のホームページのようだったが、私はしばらくそのページ名を見つめただけで、実際に、そのサイトを開くことはしなかった。

これも何かの仕組みなのではないか、と恐ろしくなり、それ以上踏み込まなかった。

私の浮気相手であった、桜井ゆかりの消息が判明したのも、北海道に来る直前だった。東京駅で偶然に会った、会社の女性社員が、「ゆかりちゃん、結局、パラオで知り合った人とは離婚したみたいで、実家に帰ったみたいですよ」と教えてくれた。

そうなんだね、と私は儀礼的な相槌を打っただけで、彼女の実家の場所や連絡先については聞かなかった。

いったい彼女はどうして、私と付き合うことになったのか。依然として事実は分からないが、想像はできる。彼女と浮気をしたことで、私は妻に脅された。思えば、今回のこの一連の冒険は、それがきっかけだったとも言える。愛原キラリが言っていた通り、間壁敏朗も私も、安藤潤也の親戚で、特別な力を持っているからこそ、巻き込まれたのかもしれない。おそらく、コロニーには、「特別な力」は不要なのだ。アリの群れを維持するためには、特別なアリはいないほうが良い。特異なアリを排除する仕組があってもおかしくない。桜井ゆかりは、仕事として、私に寄ってきたのではないか。

井坂好太郎のことはあまり思い出さなかった。それでも時折は、記憶が湧き、嫌な気分になった。死んでこの世から消えたにもかかわらず、彼は、私にとっては煩わしい友人のままだ。彼が残した、「馬鹿が見る」と書かれた遺書、あれを遺書と呼ぶべきかどうかも定かではないが、あれは今でも保管してある。彼の書いた本に挟んだままだ。もしかすると、と思ったのは数日前だ。もしかすると、井坂好太郎は何らかのメッセージを自分に残してくれたのではないか、とそんなことを考えた。例えば、「馬鹿が見る　井坂好太郎」とキーワードを指定して、検索をすれば、彼の記したページが出てくるのではないだろうか。もしくは、「馬鹿が見る　渡辺拓海」でもいい。それくらいの凝ったことを彼ならばやるのではないか、と私は思っていた。彼にはそれくらいのことをやっていてほしかった。「逆転の発想だよ、渡辺」とどこからか言われたかった。

「何をぼんやりしてるわけ」カウンターにいた佳代子がいつの間にか、私の隣の椅子に座っている。コーヒーカップを前に置く。

妻の顔を見た。

いったい何が真実で、どの情報が正しいのかはっきりしない。どのようなシステムが自分たちを取り囲んでいるのかも分からない。ただ少なくとも、と私は思う。ただ少なくとも、妻と私の、このささやかな時間と場所は損なわれていないはずだ、と。

ドアが開く音がし、反射的に、「いらっしゃいませ」と挨拶をしながら席を立ち、振り返った私は一瞬、言葉を失った。思いもしない来客の姿に呆然とした。座ったまま首だけで後ろを見た佳代子は、「あらあ、お兄さん」と何事もないように笑っている。「元気だったわけ?」

「久しぶりだ」と歯を見せるのは、眼鏡をかけ、髭を生やした、岡本猛だった。

亡霊でも眺めている気分だ。一年前、私の観た映像によれば、彼は、むごい拷問を受け、死んだはずだった。「あれは」と思わず、言っている。「あれは、嘘だったのか」

捏造された映像だったのか?　それならば分かりやすい。

が、よく見れば、岡本猛の手の指は数が足りなく、松葉杖も突いていた。あの拷問の痕跡としか思えなかった。あれは現実だったのだ。

「あの時、俺は面倒臭くなっちまって死んだ真似をしてたんだけどな、本気にして、あいつらの一人が車に乗せてくれたんだよ。死体を捨てるつもりだったんだろうな。まあ、そこで俺はそいつをやっつけた。さすがに、しばらくは入院生活で、退院した時にはあんたたちとも連絡が取れなくなっていたし、仕方がねえから、その後も、ふらふら生きてたよ」岡本猛は何事もないように言うと、「あんたと奥さんがここで店をやってるって、最近、知ったんだ」と隣のテーブルに腰を下ろす。「コーヒーをひとつ」

佳代子が、「一杯くらいならサービスするわよ」と立ち、カウンターに向かった。

いったい誰からこの店のことを聞いたのか、と訊ねようとしたが、やめた。情報というものはどこからどう漏れるのかはっきりしない。そのことを調べることにさほど大きな意味はなく、分かったところで状況は変わらない。真実が、人を幸福にするわけではないのだ。

「あんた、少し、太ったかい」岡本猛が髭を撫でながら言った。

私はまだ、岡本猛の存在を信じられなかったから、話しかけることに躊躇した。椅子に腰を下ろし、彼をまじまじと眺める。自分の首や顎を撫で、「どうだろう。太ったのかな」とようやく答えた。

「こんなところで何をやってるんだよ」

「目を逸らして、生きてるんだ」

何から目を逸らして？　と彼は訊いてこなかった。「それでいいのかよ」

私はその言葉を聞き、急所を突かれた気分にはなったが、「いいかどうかじゃない」と本心を答えた。妻の佳代子にちらっと視線をやった後で、「俺は自分の人生を損ないたくないんだ。これはこれで、一つの選択なんだ」と目を伏せた。

岡本猛が無言になった。

「軽蔑するか？」私は思わず、確認した。

「いや」彼は即座に返事をした。「あんたもいろいろ考えて、そうしたんだろ。なら、しょうがない。あんたの言うように、それも選択だ」

「そうだ。俺は考えたんだ」

「浮気はもうしていないんだろ」

「俺は浮気なんてしたことがないんだ。濡れ衣だよ」

岡本猛は可笑しげに声を立てた。そして、悪戯を仕掛けるような表情になると、「あんた、勇気はあるか？」と懐かしい質問をぶつけた。

実家に忘れてきました、と答えそうになったが、それを飲み込み、今度はきちんと考え、カウンターに人差し指を向けた。

「勇気は彼女が」と妻の佳代子を指差した。「彼女が持っている。俺がなくしたりしないように」

岡本猛がにやにやしている。

あとがき

この本は、二〇〇七年の四月から二〇〇八年の五月まで、漫画雑誌の「モーニング」で連載させてもらった長編小説に、加筆修正をしたものです。

漫画雑誌での週刊連載でしたので、いつもとは違う書き方となりました。大きな筋書きや展開は決まっているものの、細かいアイディアについては、毎回、担当編集者と打ち合わせをし、次号の内容をそのつど決めて書き進めるやり方を取り、さらには、毎週、冒頭と終わりを意識することにもなりました。そのため、こうして一つの本にまとまると、長いお話を五十六回に分けて連載したというよりは、全力疾走した短いお話を五十六個積み重ねたかのような、不思議な小説になったような気がします。

この連載を続けるのと並行し、書き下ろし長編『ゴールデンスランバー』というお話も書いていました。だからなのかどうかは分かりませんが、この二つのお話には類似点がいくつもあります。もちろん、単なる僕自身の能力の問題、ワンパターンという部分もあるのですが、そうではなくて、片方が、もう片方の作品を刺激して、重なり合った部分も多いように思います。月並みな言い方にはなってしまいますが、この二つの作品は、生真面目な兄と奔放な弟とでも言うような、二卵性の双生児に似ています。『ゴールデンスランバー』にあったものが『モダンタイムス』にはなく、『ゴールデンスランバー』になかったものが『モダンタイムス』にはあると、そう感じています。

また、作中には、井坂好太郎なる登場人物が出てきます。これは単純に、小説家の名前を考えることが億劫になり、自分の筆名を変形させたに過ぎません。連載開始前に降り立った駅が「五反田」であったから、五反田という人物を登場させたのと同じような安直な理由しかなく、特別な意図はありません。こういった趣向はどこか内輪受けにも似たものを感じますし、単行本化にあたり、名前を変えることも考えましたが、それも不自然だと判断し、そのままにしています。

小説を書く際に参考・引用に使用した本は以下のとおりです。

『エンデュアランス号　シャクルトン南極探検の全記録』キャロライン・アレグザンダー著

フランク・ハーレー写真　畔上司訳　ソニー・マガジンズ
『株式会社という病』平川克美著　NTT出版
『ウォー・ロード　戦争の指導者たち　目で見る戦史』A・J・P・テイラー著　藤崎利和訳　新評論
『毒ガス開発の父ハーバー　愛国心を裏切られた科学者』宮田親平著　朝日選書
『われらはみな、アイヒマンの息子』ギュンター・アンダース著　岩淵達治訳　晶文社
『秘密結社を追え！　封印された、闇の組織の真実』ジョン・ローレンス・レイノルズ著　住友進訳　主婦の友社
『ウェブ人間論』梅田望夫、平野啓一郎著　新潮新書
『日本マスコミ「臆病」の構造　なぜ真実が書けないのか』ベンジャミン・フルフォード著　宝島社文庫
『世紀末日本推理小説事情』新保博久著　ちくまライブラリー
『国家とはなにか』萱野稔人著　以文社
「週刊SPA！」二〇〇七年五月十五日号　佐藤優とベンジャミン・フルフォードの対談記事

前半部に出てくる、「結婚とは？」という台詞については山口瞳さんの言葉を、中

盤に出てくる、「徘徊インタビュー小説」なる言葉は、新保博久さんの『世紀末日本推理小説事情』で言及されている、矢作俊彦さんの言葉を引用しています。

そして、作中人物が語る、「国家」についての考えなどは、参考文献をもとに、僕が勝手に作り上げたものです。「蝿の撃退法」として述べている部分や、映画『クロウ』にまつわる陰謀の部分（主役のブランドン・リーが撮影中に亡くなったのは事実ですが）をはじめ、この小説に出てくる出来事は物語に合わせて創作したものですので、そのようにご理解いただければ幸いです。

また、モーニング連載中は、漫画家の花沢健吾さんに挿絵を描いていただきました。小説のイメージを膨らませ、さらには小説自体にも影響を与えてくれた挿絵をそれきりにするのはもったいないため、挿絵をすべて収録した特別版も、通常版と同じく、お店に並ぶ予定です。作品の内容に違いはありませんので、好みに応じて、どちらかを買っていただければと思います。

文庫版あとがき

文庫化作業の際に、どの程度、手を入れるのかはなかなか難しい問題です。デビューして最初の何冊かの作品については、その稚拙さや冗長な部分が気にかかり、文庫版として大きく手を加えることが多かったのですが、最近はあまり、手を入れることはありませんでした。

ただ、今回、この『モダンタイムス』については、文庫化にあたり、大きな変更を加えることとなりました。終盤で明らかになる、「ある事件の真相」を全面的に変更しています。

真相を変えてしまうとは何事だ！　と思われる方もいるかもしれませんが、文庫化のタイミングで、より面白い（と思う）アイディアが浮かんだのであれば、それを変更しないのは怠慢であるようにも感じました。

『モダンタイムス』は三年前（二〇〇八年）に発表した時から、「自分にしか書けない自信作だ」という思いがありました（絵に描いた自画自賛です）。「どうすることもできない」仕組みを、娯楽小説の形で表現できた、という思いがあるからかもしれません。それが、今回この改稿を行ったことでさらにベストの形になったと感じています。

とはいえ、映画の「ディレクターズカット版」であるとか、「完全版」と呼ばれるものをいざ観てみると、「意外に、(オリジナルと)違いがなかったな」と感じることも少なくありません。やはり、作り手側のこだわりと受け取り側の印象には違いがあるのかもしれません。

また、この、『モダンタイムス』という作品の筋は、「主人公たちがある大きな秘密に関わることになり、それを隠蔽《いんぺい》する仕組みに翻弄される」といった内容にまとめることができます。つまり、作品にとって重要なのは、「事件の真相」ではなく、「事件の真相を隠そうとする力」「その力に翻弄されること」のほうで、乱暴に言い切れば、事件の真相については、「何でも良い」のです。

そういった点からすれば、今回の文庫化における、「事件の真相についての変更」は、作品全体には大きな影響を与えないと考えています。だからこそ改稿できた、ということもあるのですが、実際、あらすじはまったく変わっておりませんし、雰囲気にも大きな変化はありません。

なぜこのようなことをくどくど書くのか、と言えば、実は以前、読者の方から、「改稿があった場合、変更部分が知りたいため(単行本を持っているにもかかわらず）文庫版も購入する」と聞いたことがあるからなのです。ありがたいと感じつつも、非常に心苦しく思いました。もともと完全な形で完成させていれば、負担をかけることもなかったわけです。

今回、改稿を行っている最中にも、そのことがずっと気になり、「文庫版で改稿を入れると、どの程度の変更か気になる人がいるのではないか」という思いがずっとつきまとっていました。ですので、あとがきではありますが、この場で、「物語のあらすじに変更はありません」ということを、お伝えしておきたかった次第です。

もちろん、細かい変更点を知りたい方もいるかもしれません。この文庫版を改めて読んでいただければ、それはそれで大変ありがたいことですが（単行本の時よりも面白味が増していることは確信しています）、とにもかくにも、負担の少ない方法で確認していただければいいな、と思います。

最後に、文庫版の改稿にあたり、参考にし、引用させていただいた本を記しておきます。

『影響力の武器　なぜ、人は動かされるのか　第二版』ロバート・B・チャルディーニ著　社会行動研究会訳　誠信書房

『群れのルール　群衆の叡智を賢く活用する方法』ピーター・ミラー著　土方奈美訳　東洋経済新報社

『超常現象をなぜ信じるのか　思い込みを生む「体験」のあやうさ』菊池聡著　講談社

また作中に、新しいエネルギー資源の話を書いておりますが、いずれも、新聞記事の内容などをもとに、僕がでっち上げた架空のもの（架空の出来事）だと思っていただければ、幸いです。

解　説

酒井貞道（書評家）

『モダンタイムス』は、最も伊坂幸太郎らしい小説の一つである。もちろん何が「伊坂らしい」のかは、読者の数だけ考え方があろうし、作家本人も作風を固定しているわけではなかろう。しかし少なくとも現時点では、伊坂幸太郎の特徴は次の三点に集約できるはずだ。

一点目は、どんな状況でもユーモアを忘れないことだ。犯罪行為をしている／されている真っ最中といった緊迫した事態にあっても、加害者・被害者の別を問わず、登場人物は妙な比喩を満載した会話を展開、ときにはボケとツッコミすら確認できて、言葉の上であれば非常に楽しげである。主人公の独白はさらに饒舌《じょうぜつ》で、目の前の状況にはあまり関係がなさそうな事柄を、しょっちゅう考えたり思い返したりしている。手に汗握る場面における、洒落《しゃれ》た会話や思弁は、（言葉は悪いが）誰にでもすぐわかる特色であったため、伊坂幸太郎のイメージ確定に一役買った。

二点目は、随所に張り巡らされた周到な伏線である。これは推理小説的な意味合いでの伏線（＝さりげない記述に、真相を示す事実やヒントを紛れ込ませる）に限らない。たとえば、何ということもない場面に出て来た事柄を主人公がピンチの際にふと思い出し、事態を打開するアイデアに繋げる場合や、一見メイン・プロットとは関係なさそうな場面でドミノ形式で出来事が連鎖し、結果的にクライマックスに大きな影響を与える場合も、伏線とその回収の類型である。雑談で話された内容が後で決め台詞《ぜりふ》に転用されるケースも多い。伊坂幸太郎の諸作の構造は、多くをこういった伏線に拠《よ》っており、これを通じて、作品の各ポイントが有機的に結び付けられている。

三点目は、あらゆる物事に関して決め付け、思考停止そして付和雷同を回避し、自分でしっかり考えることを追求する真摯《しんし》な姿勢である。伊坂幸太郎はこれまで、政治・家族・人生・善悪など、様々な事柄をテーマに据えて来たが、各種の問題はあくまで個々人が自分で考えなければならないというスタンスを貫徹して来た。もちろん登場人物は何らかの決断を下す。しかしその決断が唯一絶対とされることは決してなく、他の結論があり得ることは否定されない。

『モダンタイムス』はこれらの三つの特徴を全て兼ね備えている。

システム・エンジニアの渡辺拓海は、職業不詳の謎が多い妻・佳代子から浮気を疑われ、彼女に雇われた髭《ひげ》の男から拷問され、追及を受けていた。そんな折、傍迷惑《はためいわく》だが腕は確かな会社の先輩・五反田正臣が仕事を放り出して失踪してしまった。五反田がやり残した業務を後輩の大石倉之助と一緒に引き継いだ拓海は、プログラムに不審な点を見付け、「播磨崎中学校」など特定の検索キーワードがネット上で監視されているとの疑いを抱く。事実、その言葉で検索を実行した人間は、多くが奇禍《きか》に見舞われた。思い余った拓海は、友人の作家、井坂好太郎に相談を持ちかける。その相談に意外な人物も合流し、彼らは少しずつ真相に近付いて行く。

　個性豊かな登場人物が繰り広げる掛け合いと探求は、先述のとおりどんな状況でもユーモアを忘れず楽しげに綴られているが、譲れない一線を各人が常にしっかり踏まえており、ふとした拍子に、彼らの決意や矜持を示す含蓄ある台詞が飛び出す。加えて後の展開の伏線となるキーワードもひょいと顔を出すので、読者は最初から最後まで気が抜けない。物語の展開は緩急自在であり、主人公たちは次々に襲いかかって来る様々な難局を、口八丁手八丁で乗り切っていく。伊坂幸太郎は本書において、達者なストーリーテリング、見事なページターナーぶり、そして軽妙洒脱な会話センスを遺憾なく発揮しているのだ。また最後に主人公が下す決断は、唯一無二の「正しい答え」としては用意されておらず、他にも様々な考え方や身の処し方があり得ることが明示されている。加えて早い段階から、複数の登場人物が、自分の頭で物事を考えるのは重要だと説いている。先述の三つの特徴は、全て顕著に表れているわけだ。

そんな『モダンタイムス』だが、『ゴールデンスランバー』（新潮文庫）と『魔王』（講談社文庫）の二作品と密接に関連していることは見逃せない。

『モダンタイムス』初稿——初稿と書くのは、今回の文庫化に当たって加筆修正がおこなわれているからだ——の執筆は、『ゴールデンスランバー』とほぼ並行しておこなわれた。本書と『ゴールデンスランバー』はいずれも、国家という社会システムそのものが敵となる。この点で二作は双子のような関係にある。

ただし主人公の戦い方はまるで逆だ。『ゴールデンスランバー』の主人公は、最初から最後まで逃げ回っていた。国家は相手として大き過ぎる上に曖昧模糊としていて、とても戦えないからである。一方『モダンタイムス』は、逃げずに国家に挑んだらどうなるかを描く。主人公たちは、勇猛果敢に闇に踏み込み、真実を探求する。しかし相手は国家、やはり一筋縄ではいかず、主人公たちは攻めあぐねる。『ゴールデンスランバー』の逃避に対し、『モダンタイムス』は抵抗の物語として、正反対の展開を辿《たど》るかに見える。しかし（ネタバレを避けるため詳述できないが）最終的な到達点はそれほど遠くないように思われて興味深い。

『魔王』との関連はより直接的である。『モダンタイムス』の舞台は『魔王』の約五十年後の二十一世紀半ばに設定されており、登場人物も一部共通している。本書は『魔王』の続編と言い得る作品なのだ。そして世界設定だけではなく、テーマ面でも連続性が見られる。『魔王』では、同作の主人公・安藤は、カリスマ的な人気を誇る政治家・犬養のことを、刺激的な演説で大衆から思考能力を奪っていると見て害悪視する。しかし物語は最後に残酷な逆転を用意した。大衆を扇動する人物以上に、扇動される人々や社会構造そのものが問題であることを、主人公は悟る。そして苦い後味を残したまま、話は終わってしまうのだ。一方『モダンタイムス』は、犬養首相のような個人を飛び越えて、最初から国家というシステムそのものを敵に据える。本書は明らかに、『魔王』が終わった地点からスタートする物語なのである。

『ゴールデンスランバー』は山本周五郎賞と本屋大賞を受賞し、伊坂幸太郎の代表作と目される。一方『魔王』は伊坂幸太郎が政治色を初めて果敢に打ち出した作品であり、一つの転機になっていた。伊坂幸太郎のキャリア上、極めて重要な位置を占める二作品と密接な関連性を持つ『モダンタイムス』が最も伊坂幸太郎らしい作品となったのは、ある意味必然であったのかも知れない。

最後に、文庫化に際しての大幅な加筆修正に触れておこう。プロットやストーリーの大枠、登場人物の性格は変わっていないが、台詞回しや比喩のバリエーションが増やされ、小説の奥行きが増している。さらに終盤では、国家的陰謀の内容が一部変更されており、国家というシステムの力の大きさと恐ろしさがより明確化されているのだ。本書は単なる文庫化ではなく、文庫版異稿と捉えられるべきで、雑誌や単行本で既に読まれている方にも、一読の価値はある。

国家が迫る「システムの歯車になるか、歯車に潰されるか」という二択に敢然と立ち向かう渡辺拓海たちのドラマは、ここに改訂・新生を遂げた。東日本大震災や原発事故、長引く不況、格差社会の拡大、少子高齢化の進展などを受けて、国家や社会のあり方を真剣に見詰め直さねばならぬ機会が増えた昨今、付和雷同や思考停止を排した拓海たちの勇気ある生き様に接するのは、とても意義深い体験になるだろう。今こそ読まれるべき傑作として、さらに広い層に、より強く推薦したい。

新装版への解説

大森　望（文芸評論家）

『魔王』につづいて新装版で刊行された『モダンタイムス』は、二十年を超える伊坂幸太郎の作家歴の中でも特異な位置を占める。ひとつは、文庫本にして上下巻合計七百八十ページの物量。著者がこれまでに書いてきた四十冊あまりの小説の中で、いまなお最長を誇る。

もうひとつは、週刊の漫画雑誌〈モーニング〉に連載されたこと。伊坂幸太郎にとっては、いまのところ唯一の漫画誌連載だし、〈モーニング〉にとっても、毎号、巻末に小説を載せて漫画作品と読者アンケートの人気投票を競わせるというのは史上初の試みだった。連載時には毎回、花沢健吾《はなざわけんご》による挿画がつき、それらをすべて収録した分厚い特別版（Morning NOVELS版）の帯には〝「モーニング」発の初小説！〟と大書されている。著者にとっても〈モーニング〉にとっても、この連載は大きなチャレンジだったのである。

連載は二〇〇七年の十八号に始まり、二〇〇八年の二十六号まで、全五十六回に及んだ。当時の〈モーニング〉は、小山宙哉《こやまちゅうや》の『宇宙兄弟』、綱本将也《つなもとまさや》（原案）・ツジトモ（作画）の『GIANT KILLING』、一色《いっしき》まこと『ピアノの森』、よしながふみ『きのう何食べた？』などの人気作の連載が始まった頃で、世間的にも注目度が高く、四十万部前後を発行していた。

著者インタビューなどによれば、執筆にあたっては、二週間に一度、担当編集者と打ち合わせをしてその後の展開を決める漫画連載的な方法論を採用。引きや山場に毎回知恵を絞り、長編連載というよりも（四百字詰め原稿用紙にして）十六枚の読み切りを五十六回にわたって書きつづけるような感覚だったという。ちなみに担当の佐渡《さど》島庸平《しまようへい》氏（現・株式会社コルク代表）は、『バガボンド』（井上雄彦《いのうえたけひこ》）、『ドラゴン桜』（三田紀房《みたのりふさ》）、『宇宙兄弟』などを担当した辣腕《らつわん》の漫画編集者。文芸とは違う畑の編集者との出会いによって生じた化学反応がこの一大エンターテインメントに結実したのかもしれない。

実際、本のページを開くと、まさに〝最初からクライマックス〟。主人公が椅子に縛りつけられて脅迫され、いまにも生爪を剝がされようという場面から始まる。しかも、冒頭の一行が強烈だ。

〈実家に忘れてきました。何を？　勇気を〉

伊坂作品の書き出しと言えば、『重力ピエロ』の〈春が二階から落ちてきた〉があまりにも有名だが、それが有名になりすぎたせいなのかどうか、この時期の伊坂幸太郎は、なるべく自然な書き出しを目指していたらしい。たとえば『ゴールデンスランバー』の冒頭は〈樋口春子は、平野晶と蕎麦屋にいた〉と、いたってさりげない。しかし本作では、担当の佐渡島氏から、「今回は最初からガーンと行きましょう！　第1回は編集長も（原稿段階で）読むんですから」とネジを巻かれ、この〝イキった〟（著者談）書き出しをひねりだした。伊坂ファンは「よっ、待ってました！」と拍手喝采しただろうし、はじめて伊坂幸太郎の小説に触れた〈モーニング〉読者は、「勇気のない主人公が、謎の男に拘束され、『勇気はあるか？』と問いかけられ、拷問されそうになる」「しかも、謎の男を雇ったのは、浮気を疑う妻」という独特すぎるシチュエーションにいっぺんに心をつかまれたはずだ。

大きなロックフェスに初めて出演したアイドルグループが、自分たちを知らない客の心をつかむために熱く盛り上がる曲だけでセットリストを組んで持ち時間を全力疾走するように、〈モーニング〉に初登場した伊坂幸太郎は、通りすがりの漫画読者の心をつかむため、持てるかぎりの小説技術と手練手管で五十六週の長丁場を完走した。しかも、「勇気はあるか？」という冒頭の質問は、小説の最後にもう一度くりかえされ、物語に鮮やかに幕を引く役割を果たしている。その点に着目すれば、この小説は、「勇気はあるか?」という質問に対するもうひとつの答えにたどりつくまでの長い道のりの物語だとも言える。

『モダンタイムス』の第三の特徴は、『魔王』の五十年後の物語という体裁をとっていること。一部の人物が再登場するので、続編もしくは後日譚と呼ぶこともできる。『魔王』の出来事にこんなかたちで決着をつけるとは、さすが伊坂幸太郎。……しかし、この新装版の解説を書くために仙台の著者とZoomをつないで当時の話を聞いたとき、いちばんびっくりしたのは、『モダンタイムス』が『魔王』の後日譚になった経緯だった。**【以下、『モダンタイムス』後半のネタバレを含むので、未読の方はご注意ください】**

じつは、『モダンタイムス』の連載がスタートする直前まで、著者はこの小説を『魔王』の五十年後の物語にすることなどまったく考えていなかったという。最後まで悩んでいたのは、「主人公にどんな超能力を持たせるか?」という問題。著者いわく、〈やっぱりオリジナリティがほしいじゃないですか。かつ、できればしょぼい感じの能力がいい。〝絶対無敵〟感よりは、〝不具合が多そう〟みたいな能力をいつも探してるんです。『モダンタイムス』のときもいろいろ考えたんだけど、ちょうどいい〝しょぼい超能力〟を思いつかなくて。それで(担当の)佐渡島さんに、「結局、腹話術しか思いつかないんですよ。でも、そしたら『魔王』の二番煎じになっちゃいますよね」と言ったら、「じゃあ『魔王』の続編にすればいいじゃないですか」と言われて、なるほど、と。そうすれば、(腹話術に)必然性が生まれるから〉

〝『魔王』の後日譚だから、同じ超能力が出てくる〟のではなく、〝同じ超能力を出すために『魔王』の後日譚にした〟という転倒。まるで本格ミステリの〝意外な真相〟のようだが、連載開始直前に決まったこの設定によって、『モダンタイムス』はさらに大きな広がりと奥行きを持つことになる。小説は生きものだとよく言われるが、この連載はまさにライブ感覚。もともと考えていたプロットをなぞりながらも、作家と編集者双方のその場その場の閃《ひらめ》きをとりいれ、適宜アドリブを加えながら執筆された。のっけから強烈な印象を与える拓海の妻・佳代子の設定も、じつは書き出す直前に思いついたものだという。

〈エンジニアが普通に出勤するシーンから始めてもインパクトが弱いですし、奥さんが怖いという感覚は、『モーニング』読者も共感してくれるかもしれないな、と(笑)。一年も打ち合わせをして構想を練って、いざ書き始める時に急きょ付け足した設定なので、初回の原稿を受け取った担当編集者もびっくりしていましたが(笑)〉

(『文蔵』二〇〇九年一月号掲載の友清哲《ともきよさとし》による伊坂幸太郎インタビューより)

　担当編集者からの無茶な要望に苦肉の策で応えた部分もある。佐渡島氏からのリクエストは、主人公に「愛している」と言わせること。そんなことをストレートに言わせないために小説を書いているのに、果たして自分が納得できるかたちで作中人物に「愛している」という台詞《せりふ》を吐かせることは可能なのか？　この難題を井坂好太郎は……じゃなくて伊坂幸太郎はどう解決したのか。まるでコンゲームのような解決策は、55章の最後で確認してください。

著者あとがきや旧版の解説にもあるとおり、『モダンタイムス』は、同時期に書かれた『ゴールデンスランバー』との関係も見逃せない。著者いわく、〈(この二冊を) 並行して書いていた時期は、かなり充実していました。書いている最中は「この二つさえ書ければ良い」と思っていて、本当に二作で一対になって書いているようなイメージがあったんです。(中略) この二作に自分の小説の球種は全て詰まっていると思うんです。『ゴールデンスランバー』は集大成と言われ、それはそれで嬉しかったですけど、やはり、僕の好きな馬鹿馬鹿しさという要素は足りないような気がしていて、そういった部分は『モダンタイムス』の方により詰まっているような気がするんですよ。(中略) 突っ込みどころはいくらでもあるけど、自分にとって大事なものが詰まっているような気がします〉(『文藝別冊　総特集　伊坂幸太郎』128ページより。聞き手・構成＝木村俊介《きむらしゆんすけ》)

『ゴールデンスランバー』は監視社会をテーマにしたメッセージ性の強い作品だとよ

く言われるが、著者にとって、テーマやメッセージを明確に意識したのは、『モダンタイムス』が最初だったという。

主人公の仕事はシステムエンジニア（ＳＥ）。伊坂幸太郎自身、法学部出身にもかかわらず、大学卒業後に就職した企業で与えられたのはＳＥの仕事だった。ＳＥは、顧客の求めに応じてソフトウェアの仕様を決め、設計・開発に携わる。課題を解決するための仕組み（システム）をつくるのが仕事だと言ってもいい。コンピュータ上のシステムをつくっていた主人公が、実社会を動かすシステムの問題に直面し、それとどう折り合いをつけるかというのが『モダンタイムス』の物語だ。システムに多少の不具合があるとしても、人はシステムなしには生きていけない。不完全なシステムの中で、それとどう折り合いをつけて生きていくか。勇気の持ち合わせがなくても（勇気を他人に預けていても）現代社会《モダンタイムス》を生きていくための方便。この小説を読んだあとでは、システムの中で生きるのが少しだけ楽になるかもしれない。

最後に、新装版解説のオマケとして、『モダンタイムス』文庫版における大きな改変について触れておこう。「文庫版あとがき」でも、酒井《さかい》貞道《さだみち》氏による解説でも言及されているように、『モダンタイムス』文庫化に際して、作中の〝ある事件の真相〟がまったくべつのものに差し替えられている。具体的にどこがどう変わったのか、もともとはどうなっていたのか大いに気になるが、単行本版を買って比較対照するほどの熱意はない――というものぐさな読者のために、以下、変更点を説明する。**重大なネタバレを含むので、本文を読み終えていない読者は（もしくは単行本版を読んでみるつもりの読者は）ここから先は読まないでください。**

さて、文庫版における最大の改変は、いわゆる「播磨崎中学校事件」の真相に関するもの。38章で医療カプセルに収容された井坂好太郎が事件の真相について語りはじめるが、文庫版は、その途中から大幅に改稿されている。文庫版で井坂好太郎が告げる「播磨崎中学校はなかった」という驚愕の真相は、連載および単行本オリジナル版には存在しない。オリジナル版の播磨崎中学校は、特殊な能力を持つ少年少女を集め、彼らを被験者として実験を行い、超能力を研究するためにつくられた特殊な学校だった。超能力を発動させるためには、能力者を危機に追いやる必要がある。怒りや恐怖が超能力発動のトリガーになると考えられているため、作中では平井和正のサイキックアクション『幻魔大戦』が引き合いに出されている（このパターンの源流は、たぶんアルフレッド・ベスター『虎よ、虎よ！』のジョウント効果だろう）。オリジナル版では、学校の教育方針に不信感を募らせた保護者がアポなしで学校を訪問。子供が虐待される現場を目のあたりにしたひとりの母親が逆上し、狼狽《ろうばい》した教師に射殺されるという事件が起き、それをきっかけに子供が超能力を発動して（もしくはすさまじい力で暴れて）教師を殺害。生徒たちのあいだにパニックが伝染し、おびえた教師たちは生徒たちを射殺。死体の山が築かれることになった……というのが事件の真相だとされている。超能力アクションというかサイキックエンターテインメント的な趣向で、大友克洋の『童夢』的なスペクタクルも想像できる（もっとも、作中の井坂は、超能力の爆発が実際に起きたとは語っていないし、そもそも超能力が実在するかについても慎重な態度をとっている）。それに対して、「播磨崎中学校はなかった」という真相はよりアクロバティックなどんでん返しで、本格ミステリ的な多重解決とも言える。リアルに考えると相当ムリがありそうだが、文庫版あとがきにあるとおり、この事件の真相そのものは小説の主眼ではないので、〝より面白い（と思う）〟アイディアを採用して、大幅に改稿したのだろう。文庫になるときに作中の歴史が書き換えられてしまったわけだが、書き換えによってどれが真相なのかさらに曖昧になること自体、歴史修正主義に対する皮肉というか、この現実の反映のように読めなくもない。というわけで、気になる人は二つの真相、二つの歴史を、ぜひ読み比べてみてください。

二〇二二年十二月

■初出
「モーニング」二〇〇七年十八号～二〇〇八年二十六号
■単行本　二〇〇八年十月小社刊
■文庫旧版　二〇一一年十月　講談社文庫

|著者| 伊坂幸太郎　1971年千葉県生まれ。東北大学法学部卒業。2000年『オーデュボンの祈り』で第5回新潮ミステリー倶楽部賞を受賞し、デビュー。'04年『アヒルと鴨のコインロッカー』で第25回吉川英治文学新人賞、「死神の精度」で第57回日本推理作家協会賞短編部門を受賞。'08年『ゴールデンスランバー』で第5回本屋大賞と第21回山本周五郎賞、'20年『逆ソクラテス』で第33回柴田錬三郎賞を受賞する。近著に『クジラアタマの王様』『ペッパーズ・ゴースト』『マイクロスパイ・アンサンブル』などがある。

モダンタイムス(下)　新装版《しんそうばん》

伊坂幸太郎《いさかこうたろう》

講談社文庫

定価はカバーに
表示してあります

2023年2月15日第1刷発行

発行者——鈴木章一
発行所——株式会社　講談社
東京都文京区音羽2-12-21　〒112-8001
電話　出版　(03) 5395-3510
　　　販売　(03) 5395-5817
　　　業務　(03) 5395-3615

Printed in Japan

KODANSHA

デザイン—菊地信義
本文データ制作—講談社デジタル製作
印刷———大日本印刷株式会社
製本———大日本印刷株式会社

ISBN978-4-06-530239-2

講談社文庫刊行の辞

二十一世紀の到来を目睫に望みながら、われわれはいま、人類史上かつて例を見ない巨大な転換期をむかえようとしている。

世界も、日本も、激動の予兆に対する期待とおののきを内に蔵して、未知の時代に歩み入ろうとしている。このときにあたり、創業の人野間清治の「ナショナル・エデュケイター」への志を現代に甦らせようと意図して、われわれはここに古今の文芸作品はいうまでもなく、ひろく人文・社会・自然の諸科学から東西の名著を網羅する、新しい綜合文庫の発刊を決意した。

激動の転換期はまた断絶の時代である。われわれは戦後二十五年間の出版文化のありかたへの深い反省をこめて、この断絶の時代にあえて人間的な持続を求めようとする。いたずらに浮薄な商業主義のあだ花を追い求めることなく、長期にわたって良書に生命をあたえようとつとめるところにしか、今後の出版文化の真の繁栄はあり得ないと信じるからである。

同時にわれわれはこの綜合文庫の刊行を通じて、人文・社会・自然の諸科学が、結局人間の学にほかならないことを立証しようと願っている。かつて知識とは、「汝自身を知る」ことにつきていた。現代社会の瑣末な情報の氾濫のなかから、力強い知識の源泉を掘り起し、技術文明のただなかに、生きた人間の姿を復活させること。それこそわれわれの切なる希求である。

われわれは権威に盲従せず、俗流に媚びることなく、渾然一体となって日本の「草の根」をかたちづくる若く新しい世代の人々に、心をこめてこの新しい綜合文庫をおくり届けたい。それは知識の泉であるとともに感受性のふるさとであり、もっとも有機的に組織され、社会に開かれた万人のための大学をめざしている。大方の支援と協力を衷心より切望してやまない。

一九七一年七月

野間省一

講談社文芸文庫

フローベール　蓮實重彦 訳
三つの物語／十一月
解説＝蓮實重彦
フＤ１
978-4-06-529421-5
生前発表した最後の作品集「三つの物語」と、若き日の恋愛を描き『感情教育』の母胎となった「十一月」。『ボヴァリー夫人』と並び称される名作を第一人者の訳で。

小島信夫
各務原・名古屋・国立
解説＝高橋源一郎　年譜＝柿谷浩一
こＡ11
978-4-06-530041-1
妻が患う認知症が老作家にもたらす困惑と生活の困難。生涯追い求めた文学表現探求の試みに妻との混乱した対話が重ね合わされ、より複雑な様相を呈する——。

講談社文庫　目録

石田衣良　てのひらの迷路
石田衣良　40《フォーティ》　翼ふたたび
石田衣良　s e x
石田衣良　逆《さか》島《しま》断《たつ》雄《お》〈進駐官養成高校の決闘編1〉
石田衣良　逆島断雄〈進駐官養成高校の決闘編2〉
石田衣良　逆島断雄〈本土最終防衛決戦編1〉
石田衣良　逆島断雄〈本土最終防衛決戦編2〉
石田衣良　初めて彼を買った日
井上荒野　ひどい感じ―父・井上光晴
稲葉　稔　椋鳥の影〈八丁堀手控え帖〉
伊坂幸太郎　チルドレン
伊坂幸太郎　魔王
伊坂幸太郎　モダンタイムス(上)(下)
伊坂幸太郎　PK
伊坂幸太郎　サブマリン
絲山秋子　袋小路の男
石黒　耀　死都日本
石黒　耀　忠臣蔵異聞〈家老 大野九郎兵衛の長い仇討ち〉
犬飼六岐　筋違い半介

犬飼六岐　吉岡清三郎貸腕帳
石川大我　ボクの彼氏はどこにいる？
石松宏章　マジでガチなボランティア
伊東　潤　国を蹴った男
伊東　潤　峠越え
伊東　潤　黎明に起《た》つ
伊東　潤　池田屋乱刃
石飛幸三　「平穏死」のすすめ〈口から食べられなくなったらどうしますか〉
伊藤理佐　女のはしょり道
伊藤理佐　また！　女のはしょり道
伊藤理佐　みたび！　女のはしょり道
石黒正数　外《げ》天《てん》楼《ろう》
伊与原　新　ルカの方《はこ》舟《ぶね》
伊与原　新　コンタミ　科学汚染
稲葉圭《よし》昭《あき》　恥さらし〈北海道警 悪徳刑事の告白〉
稲葉博《ひろ》一《いち》　忍者烈伝
稲葉博一　忍者烈伝ノ続
稲葉博一　忍者烈伝ノ乱〈天之巻〉〈地之巻〉
伊岡　瞬　桜の花が散る前に

石川智健　エウレカの確率〈経済学捜査と殺人の効用〉
石川智健　60《ロクジュウ》〈誤判対策室〉
石川智健　20《ニジュウ》〈誤判対策室〉
石川智健　第三者隠蔽機関
石川智健　いたずらにモテる刑事の捜査報告書
井上真偽《まぎ》　その可能性はすでに考えた
井上真偽　聖女の毒杯〈その可能性はすでに考えた〉
井上真偽　恋と禁忌の述語論理《プレディケット》
泉　ゆたか　お師匠さま、整いました！
泉　ゆたか　お江戸けもの医　毛玉堂
泉　ゆたか　玉《たま》の輿《こし》猫〈お江戸けもの医 毛玉堂〉
伊兼源太郎　地検のS
伊兼源太郎　Sが泣いた日〈地検のS〉
伊兼源太郎　Sの幕引き〈地検のS〉
伊兼源太郎　巨悪
伊兼源太郎　金庫番の娘
逸木　裕　電気じかけのクジラは歌う
今村翔吾　イクサガミ　天
入月英一　信長と征《ゆ》く　1・2〈転生商人の天下取り〉

2022年12月15日現在